백한번째
소풍

백한 번째
소풍

초판 1쇄 인쇄일 2013년 12월 10일
초판 1쇄 발행일 2013년 12월 13일

지은이 김영재
펴낸이 양옥매
디자인 양경화

펴낸곳 도서출판 책과나무
출판등록 제2012-000376
주소 서울특별시 마포구 월드컵북로 44길 37 천지빌딩 3층
대표전화 02.372.1537 **팩스** 02.372.1538
이메일 booknamu2007@naver.com
홈페이지 www.booknamu.com
ISBN 978-89-98528-82-9 (03800)

이 도서의 국립중앙도서관 출판시도서목록(CIP)은 서지정보유통지원 시스템
홈페이지(http://seoji.nl.go.kr)와 국가자료공동목록시스템
(http://www.nl.go.kr/kolisnet)에서 이용하실 수 있습니다.
(CIP제어번호 : CIP2013026580)

백한 번째 소풍

김영재 지음

책과나무

이 세상의 모든 어머님은 위대합니다

하지만 삶으로 섬김과 나눔을 실천하며 그 참된 의미와 가치와 즐거움을 유산으로 남겨 준 어머님은 단언컨대, 그 어떤 어머님보다도 위대하시며 우리 모두의 신뢰와 감사와 존경을 받으셔야 할 어르신입니다.

제 어머님도 그렇습니다. 나눔과 기도가 곧 생활이요 생활이 곧 나눔이시고 기도이신 분들 중 한 분입니다.

노숙인과 무의탁 노인들에게 밥을 퍼드리는 것을 사명으로 알고 실천하신 제 어머님의 모습은 힘든 시기에 남을 먼저 생각하시던 김영재 님의 어머님께서 나눔을 생활로 여기시던 모습과 무척 많이 닮았습니다.

나눔 1대와 2대를 연 것은 어머님과 김영재 님, 그리고 그의 아내였으나 그 나눔을 또한 자식의 자식들이 전해 받았으니 나눔 3대,

4대의 활약이 기대되며 우리 모두의 기쁨과 자랑이 될 것입니다.

　나눔의 가보가 이 책을 손에 쥐고 있는 당신부터 이어져 가기를 바랍니다.
　지금부터, 여기부터, 작은 것부터, 할 수 있는 것부터, 나부터 말입니다.

－최일도 목사 (시인, 다일공동체 대표)－

● 책머리에 ●

　3년 전 어머니의 백수를 맞아 100년이라는 세월이 갖는 남다른 뜻을 기리며 책 한 권을 펴냈었다. 《어머니, 나의 어머니》, 바로 이 책이다. 책을 펴내며 100년의 세월을 채워 역사를 만들어 오신 어머니의 삶을 차분하게 돌아볼 수 있었다. 어머니의 삶에 대한 회고는 그동안 내 삶을 지탱하고 지지해 준 것이 바로 어머니의 사랑이었음을 더욱 분명하게 깨닫는 계기가 되었다. 아울러 어머니의 삶을 돌아보는 자리에서 어머니가 키워낸 내 삶을 함께 되돌아볼 수 있었던 것은 백수의 어머니가 주신 또 다른 선물이었다.

　세상의 모든 자식들이 그렇듯이 나도 오랫동안 어머니를 모시고 살고 싶었으나 어머니는 기다려 주지 않았다. 백수를 기념하여 책자를 내고 난 그 다음 해 겨울, 어머니는 세상을 떠나셨다. 2011년 12월 7일이었다. 어머니는 역사가 된 101년 세월의 삶 자체로 나에게 큰 선물을 안겨 주고, 이 세상과 작별하고 하늘나라로 소풍을 떠나신 것이다.

우리는 흔히 늦기 전에 부모님께 효도하라는 뜻으로 "나무는 고요히 있으려 하나 바람이 내버려 두질 않고, 자식은 모시려 하나 부모는 기다려 주지 않는다"는 말을 하곤 한다. 이 말의 깊은 의미는 부모가 세상을 떠났을 때 비로소 체감하게 되는 것 같다. 나도 예외가 아니었다. 살아계신 동안 후회 없도록 정성을 다한다고 생각했으나 어머니를 보내고 난 뒤의 상실감은 한동안 나를 슬프게 만들었다. 떠나보낸 부모님의 빈자리를 슬픔으로라도 채워야 그나마 그 공허감을 대신할 수 있기에 우리들은 부모님을 보내고 난 뒤에 그렇게 하염없이 슬픈 것인지도 모르겠다.

어머니를 떠나보내고 다시 두 해가 흘렀다. 그동안 내가 깨달은 것은 어머니는 떠나셨으나 여전히 내 곁에 계시다는 것이었다. 어머니와 함께 나눔 활동을 하던 그곳에서 우리 가족의 나눔 봉사는 계속되었고, 그때마다 사람들이 물어오는 어머니의 안부와 어머니의 타계 소식을 전한 나의 안타까움 속에 여전히 어머니는 살아계셨다.

사람들은 우리들의 나눔을 이제 4대 나눔이라고 불렀다. 나눔의 1대와 2대를 연 것은 어머니와 나 그리고 아내였으나, 그 나눔을 우리의 자식과 그 아들딸이 전해 받으면서 3, 4대로 이어졌다. 위로 어머니를 두고 아래로 자식을 두면서 그 사이에 자리한 나는 두 배로 행복했다. 한편으로 어머니가 열어 준 나눔의 즐거움을 가질 수 있었던 자식이어서 행복했고, 또 한편으로 그 즐거움을 이어받고 있는 자식들이 있어 행복은 배가 되었다.

나는 4대로 이어지는 이 나눔의 행복을 어머니의 삶을 담아 펴냈던 처음의 책에 덧붙이고 싶었다. 여기까지가 《어머니, 나의 어머니》의 제2판을 엮게 된 사연이다. 초판에 얘기를 더하다 보니 내용이 달라졌다. 그중 하나가 처음 책을 낼 때 빠뜨렸던 어머니의 삶에 대한 기억들이다. 어머니가 떠나시고 나자 아득한 옛 시절의 기억 중 새롭게 떠오른 것도 있었고, 또 책에 기록하지 못한 근래의 기억들도 어머니와 함께했던 행복했던 순간들을 선명하게 일깨워 주었다. 아마도 어머니의 빈자리를 어머니에 대한 추억으로 채우고 싶었던 내 마음 때문이 아니었을까 싶다.

　나는 그 추억이 바래기 전에 서둘러 이 책 속에 덧붙여 새겨놓고 싶었다. 어머니로부터 시작되어 이제 4대에 걸쳐 이어지는 나눔은 새로운 장으로 추가하여 어머니가 남겨 준 소중한 유산으로 정리를 했다. 소록도에서 어머니와 함께 펼친 한센인들과의 나눔은 이제 소중한 유산이 되었으며, 어머니가 떠난 후에 그 유산이 어떻게 우리들에게 나눔의 행복을 선물하고 있는지 새롭게 추가하여 기록해 놓았다. 나눔이 대를 이어간다는 것을 정리하면서 나름 뿌듯함을 금할 수 없었다.

　요즘은 가끔 하늘을 올려다본다. 나눔의 시간을 갖고 돌아올 때면 하늘에 계신 어머니께서 빙그레 웃으며 응원의 미소를 보내고 있다는 느낌이 든다. 어머니가 떠났을 때는 슬펐으나, 떠난 어머니는 하늘을 올려다볼 때마다 그 자리에서 언제나 따뜻한 눈길로 나를 내려다보고 있다는 생각이 든다.

 나눔의 행복을 유산으로 남겨 준 채 멀리 영원한 소풍을 떠나신 어머니께 이 책을 바친다. 살아계실 때는 어머니의 건강이 최우선이었으나 이제는 새로운 곳에서 편안하시길 비는 마음이다.
 어머니를 사랑한다.

2013년 12월
어머니를 생각하며 군포 소월아파트에서

막내아들 김영재 삼가 올립니다.

어머니는 백수(百壽)를 누리고 있다

100이란 우리에게는 특별한 숫자이다. 백년대계란 말이 있는 것만 보아도 그렇다. 우리에게 백년대계란 먼 미래를 내다보고 세우는 크고 중요한 계획을 뜻한다. 그렇게 보면 어머니는 이미 태어났을 때 백년대계를 세우신 셈이며, 지금 당신의 삶 자체로 크고 중요한 계획 하나를 이룬 셈이다.

사실 우리나라에서 전통적으로 잔치를 벌여 크게 축하하는 나이는 60이다. 그 나이를 회갑이나 환갑이라 불러 잔치를 벌이곤 했으나, 지금은 평균 수명의 연장으로 환갑잔치는 쑥스런 행사가 되고 말았다. 그렇긴 해도 60의 나이를 회갑이라 부른 말 속에선 다시 돌아온 처음의 자리란 의미가 느껴지고, 그런 점에서 옛 어른들은 60년을 삶의 한 바퀴라고 여겼다고 생각된다. 60이 삶의 한 바퀴라면 어머니는 삶을 한 바퀴 완주하고 다시 두 바퀴째의 삶을 반 넘어 달리고 있다.

어머니는 진정한 의미에서 삶의 마라토너이다.

시간이 10년이나 20년 정도 쌓이면 세월이란 말로 묶어도 무리가 없지만, 그 세월이 100년에 이르면 그때는 세월이란 말로는 부족함이 많다. 100년의 세월은 역사란 말이 더 어울린다. 역사는 어떻게든 기념해야 한다.

그러나 백수 잔치를 벌이고 싶지는 않았다. 잔치를 벌이면 어머니의 백수가 장수라고 하는 오래 산 삶, 그 하나만으로 축소되는 느낌이 들었기 때문이다. 100년 동안 어머니의 삶에선 얼마나 많은 일이 있었을 것인가. 그래서 좀 더 뜻 깊게 어머니의 백수를 기념해 드리고 싶었다. 많은 고민을 하다가 이 기회에 어머니의 삶을 다시 한 번 돌아보고, 그 옆에 빌붙어 내 삶도 함께 돌아보고 싶었다. 말하자면, 어머니의 얘기를 하면서 내 얘기도 함께하고 싶었다.

그 결과가 바로 《어머니! 나의 어머니》, 이 책이다. 정리해 놓고 보니 정말 어머니의 삶이 나에게 끼친 영향은 말할 수 없이 넓고 깊다. 어린 시절부터 지금까지 어머니는 도처에서 내 삶의 지원군이 되어 주셨다. 그 넓고 깊은 얘기를 어찌 말과 글로 다할까 싶다.

그러나 나는 그것을 정리하여 다섯 개 장에 담아 보았다. 책머리에는 어머니를 위한 내 기도를 실었다. 쓰고 보니 기도라기보다 어머니의 삶과 함께하는 나의 행복한 마음을 털어놓은 느낌이다. 그 행복이 오래 지속되려면 어머니가 건강해야 한다. 나에게는 행복의 고백이 곧 어머니의 건강을 비는 기도이기도 하다.

첫 번째 장에서는 고향의 추억을 돌아보았다. 어머니가 해 주던 음식이며, 가난했던 그 시절의 풍경, 반면교사가 되었던 아버지 이야기를 실었다. 정리하고 보니 어머니는 나약한 여성이 아니라 어떤 남자 못지않게 집안의 기둥으로 우뚝 선 분이었다.

두 번째 장에서는 내 얘기를 했다. 내가 걸어온 지금까지의 삶을 정리했으며, 두 번의 옥고에 관련된 얘기도 함께 실었다. 나는 5 · 18 광주 민주화 운동과 관련하여 옥고를 치른 적이 있으며, 또 산본 쓰레기 소각장 문제가 대두되었을 때 범시민대책 위원회의 의장을 맡아 환경 운동을 이끌다 다시 수감되는 불행을 겪었다. 눈앞의 불의에 눈감지 못했던 젊은 피는 그런 일들 앞에서 눈을 돌리지 못하게 했다.

하지만 다른 한편으로 내가 정의의 이름 아래 걸어간 그 길이 가족들에겐 큰 힘겨움을 안겼다. 어머니의 마음고생은 더욱 컸을 것이다. 그 부분도 어머니를 말하면서 정리해 놓고 싶었다. 비록 힘겹고 어려운 시기였지만, 어머니가 옳은 길을 걸어간 아들을 자랑스럽게 여길 것이라 생각한다.

세 번째 장에선 사람들이 가장 궁금해 하는 어머니의 건강 비결을 다루었다. 어머니의 건강 비결은 '1일 4찬과 특별 찬'이란 말로 요약된다. 한 마디로 말하자면 관심과 사랑, 칭찬, 희망, 그리고 여기에 더하여 나눔의 행복이 어머니의 건강 비결이다. 어머니가 뒤늦게 누리고 있는 배려와 나눔, 그로부터 얻는 나눔의 즐거움은 좀 더 자세히 소개했다.

아울러 어머니를 모시고 사는 가족의 풍경도 함께 그려 놓았다. 어머니를 모시고 산다고 하여 항상 즐거움이 넘치는 것은 아니다. 때론 갈등도 있고 위기도 있다. 그런 집안의 얘기를 가감 없이 소개했다.

네 번째 장에서는 '어머니는 방송 스타'라는 제목을 붙였다. 몇 번의 방송 출연 이후 어머니를 알아보는 분들이 많아졌다. 우리가 보기에 어머니는 거의 방송 스타이며 방송에 출연하는 것을 즐거워하신다. 그래서 방송 출연 뒷얘기들을 모아 보았다.

마지막 다섯 번째 장에선 어머니와 함께 캄보디아로 우물을 파 주러 간 과정을 소개했다. 떠날 때는 99세라는 연세 때문에 걱정했으나, 당신이 자랄 때의 가난하던 풍경을 그대로 비추고 있는 듯한 그곳 풍경의 친숙함 때문인지 어머니는 먼 소풍에도 불구하고 크게 즐거워하셨다.

어머니의 얘기를 어떻게 이 한 권의 책에 다 담을까 싶다. 아마 울고 보채는 나를 안고 밤을 지새우며 젖을 물렸던 그때의 마음만 헤아려도 시 몇 편은 절로 나올 것 같다. 어머니의 삶이 나의 피와 살이 되었고, 그리하여 오늘의 내가 있게 되었음을 어머니의 삶을 돌아보는 자리에서 더더욱 확연하게 느끼게 된다. 이 책이 단순히 우리 어머니에게만 국한되는 얘기가 아니라 모든 사람이 함께 나누면서 어머니의 사랑을 돌아볼 수 있는 계기가 되었으면 더 바랄 것이 없겠다.

마지막으로 나를 적극적으로 도와준 아내에 대한 고마움을 빠뜨릴 수 없다. 아내에게 감사한다. 아버지의 삶을 이해해 준 딸들에게도 고마움을 밝혀 놓는다.

개인적으로 내게 어머니의 건강보다 앞서는 것은 없다. 그래서 다른 무엇보다 어머니의 건강을 빈다. 어머니의 만수무강을 비는 막내아들의 마음을 책에 실어 이 모든 글을 어머니께 바친다. 글 하나하나에 모두 제각각의 사연들이 담겨 있지만, 그 글들을 지탱하고 있는 것은 어머니의 건강을 비는 나의 마음이다.
어머니를 사랑한다.

2010년 2월 5일
군포 소월아파트에서

막내아들 김영재 삼가 올림

어머니를 위한 기도

- 백수를 맞아 어머니께 올린 글 -

어머니는 나이 들어가면서 점점 눈이 흐려지고 계십니다.

하지만 어머니가 눈이 어두워지면

내가 어머니의 눈이 되겠습니다.

어머니의 발밑을 살펴 천천히 길을 열고

어머니와 함께 길을 가겠습니다.

어머니는 귀도 점점 어두워지고 계십니다.

하지만 어머니의 귀가 어두워지면

내가 어머니의 귀가 되겠습니다.

사람들의 말을 내 두 손에 담아 그 두 손을 어머니의 귀에 모으고

큰 소리로 세상 얘기를 어머니께 전하겠습니다.

어머니는 길을 걸을 때면 종종 지팡이를 짚으십니다.

하지만 나는 가끔 지팡이 대신

내 손을 지팡이 삼아 어머님 손에 내드리고

어머니의 따뜻한 체온을 나누며

어머니의 나들이 길을 함께 걷겠습니다.

어머니의 눈과 귀, 지팡이가 되어 곁에 있는 시간은 행복합니다.

아마 어머니도 마찬가지셨겠지요.

아직 눈뜨지 못하고 귀도 열리지 않은 나를 품 안에 안고

못내 행복해하셨을 거예요.

어머니 품의 사랑으로 이만큼 자란 내가

요즘은 어머니 곁에서 그 행복으로 어머니와 함께하고 있습니다.

하지만 어머니와 헤어질 날이 빠른 속도로 다가옴을 느낍니다.

욕심을 앞에 내세우자면

어머니가 일어나는 소리로 여는 행복한 아침을

좀 더 오래 누리고 싶습니다.

어머니가 나를 키울 때 그랬듯이

어머니의 여생에 함께하는 행복으로

어머니와 함께 살아가겠습니다.

어머니 항상 건강하세요.

사랑합니다, 어머니.

차례

첫째 마당_ 고향의 추억, 그리고 어머니

둘째 마당_ 나의 길, 나의 고난

셋째 마당

_어머니의 건강 비결, 그리고 어머니를 모시고 사는 가족의 풍경

넷째 마당_ 어머니는 방송 스타

고향의 추억, 그리고 어머니

어머니 고향이 곧 나의 고향

● ● ◑

누구에게나 생각만 해도 마음이 푸근해지는 곳이 있다. 바로 고향이다. 고향은 우리들에게 어머니의 품과 같은 곳이다. 내게 있어 그곳은 전라남도 승주군 낙안면 내운리로 지금은 순천시에 속해 있다. 낙안은 내 고향이기도 하지만, 아울러 어머니의 고향이기도 하다. 나는 어머니와 고향을 공유하고 있는 셈이다.

그렇다고 어머니가 자신의 고향인 낙안에서 그곳 사람과 결혼한 것은 아니다. 어머니는 타지 사람과 결혼하면서 고향을 떠났다. 어머니가 결혼해서 간 곳은 아버지의 고향인 다른 곳이었다. 아버지의 고향은 전남 고흥 남양면에 있는 상하라는 곳이다. 그런데도 우리 형제들은 어머니의 친정 마을에서 태어났다. 우리가 어머니의 고향에서 태어난 데는 약간의 사연이 있다.

아버지의 존함은 '김' '두' 자 '봉' 자이다. 어머니의 존함은 '정' '판' 자 '심' 자이다. 나는 4남 1녀 중 막내아들로 태어났다. 원래는 위로

누나가 있어 6남매였지만, 가장 먼저 태어난 누님은 태어난 지 한 달쯤 되어 세상을 떠났다고 들었다. 살아계셨다면 지금 80에 가까울 나이이다.

당시 아버지는 술을 만드는 기술이 있어 양조장에서 일을 하셨으며 벌교라는 곳에 직장이 있었다. 사람들이 주먹 자랑 하지 말라고 하는 바로 그 벌교이다. 그런데 고흥에서 벌교까지는 도보로 출퇴근하기에 힘이 들었다. 결국 아버지는 처가 마을로 거처를 옮겼다. 어머니의 고향에서는 거리가 가까워 출퇴근이 편했고 시간도 적게 걸렸다. 아울러 그곳은 평야 지대로 걸어다니기도 편했다. 그리하여 아버지는 고향을 떠나 처가 마을에서 뿌리를 내리게 되었다. 그 때문에 우리 형제 또한 어머니의 고향에서 성장하게 되었다. 처가 마을은 정몽주의 후손인 연일 정씨들의 집성촌이었다.

아버지는 3형제 중 막내였다. 그 점은 아버지와 나의 공통점이기도 하다. 하지만 아버지는 어려서 양친이 다 돌아가시는 바람에 형님 도움 속에서 성장을 했다.

당연히 나도 할머니 할아버지 얼굴을 보지 못했다. 그 때문에 형제 간의 정이 돈독하기 이를 데 없었다. 그렇다 보니 아버지는 당신 가족을 챙기기보다 돈을 몇 푼 벌면 형님 집에 보태 쓰라고 가져다주는 것이 우선이었다. 그로 인하여 본인이 살아가는 데 필요한 경제적 기반을 닦는 일은 많이 늦어졌다.

어머니 친정도 2남 2녀였다. 나를 중심으로 해서 보자면 외삼촌이 두 분, 그리고 이모님이 한 분이 계신다. 이들 2남 2녀 중 경제적으로 가장 어렵고 힘든 삶을 사셨던 분이 내 어머니였다.

어렸을 적 기억을 떠올려 보면 외삼촌 두 분은 항상 머슴을 하나나 둘은 두고 있을 정도로 집안이 부유했다. 농촌에서 머슴을 둔 삶은 여유 있는 삶이라고 할 수 있다. 그에 반하여 우리 집은 항상 먹을 것을 걱정해야 할 정도로 어려웠다. 그 당시는 거의 모두가 그랬지만 나 또한 그러한 집안에서 빈농의 아들로 태어났다.

그러나 그런 환경에도 불구하고 나는 어머니에 대한 사랑과 존경의 마음을 키울 수 있었다. 그건 어머니가 그런 삶 속에서도 한탄으로 세월을 보내지 않고 오히려 삶에 대한 강인한 의지를 보여 주었기 때문이었다.

고향, 그 추억 속의 오봉산

● ● ●

　고향은 단순한 지명이 아니다. 그곳엔 어린 시절의 많은 추억이 서려 있다. 때문에 찾아가면 곳곳에 서려 있는 어린 시절의 내가 나를 반겨주곤 한다. 나에게 있어 그 곳은 바로 전라남도 승주군 낙안면 내운리이다. 지금은 행정 구역이 통합되고 개편되면서 내 추억 속의 고향이 승주군이 아니라 순천시에 자리를 잡고 있다.

　교통이 좋아지면서 우리나라 어디나 오지가 사라지고 있지만, 내가 태어날 때만 해도 그곳은 오지였다. 나는 그 점을 다행스럽게 생각한다. 역시 고향이란 이름에 어울리는 곳은 농촌이나 어촌이기 때문이다.

　내 고향인 낙안은 아주 역사가 깊은 곳이다. 내가 자랄 때는 낙안읍, 또는 낙안 고을이라고 부르곤 했었다. 그곳은 읍성 옆에 있는 고을이었다. 그 읍성이 바로 민속촌으로 유명한 지금의 낙안읍성이다. 낙안읍성은 왜적을 막기 위해 임경업 장군이 쌓은 성이다. 지금은 낙

어머니를 모시고 고향을 찾곤한다. 사진은 순천의 낙안 민속촌에
있는 임경엽장군의 비각 앞에서 찍은 것이다.

안 민속촌이 되어 많은 사람들이 찾는 관광지가 되었다. 바로 그곳에 있는 낙안초등학교가 내가 졸업한 학교이다.

낙안읍성의 자랑이라면 한 번도 왜적의 침범이 없었던 곳이란 점을 첫손가락에 꼽을 수 있다. 외부의 침범 없이 평화롭게 살았던 탓에 사람들이 아주 순하다. 사람 좋은 곳이 살기 좋은 곳이라면 내 고향은 정말 좋은 곳이다.

내 고향에는 금정산, 오봉산, 재석산 세 개의 산이 있다. 금정산은 낙안읍성이 한눈에 다 내려다보인다는 것이 가장 큰 특징이다. 세 개의 산 중에서 우리 동네에서 가장 좋다고 한 산은 오봉산이다. 가끔 고향을 찾으면 동네 분들이 내게 농담을 하곤 한다. 재석산, 금정산, 오봉산 가운데서 오봉산의 정기는 김영재와 나의 어머니인 정판심 여사가 다 가져갔다는 것이다. 나는 그것을 백수의 건강을 누린 어머니와 내가 오늘 이 자리까지 오면서 나름대로 노력한 것에 대한 덕담으로 받아들이곤 한다.

어렸을 때는 학교 갔다 오면 노는 것이 아니라 소꼴(소에게 먹일 풀)을 베러 까끔막(야트막한 산으로 전라도 사투리이다.)과 들로 나가야 했다. 일단은 들이 평평해서 그곳을 이용하지만 들에서 꼴을 베다 모자라면 나중에는 까끔막(산)으로 간다. 바로 그때 오르내렸던 산이 오봉산이다. 산의 언저리 정도가 아니라 중턱까지 올라가는 날도 있었다.

소꼴을 베러 가면 사실 풀만 베는 것이 아니라 아이들과 놀곤 했다. 그때 하던 놀이 중에서 가장 재미난 것은 말타기였다. 그렇지만 지게를 짊어지고 오봉산에 올라가 풀을 베어오는 일은 예삿일이 아니었다. 빈 지게로 올라갈 때는 그런대로 괜찮은데 내려올 때가 정말 힘들었다. 아마 지금은 천금을 준다고 해도 지게를 지고 그 산을 내려오기는 힘들 것 같다. 오봉산은 경사가 심하기 때문이다. 그런데도 나는 그런 산을 놀러가는 산이 아니라 목장 삼아 누비면서 어린 시절을 보냈다.

소를 직접 몰고 나가는 날도 많았다. 그럴 때면 소의 고삐를 잡고 다녀야 하기 때문에 놀 수가 없었다. 가끔 나는 안 간다고 떼를 쓰며 버티곤 했다. 그러나 그것도 잠시, 결국은 소의 고삐를 잡고 집을 나섰다. 대여섯 친구들도 소를 몰고 나오거나 소꼴을 베러 나왔다. 우리들은 잠시 소를 풀어 놓고 말타기를 하며 놀기도 했었다. 그러다 보면 소가 어디로 갔는지 까맣게 잊어버리고 놀이에 빠져들곤 했다. 그렇게 하여 소를 잃어버리고 나면 밤중까지 소를 찾으러 다녀야 한다. 어릴 때는 그런 일이 예사로 벌어지곤 했었다. 온갖 꾸중을 들어가며 온 산을 헤집고 다녔다. 밤중이라 잘 보이진 않아도 결국 소가 내는 방울소리를 듣고, 그러니까 워낭 소리를 따라 소를 찾아내곤 했다.

고향의 오봉산을 생각하면 소풀을 베어 오라고 시키면서 어머니가 챙겨 주셨던 간식이 떠오른다. 소풀을 베러 가는 내게 어머니는 보리를 볶아 주었다. 사카린을 조금 넣어서 맛이 달콤했던 보리는 우리에겐 맛난 과자였다. 어머니는 그걸 주머니에 한 주먹 넣어 주면서 가서 먹으라고 했다. 때로는 콩을 볶아 주기도 했다. 아마 볶은 콩은 익숙하겠지만 보리를 볶아서 먹었다는 얘기는 좀 낯설 것이다. 그때 어머니가 마련해 주셨던 보리와 콩이 보약이 아니었던가 싶다.

생각해 보면 오봉산은 그 자체가 보약이기도 했다. 나는 그 산에서 지금은 돈을 주고도 얻을 수 없는 자연식을 간식으로 제공받았다. 하나하나 손에 꼽아 보면 그 산에는 산딸기가 있었고, 산머루가 있었다. 가끔 더덕도 캐서 먹었고, 도라지도 먹을거리가 되어 주었다. 도라지는 아주 썼지만 몸에 이상이 없다는 것을 안 우리는 쓴맛에 개의치 않고 그것을 캐서 먹곤 했다. 그래도 쓴 것은 참기가 어려워 도라지 먹을 때는 눈을 질끈 감고 꿀떡 삼켰던 기억이 난다. 칡뿌리 입에 넣고 오래 씹다 보면 지금의 껌처럼 되기도 했다. 찔레 넝쿨에서 새순이 올라오면 그것도 그냥 지나칠 수 없는 맛난 간식이 되어 주었다.

당시 국가에서 치산녹화한다고 금지한 일이긴 했지만, 먹을 것이 귀했던 시절이어서 송쿠도 우리들의 입맛을 다시게 한 것 중 하나였다. 송쿠는 소나무 어린 가지의 속껍질 말하는 것이다. 4월쯤 되면 소나무 어린 가지에 물이 확 오른다. 그때 그 가지를 잘라 겉껍질을 벗기면 그 안에 물을 잔뜩 머금은 얇은 속껍질이 있다. 그 속껍질이 바로 우리의 간식이었다. 송쿠는 아주 맛이 좋았다.

지금 생각하면 그 모든 것이 보약이었다. 그 시절의 배고픔을 달래기 위해 먹은 것들이 오늘날 건강의 원동력이 되지 않았을까 생각된다. 먹을거리만 부족했던 것은 아니다. 입을 것도 변변치 못했다. 돈이 없어서 바지는 전부 모시 · 삼베옷이었다. 지금으로서는 이해가 가지 않을 수도 있다. 요즘은 모시 · 삼베옷이 보통 비싼 옷이 아니기 때문이다. 그러나 당시엔 거의 모든 옷이 모시 · 삼베옷이었다. 어머니는 오래 입으라고 그 모시·삼베 바지에 풀을 빳빳하게 먹여 주셨다. 그러면 피부와 마찰을 일으켜 몸의 어느 부분에서 피부가 헤어질 정도로 빨갛게 되곤 했다. 때문에 모시·삼베옷을 안 입겠다고 버티곤 했지만 옷이 그것밖에 없으니 소용없는 일이었다.

소꼴을 베러 산에 갈 때면 옷은 수난을 당하곤 했다. 산에서 인적이 드문 한적한 곳에 이르면 바지를 벗어 계곡물에 적신 뒤 돌로 두드리곤 했었기 때문이다. 그러면 그 빳빳한 바지가 부드럽게 풀어져 있곤 했다. 그러나 지금 생각해 보면 남자의 건강에는 그것보다 더 좋은 것이 없지 않나 싶다. 말하자면 남자에게 있어 모시·삼베 바지는 돈 주고도 못살 명품 옷이었던 셈이다.

우리는 자연의 혜택을 많이 받고 자랐다. 그때는 벗어나고 싶었던 가난한 곳이기도 했지만, 살아보니 역시 인간은 자연과 조화롭게 어울려 살아야 한다는 생각이 든다. 내게 그런 곳을 손에 꼽아 보라고 하면 다름 아닌 내 고향이 그런 곳이다. 동심의 세계에서 옛날의 고향 생각을 더듬어가다 보면 그때보다 아름다운 시절은 없다는 느낌이 많이 든다.

그리고 마침내 그때의 가난마저도 긍정적으로 바라보게 된다. 만약 내가 부잣집 아들이었다면 집에서 책이나 읽고 소일했을 것이며 일은 모두 머슴이 했을 것이다. 그러나 나는 가난한 집 아들이었던 관계로 들과 산으로 나가 열심히 일하지 않으면 먹고 살 길이 없었다. 그 삶은 힘들기는 했지만, 내게 건강이란 선물을 안겨주었다. 영원히 간직한 채 가끔 돌아볼 수 있는 아름다운 동심의 세계 또한 고향이 내게 준 빼놓을 수 없는 선물이다. 그래서 종종 가난했던 그 시절이 내게는 고맙기까지 하다.

하지만 가난이 자랑이라고 생각지는 않는다. 다만 가난을 부끄럽게 여기지 않을 뿐이다. 가난했기 때문에 좀 더 풍요로운 미래를 개척하기 위해 노력했고, 가난하게 살지 않기 위하여 땀 흘린 세월이 오늘의 나를 만들었다.

어머니가 내게 물려주었던 가난도 하나의 경제적 유산이다. 어머니는 가난을 안겨주면서 삶을 개척할 의지도 함께 주었다. 나는 비록 어머니로부터 열 마리의 고기는 받지 못했지만 열 마리의 고기를 잡을 수 있는 방법을 배우고, 보다 나은 미래를 꿈꿀 수 있었다. 그 꿈을 바탕으로 삶 속에서 나 나름대로 물고기 잡는 방법을 터득할 수 있었다. 나는 늘 그 점을 어머니에게 감사하고 있다.

보릿고개의 추억

● ● ⅲ

내가 클 때만 해도 보릿고개라는 것이 있었다. 요즘 아이들이 들으면 보리가 길옆으로 핀 아주 낭만적인 고개를 연상할 수도 있겠지만, 그것은 넘어가기 힘든 봄철의 한 시기를 가리키는 말이었다. 대체로 논과 밭에서 보리가 노르스름하게 익으려고 할 때가 그 때였다. 그때쯤 되면 대개 먹을 것이 떨어진다. 그러면 아직 완전히 익지 않은 보리 이삭을 따다가 그것으로 배를 채워야 했다.

그냥 이삭만 따온다고 되는 것이 아니었다. 그것을 곧바로 먹을 수는 없기 때문이다. 보릿고개가 되면 어머니는 바구니와 부엌칼을 들고 나가 보리 이삭을 따온다. 보리의 목만 떼어 오는 것이다. 그다음엔 그것을 가마솥에 삶고, 이어 덕석에 널어놓고 고르게 펴서 햇볕에 말린다. 덕석은 볏짚으로 꼬아 만든 명석을 뜻하는 전라도말이다. 이렇게 말린 보리를 방망이로 두드리면 보리알이 나오고, 그 알로 밥을 해서 먹을 수 있었다.

보리 이삭을 바로 말리지 않고 일단 먼저 삶는 데는 그럴만한 이유가 있다. 보리 이삭을 밭에서 베어 온 그대로 말리면 보리가 아직 여물지 않았기 때문에 나중에 그 이삭을 두드리면 보리가 다 깨져 버린다. 삶은 뒤에 널어서 말리면 알이 단단하게 굳기 때문에 두드려도 깨지질 않는다. 그렇게 아직 채 익지도 않은 보리를 베어다 밥을 해 먹으면서 어렵게 넘어가는 시기라고 해서 보릿고개라고 불렀다. 말하자면 보릿고개는 보리를 수확할 때쯤 먹을 것이 떨어져 보리를 눈앞에 두고도 배를 곯아야 하는 어려운 시기이다.

내 고향은 남쪽이어서 비가 와도 아주 심하게 왔고, 가뭄이 와도 아주 심하게 왔다. 비가 오면 그냥 단비가 오는 것이 아니라 수해를 몰고 왔고, 가물 때는 논과 들이 모두 거북이 등처럼 쩍쩍 갈라졌다. 가뭄 때는 학교를 못 가고 연못을 파야 했다. 전라도에선 그것을 둠벙이라 불렀다. 우리는 그 둠벙의 물로 가뭄으로 갈라진 논에 물을 대야 했다.

우리가 클 때는 농번기라는 것이 있었다. 농촌이 한창 바쁠 때를 말하는 것으로, 모내기 할 때나 가을에 벼를 수확할 때가 그에 해당된다. 그 무렵에는 집안일을 돕느라 결석하는 학생들이 너무 많아 아예 집에서 일을 도우라고 농번기라는 것을 두어 학생들이 집에서 농사일을 돕도록 해 주었다.

지금은 농촌에서도 거의 보리를 심지 않지만, 옛날에는 보리를 많이 심었다. 보릿고개를 지나고 나면 오뉴월경 마을에서는 보리타작을 한다. 그런데 비가 오면 타작하여 쌓아 놓은 보리가 물을 먹어 썩는 경우가 잦았다. 그러면 보리에서 김이 난다. 공기가 안 통하기 때문에 썩어서 김이 나는 것이었다.

외지에서 중학교를 다닐 때 토요일 날 집에 가면 쌓아 둔 보리가 비를 맞아 썩어가고 있는 경우가 있었다. 그럼 썩은 보리를 말리기 위해 마당에 널곤 했다. 썩은 보리는 사실 먹을 수가 없지만, 당시엔 식량이 부족해서 그것을 버리질 못했다. 아마 지금 그런 보리를 먹으라고 하면 그건 일종의 고문이 될 것이다. 그러나 우리는 그 썩은 보리를 맷돌에 갈아서 보리죽을 해 먹었다. 맛이 없어서 그냥은 먹을 수가 없었다. 그래서 설탕 대신으로 쓰던 사카린을 쳐서 그 달콤함으로 맛도 없는 보리죽을 삼키곤 했었다. 그것이나마 한 그릇을 더 먹을 수 있으면 행복하기만 했다.

보리죽도 한 그릇 더 먹으려고 하면 그냥 주어지는 법이 없었다. 한 그릇의 행복을 더 맛보려면 소꼴을 한 망태기 더 베어 와야 했다. 당시 우리 집은 가난하긴 했지만, 소를 기르고 있었다. 우리에게 있어 보리죽 한 그릇은 소꼴 한 망태기의 땀을 흘려야 얻어낼 수 있는 행복이었다.

그런 보릿고개를 겪으면서 컸다. 그러나 지금의 쌀밥과 그 어떤 진수성찬보다 그때 보리밥 한 그릇이 더 맛있었다. 그 때의 밥은 어머니의 정성이 가득 들어간 밥이었다. 지금도 그 때의 보리죽 생각이 나곤 한다. 그래서 나는 가끔 보리가 익어갈 때면 옛날 동심의 세계로 돌아가고 싶어 보리를 한 열 개쯤 끊어다가 우리 식탁에 얹어 놓기도 한다.

식탁 위에 올려놓은 보리는 나에게 반성의 기회도 가져다준다. 보리죽도 없어서 쩔쩔매던 시절이 엊그제 같은데 우리들이 음식에 대해 너무 거만해지지 않았나 하는 생각을 하게 되기 때문이다. 또 옛날을 생각하면서 그 어려운 시기에 항상 땀 흘려 우리의 배를 채워주었던 어머니에게 감사의 마음을 갖게 된다.

어머니로부터 챙기는 문화를 배우다

● ● ●

어렸을 적 내가 크고 자란 환경은 먹고 입는 것이 그렇게 넉넉하질 못했다. 하지만 그런 환경에서 크면서 오히려 더 많은 것을 느끼게 된 것 같다. 내게는 큰외삼촌과 작은외삼촌이 계시다. 큰외삼촌 댁은 딸이 넷이고 아들이 하나였는데, 내게는 모두 누나였다. 큰외삼촌 댁은 아들 하나를 낳기 위해 엄청나게 많은 정성을 들였고, 결국은 외숙모가 아들을 낳기에 이르렀던 것이다. 아들이 하나였기 때문에 그 집에서는 아들을 금이야 옥이야 하고 키웠다. 우리 집안은 그와는 반대였다. 4남1녀의 집안이었기 때문이다. 큰외삼촌 댁에 가면 큰외숙모님은 "배고프지?" 하고 항상 먹을 것을 챙겨주신. 어머니 같은 마음으로 대해 주신 그 온정을 잊을 수가 없다.

큰누나가 결혼할 때 어머니는 큰외삼촌 댁에 가서 일을 도와주셨다. 어머니로 보면 친정 오빠의 집이었다. 잔치 때 나도 큰 외삼촌댁에 들렀다. 그때가 내 나이 여섯 살이나 일곱 살 때로 기억된다. 시기로 보면 1950년대 말이라고 할 수 있다. 가 보니 어머니는 부엌에서 설거지를 하고 계셨다.

그 때는 물들인 검정 치마가 어머니들의 공통 패션인 시대였다. 지금처럼 입을 것이 화려하지 못한 시기였다. 여자들은 치마 속에 속치마를 입었고, 그 속치마 속에는 고쟁이란 것을 또 입었다. 어머니는 그 고쟁이에서 먹을 것을 꺼냈다. 먹을 것은 비료 포대를 찢은 누런 종이에 싸여 있었다. 어머니는 나를 보자마자 그것을 내 손에 쥐어 주었다. 그 비료 포대 종이 속에는 떡 한 조각과 비계 덩어리가 대부분인 삶은 돼지고기 한 조각이 들어 있었다. 비료포대 종이는 기름이 퍼져 미끌미끌했다.

당시만 해도 나는 집에 가서 그것을 먹으면서 우리 어머니가 드시고 남은 것을 나에게 주지 않았나 생각했었다. 그러나 뒤늦게 그때 내가 먹었던 것이 어머니가 드시고 싶은 것을 참고 남겨 두었다가 자식에게 내준 것이란 것을 알게 되었다. 자신의 배고픔은 마다않고 자식의 배고픔만 걱정하는 분이 어머니였다. 내가 크면서 어머니에 대한 존경과 사랑을 갖게 되고, 어머니의 삶 자체에서 감명을 받은 것은 어찌 보면 당연했다.

내가 이런 어머니의 삶에서 배운 것은 챙기는 문화이다. 지금 우리의 시대 아쉬운 것이 없고 그래서 챙길 필요가 없는 풍요의 시대이다. 먹을 것이나 입을 것 모두 아까운 줄 모르고 버리는 시대가 되어 버렸다. 친구들과 회식할 때 보면 갈비가 타고 생선이 타서 버려지고 너무 많이 시켜서 배가 불러 버려진다. 어머니는 자식을 생각하며 먹을 것도 못 드셨는데, 음식이 남아서 버리는 지금의 풍요를 보면 자꾸 그때의 옛날을 돌아보게 된다. 어머니가 자식을 생각하며 챙겨 주었던 그 한 조각의 떡과 한 점의 돼지고기를 생각하게 된다. 시대에 따라 환경에 맞게 사는 것이 삶이라 하겠지만, 어머니의 삶을 지켜보며 자랐던 나는 자꾸 옛 시절로 고개를 돌리게 된다. 그리고 옛날 우리 삶에서 배워야 하지 않을까 하는 생각을 갖게 된다.

그 영향인지 나는 친구들이나 허물없이 지내는 사람들과 같이 식사할 때는 남는 음식은 꼭 싸 오는 버릇이 있다. 그래서 지금도 차 트렁크에 그릇을 넣고 다닌다. 요즘은 포장 용기가 아주 잘되어 있어서 그릇을 내밀지 않아도 부탁만 하면 잘 싸서 준다.

또 어머니가 어디서나 자식 생각을 했듯이 맛있는 것을 먹을 때면 어머니 생각을 하게 된다. 알고 보면 어머니에게 배운 것이다. 그래서 친구들과 삼계탕을 먹을 때면 한 그릇을 포장해서 집으로 들고 들어오는 버릇이 있다. 친구들과 함께 식사할 때면 어머니 몫을 챙겨도 부담이 없고, 맛있는 음식이면 더더욱 어머니 생각이 나서 그것이 추어탕이건 갈비탕이건 꼭 한 그릇을 포장해 달라고 부탁하게 된다. 그럴 때면 식당에선 빨리 집에 들어가야 한다고 주의를 주곤 한다. 음식에 따라 바깥에 오래 두면 안 되는 것이 있기 때문이다. 사무실에 들렀다 가야 하면 냉장고에 넣어 두었다가 집으로 가져가야 한다고 일러준다. 혹시나 상할까 염려하는 식당주인의 마음을 느낄 수 있다.

이는 나만이 아니라 우리 집의 문화이기도 하다. 딸들도 직장에서 회식을 하다 음식이 남으면 싸 가지고 들어오고, 또 맛있는 것이 있으면 할머니 몫이라며 챙겨 오곤 했다.

아내도 마찬가지이다. 아내는 초등학교 교장 선생님인데 교장쯤 되면 남은 음식 싸기를 주저할 만도 하지만 역시 예외가 없다. 이제는 선생님들이 "댁에 어머님 계시지요?" 하면서 음식이 많으면 아예 싸서 별도로 준비해 주기까지 한다고 들었다.

우리 집안은 버리는 문화보다 남는 것을 잘 챙기고, 또 먹기 전에 어머니 것을 미리 챙기는 문화를 갖고 있다. 그래서 자주 다니는 단골집은 내가 가면 이미 알고 미리 챙겨서 준비해 주기도 한다. "이거 할머니 갖다 드리세요" 하면서 건네주는 그 마음을 받을 때면 고맙기 그지없다.

어머니는 나를 키우면서 자신의 삶 자체로 내게 귀중한 교육을 해 주셨다. 어머니는 자식 사랑으로 챙겨 주신 떡 한 조각, 고기 한 점이었지만, 그것이 나에겐 살아 있는 교육이 되었다. 삶처럼 위대한 교육은 없다고 본다. 그것은 머리로 배우는 교육이 아니라 우리의 몸에 새겨 주는 교육이다.

어머니께 나만 팔자에 없는 자식

● ● ●

내가 다닌 초등학교는 고향에 자리한 낙안초등학교였다. 그런데 낙안초등학교는 면사무소에서 너무 멀리 떨어진 곳에 있었다. 그러다 보니 행정적인 관리가 늦어져 나는 초등학교를 아홉 살에 들어가게 되었다. 그때는 나만 그런 것은 아니었고 마을의 친구들도 다들 그랬다. 그러나 면사무소 가까운 곳에 살았던 면장 아들이나 양조장집 아들, 또는 지역 유지의 아들은 행정 처리가 제때 되어 대개 일곱 살에 학교에 들어갔다.

지금은 그것도 추억거리로 나눌 수 있게 되었지만, 당시만 해도 학교생활은 어린 내가 느끼기에는 공정하지 못한 느낌이 들어다. 양조장집, 우체국장, 유지 아들이 우선순위 대상으로 다른 아이들에 비하여 선생님의 사랑을 많이 받았기 때문이다. 특히 양조장집 아들은 양조장이 바로 학교 앞에 있었기 때문에 더더욱 텃세가 심했다.

문제는 이 아이들이 일곱 살에 들어와 체구가 작은 데도 꼭 나를 건드린다는 것이었다. 나는 그 아이들보다 두 살 위라 체구에서 밀리질 않았다. 그래서 누가 건드리면 그중 하나에게 본보기를 보여준다. 그런 일이 생기면 담임선생님은 누가 잘못했는지 시비를 가릴 생각을 하지 않아 섭섭한 경우가 종종 있었다. 내 경우에는 두 살 더 먹은 나이 때문에 선생님 앞에서 아주 불리했다. 선생님이 두 살이나 더 먹은 네가 이해를 해야 하는 것 아니냐며 내게 잘못을 묻곤 했기 때문이다.

그래서 친구들과 싸우고 나면 그만 아홉 살이란 나이가 죄가 되어 선생님께 얻어맞곤 했다. 선생님은 우리들이 벌인 싸움의 사유를 묻기보다 나이 많은 내가 이해하길 바랐다. 그 때문에 한 때는 선생님에 대한 반항과 불만을 갖고 있기도 했다. 지금은 그것도 가끔 돌아보며 회상에 잠기는 추억이 되었다.

그러던 어느 토요일이었다. 그날은 같은 반 아이를 좀 심하게 많이 때렸다. 그때 내게 맞은 아이는 양조장집 아들이었다. 싸움이야 여러 번 있었지만, 이번에는 뜻하지 않은 사태가 벌어졌다. 그 아이 아버지가 자전거를 타고 우리 집으로 쫓아온 것이다.

사실 그때 내게는 나름대로 계산이 있었다. 토요일이니 일요일에 쉬고 나면 모든 일이 다 잊어질 줄 알았다. 그래서 그날은 다른 때보다 좀 더 많이 때린 것 같다. 그러나 일요일 날 잊어버리고 지나치지 못할 만큼 심하게 때렸는가 보다.

그 아이가 울면서 집으로 돌아가고 난 뒤 아이의 아버지가 자전거를 타고 우리 마을까지 찾아오기에 이르렀고 우리 집에선 난리가 났다. 그때 어머니는 내 허리를 잡고 "팔자에 없는 아들이 태어나서 내

속을 썩이고 남들이 찾아와 집안을 시끄럽게 만든다"고 말씀하시면서 나는 그날 엄청나게 맞았다. 보통 사람들이 심하게 맞을 때 눈앞에 별이 보인다고 말하는데, 그날 내 눈 앞에서도 별이 번쩍였었다. 어머니께 혼난 기억 중에선 가장 호되게 혼난 기억으로 남아 있다. 그때가 언제였는지 흐릿하긴 하지만, 아마도 아홉 살, 그러니까 초등학교 1학년 때 쯤의 일인 것 같다.

따지고 보면 어머니가 나에게 팔자에 없는 자식이라고 말씀하신 것도 무리가 아니었다. 우리 집에서 내 위의 형님들은 싸움을 하고 들어온 적이 없었기 때문이다. 어머니는 아주 엄했다. 우리 형님들은 나이가 스무 살이 넘어도 잘못한 일이 있으면 다 어머니 앞에 무릎을 꿇고 잘못했다고 빌었다.

그런데 나는 빌라고 하면 싫다면서 도망가곤 했다. 바깥에서 아들 일로 사람이 찾아와 항의하고 간 것도 나밖에 없었다. 형제들 중 나만 팔자에 없는 아들이라는 소리를 들으며 매를 맞았지, 형들은 다들 얌전했다. 나는 누구에게 먼저 시비를 거는 법은 없었지만, 누가 시비를 걸면 절대로 맞고 들어오진 않았다. 위로 형님들이 많았기 때문에 믿는 구석이 있었던 면도 있었다. 또 형님들이 내 기를 많이 살려 주었기 때문에 억울한 일을 당하면 참지를 못했다. 자라면서 억울함을 눌러 참아야 하는 경우는 없었지만, 선생님의 편애 때문에 겪은 마음의 상처는 상당히 컸다.

그러나 어머니가 나에게 한 "팔자에 없는 자식"이라는 말은 그냥 하는 말이었다. 예전에는 말썽을 피우거나 일을 내면 시골 어머니들이 곧잘 팔자에 없는 자식이라는 말로 자식들을 나무라곤 했다. 그것은 자식이 어머니 말을 거역해서 속상하다는 뜻 외에는 큰 의미가 없었다. 나도 그 말을 들으며 많이 혼났지만, 그 말을 마음에 담아 두지는 않았다.

  가끔 나는 어머니 살아계셨을 적에 그때 얘기를 하며 "그때 팔자에 없는 아들이 태어났다고 내게 그랬는데, 만일 내가 없었더라면 누가 어머니를 이렇게 존경해 주고 사랑해 주겠냐"고 슬쩍 어머니를 떠보기도 했었다. 그러면 어머니 입가에는 웃음꽃이 피어난다. 이 녀석이 그때 일로 어머니를 놀리는구나 싶으신 것이다. 어머니의 웃음에 맞추어 나도 크게 웃으며 얘기 끝에서 "사실은 팔자에 있었기 때문에 내가 태어나서 이렇게 어머니 모시고 사는 것" 이라고 단단히 못을 박아 두곤 한다.

서리의 추억

● ● ●

　어릴 때 시골서 자란 사람치고 서리에 관한 추억 하나 없는 사람은 없을 것이다. 나도 마찬가지이다. 그 추억은 중학교 1학년 때쯤으로 거슬러 올라간다. 그때는 60년대로 산비탈에 심은 수박과 참외가 익어가고 있었다. 수박 주인은 비탈진 수박밭에 원두막을 하나 지어 놓고 그곳을 지켰다.　수박이 익어가는 시기는 여름 방학과 겹친다.

　여름 방학이 되면 외지로 공부하러 나갔던 친구들이 고향에서 모였다. 그리고 새벽에 다들 함께 소꼴을 베러 가곤 했다. 내 고향 낙안에서는 그것을 새벽에 베는 풀이라고 하여 새벽풀이라고 불렀다. 새벽에 베러 가는 것에 다른 뜻은 없었다. 다만 해가 뜨기 전에 베러 가야 덥지 않기 때문이었다.

　우리 동네는 '웃동'이라고 불렀다. 위에 있는 동네란 뜻이다. 소꼴 베러 가는 아이들은 웃동의 산에 가면 동네의 누군가가 해 놓은 수박밭이 있다는 정보를 나눴다. 누군가는 가서 따 먹어 봤더니 맛있더라고 자랑하고. 그러다 보면 우리도 한번 가 보자는 집단 모의가 나온다. 그러던 어느 날, 동창인 형호와 친구 네 명이 모여 수박 서리에 나서게 되었다. 지게를 지고 소꼴을 베러 가는 비탈길 옆이 모두 수박밭이고 참외밭이었다. 아이들은 낮에 미리 봐 두었기 때문에 수박과 참외를 잘도 찾아냈다. 서리도 사전 답사를 해야 한다는 것을 그때서야 알았다. 나는 아이들에게 물었다.

"야, 도대체 수박이 어디에 있냐? 나는 수박이 하나도 안 보인다."

내가 목소리가 좀 큰 편이다. 그 소리가 원두막을 지키던 주인의 귀에까지 들어갔던가 보다. 갑자기 어디선가 벼락같은 고함 소리가 났다.

"네 이놈들!"

그 소리와 함께 우리 눈앞에 나타난 것은 수박밭 주인이었다. 아이들은 모두 번개같이 달아나 버렸다. 하지만 나는 수박밭에 안 들어가고 길가에서 두리번거리며 한마디 했다가 그만 들키고 말았다.

수박밭 주인은 나에게 그냥 할 말이 있으니 다시 원두막으로 오라고 했다.

우리 고향에선 원두막을 "우산각'이라고 불렀다. 내키지는 않았지만 수박 서리를 하다 들켰으니 안 갈 수도 없었다. 가 보니 사탕과 수박을 갖다 놓고 나를 기다리고 있었다. 게다가 그 당시 아주 귀했던 칠성 사이다까지 마련해 놓고 있었다.

수박밭 주인은 내게 말했다.

"나는 네가 안 따 먹은 것은 다 안다. 그러니 그날 수박 따 먹으러 온 애들 이름만 대라. 그럼 너는 혼내지 않겠다."

그러나 어떻게 나 하나 살자고 친구들을 팔아먹겠는가. 나는 "모른다"면서 끝까지 버텼다. 나는 따 먹으려는 마음은 있었지만, 수박밭에는 들어가질 않았고 실제로도 따질 않았다고 말했다. 자꾸 버티면서 아이들 이름을 대지 않으니까 주인은 그러면 지서에다 고발한다고 협박했다.

그 다음이 문제였다. 나는 안 따 먹었으니 경찰서장이 와도 안 무섭고 검사가 와도 안 무섭다고 아주 세게 나갔기 때문이다. 수박밭 주인은 그 말에 감정이 상하고 말았다. 조그만 녀석이 어른 말에 토를 달면서 자기주장을 계속하고, 또 아이들 이름도 불지를 않으니 열받기 시작한 것이다. 수박밭 주인은 정말 우리들을 지서에 고발하기에 이르렀다. 내가 불지 않아도 이미 아이들 이름은 다 알고 있었다. 알고 보니 나는 그저 증인으로 삼기 위해 부른 것뿐이었다. 그리하여 그때 수박을 따 먹은 친구들 모두가 지서에 불려가고 말았다. 나는 지서에 들어가서 본보기로 엎드려뻗쳐를 한 뒤 엉덩이를 몇 대 맞았다. 우리를 겁주기 위한 매였다. 그런데 나만 본보기로 맞다 보니 억울했다. 왜 죄도 없는 놈만 때리는가 하는 억울함이 있었지만, 지서이다 보니 주눅이 들어 대들지는 못했다. 우리는 그날 하루밤를 지서에서 자야 했다.

밤에 같이 수박을 따 먹었던 친구들 가운데 한 친구의 삼촌이 찾아왔다. 저녁 늦게 와서 저녁을 못 먹었을까 걱정하며 간식을 주고 갔다. 그래서 간단하게 빵 몇 개를 먹고 하룻밤을 자게 되었다. 다음 날 아침이 되자 친구 친척들이 또 찾아왔다. 아침에는 친구들에게 사탕을 나누어 주었다. 그런데 부모나 친척이 찾아온 친구들은 열 개나 다섯 개를 주면서 나는 세 개밖에 주지 않았다. 나로서는 서운하기 이를 데 없었다.

　가끔 그때 생각이 난다. 지금 같았으면 세 개도 고마워했겠지만, 당시엔 어린 나이라 그것을 이해할 수 없었다. 하지만 세월이 많이 지나고 나니 그것도 가끔 웃고 지나가는 추억이 되었다.

　우리가 지서에서 조사를 받는 동안 찾아오는 어른들은 다 친구들의 삼촌, 형님이 되는 사이였다. 내 고향은 연일 정씨들이 모여 사는 집 성촌이라 따지고 들면 마을 사람들은 다 친척관계가 이루어진다. 때문에 누가 와도 친척이 되었다. 그러나 김 씨인 나는 그렇질 못했다. 우리 문제로 이장도 다녀갔다. 그 당시 우리 집은 형님들이 객지로 돈 벌러 나가고 아버지와 어머니 밖에 없었다. 부모님은 오지 않으셨다. 나 혼자 쓸쓸하게 지서에 있어야 했다. 나는 끝까지 안 따 먹었다고 말했더니 가도 좋다고 했다. 물론 다른 친구들도 결국은 다 나왔다. 수박밭 주인과 합의했다고 들었다. 합의는 수박 따 먹은 대가로 쌀을 반 가마니씩 주는 선에서 이루어졌다고 한다. 그날 일은 내 입장에서 보면 친구들과의 의리를 지키기 위해 입을 다무는 바람에 지서에서 하룻밤을 꼬박 새우며 1박을 하고 만 것이었다. 그 때문인지 나오니까 친구들의 친척인 정사하 삼촌이 짜장면을 한 그릇씩 사주었다. 그때 짜장면 맛은 잊을 수가 없었다. 그런 꿀맛이 없었다.

　어머니는 내가 안 따 먹었다고 하니까 아무 말도 하지 않았다. 전적으로 내 편을 들어 주었다. 작은외삼촌이 따 먹지도 않은 나에게도 같이 갔다는 이유만으로 쌀 반 가마니를 가져오라고 하자 어머니는 화를 내면서 "왜 따 먹지도 않은 애에게까지 책임을 묻느냐"며 나무랐다. 작은 외삼촌이 조카아이의 말을 믿고 그 억울함을 풀어 주어야 하는데 그렇지 않으니까 오히려 어머니가 역정을 내며 내 편을 들었다. 그래서 결국 나는 열외가 되었다. 서리의 추억 한 켠에는 그렇게 내 편이 되어 주었던 어머니에 대한 기억도 함께 남아 있다.

반면교사가 된 아버지

• • •

　아버지는 법 없이도 살 착한 분이었다. 심성이 어진 분이었고, 남들에게 싫은 일을 하는 법이 없었다. 아는 분들에게 아버지는 마냥 좋은 분이었다. 그러나 어머니 옆에 서 있던 아버지의 모습은 바깥의 평판과는 조금 달랐다. 아버지는 어머니에게 삶의 반려자로 함께 서 주지 못했다. 돌아가신 분께 이런 표현을 쓴다는 것이 송구스럽지만, 솔직하게 밝히자면 아버지는 술 없이는 못 사시는 분이었다. 양조장 일을 했기 때문에 약주를 좋아하신 것이야 이해하지만, 그 정도가 아주 심해 아내 없이는 살아도 술 없이는 못 살 정도였다.

　내 기억에는 일 년 365일이면 360일은 술을 드셨다. 손가락으로 일일이 꼽아보지 않았으니 정확히는 알 수가 없다. 어릴 때 내 마음에 박힌 인상이 그랬다. 사실 술을 드시는 것도 다 이해할 수 있다. 그런데 술을 드셨다 하면 그 뒤가 문제였다. 저녁 여섯 시나 일곱 시에 드시면 그때부터 밤늦게까지 하신 말씀을 끊임없이 반복하셨고, 가족들은 그 얘기를 계속 듣고 있어야 했다. 가족들에게 그것은 참으로 고역이었다. 그런 날이면 어머니께서는 뒤편에 친정 오빠네 집이 있었던 관계로 그쪽으로 피신을 가기도 했다. 우리는 아버지의 권위에 눌려 꼼짝없이 집안에서 아버지 얘기기를 들어야 했다.

당시 아버지의 별명은 KBS 중앙 방송이었다. 그 당시만 해도 시골은 전파 사정이 안 좋다 보니 안테나 없이도 잘 나오는 것은 중앙 방송뿐이었다. 마을 어른들은 나의 아버지는 중앙 방송 KBS고, 다른 분들이 술 드시고 주정을 하면 그분들은 지방 방송이라고 했다.

우리가 동네에 나가면 아이들이나 어른들이 우리를 KBS라고 부르며 놀리곤 했다. 특히 이장님이나 아이들 놀리기 좋아하는 몇몇 어른들이 더욱 그러곤했다.

"야, 너희 집 중앙 방송이 오늘 조용하구나. 빨리 가서 중앙 방송 KBS 좀 틀어 놓거라."

어렸을 때는 그 소리가 정말 듣기 싫었고, KBS란 말에 거부감이 아주 컸다.

그런데 인연이란 참 묘한 것인지 어머니와 함께 방송 출연을 가장 많이 한 곳 또한 KBS였다. KBS에만 한 여덟 번 이상 출연한 것 같다. 어릴 적엔 아버지 별명 때문에 KBS라는 말 자체가 듣기 싫었는데 아버지 별명으로 맺어진 인연 때문인지 여러 번 KBS에 생방송으로 출연하는 기회를 갖게 되었다. 또 방송국에서 우리 집에 와서 사는 모습을 찍어간 뒤 방송한 경우도 있었다. 그래서 지금은 산소에 가면 "아버지, 제가 요즘은 중앙 방송을 잘 보고 있습니다"라는 말을 건네며 웃곤 한다.

〈군대에서도 술과 담배를 배우지 않다〉

어릴 때 아버지를 보고 내가 결심한 것은 아버지처럼 무엇을 해야 겠다가 아니라 무엇을 하지 말아야겠다는 것이었다. 아버지는 슬프게도 나의 반면교사였다. 나는 아버지에 대해 피해 의식이 있었고, 적어도 아버지에게서 세 가지는 배우지 않겠다고 결심하게 되었다.

그 첫 번째는 술을 배우지 않겠다는 것이었다. 남들은 군대 가서 술과 담배를 배운다고 하지만, 나는 군 복무를 할 때도 술과 담배를 배우지 않았다. 그러다 50대 중반에 들어서면서 등산을 하게 되었고, 하산 길에 막걸리 한두 잔 마시게 되었다. 이 또한 옛 생각 때문이었다. 어렸을 적 시골에서 살 때 먹을 것이 없어 집에서 만든 밀주에서 나오는 막걸리 찌꺼기를 먹곤 했었다. 어린 나이에 사카린을 쳐서 간식용으로 먹곤 했던 그 술지게미가 자꾸 생각이 나곤했다. 나는 한 잔의 막걸리로 그 향수를 달래곤 한다.

내가 술을 못하는 것이 아니다. 술을 아내보다 더 가까이 끼고 사셨던 아버지를 생각하면 내 몸 속에도 술을 마실 수 있는 피가 섞여 있음은 분명하다. 그럼에도 나는 술 마시는 것을 자제해 왔다. 하지만 그동안 전혀 술을 마시지 않은 것은 아니고 일 년에 딱 한 번은 먹었다. 내가 아끼는 후배들이 몇 명 있는데 그들과 만나는 날은 기분 좋게 마신다. 주량은 양주 반 병쯤 마신다.

후배들을 만나는 그 자리에선 편한 마음으로 술을 마시긴 하지만, 어머니에게 술 마신 모습을 보이지 않기 위해 사우나에 가서 몇 시간씩 있다가 집으로 들어갔다. 술에 대한 지긋지긋한 기억은 아버지 한 분으로 끝마쳐야지, 자식이 어머니에게 술취한 모습을 보여서는 안 된다는 것이 나의 결심이었다. 내가 술을 먹고 비틀거리면 그것은 스스로에게 한 약속을 지키지 못하는 것이 되며, 내가 세워 놓은 삶의 원칙을 위반하는 일이 된다. 그래서 나는 술을 가급적 마시지 않는다. 그리고 지금까지는 그것을 잘 지켜 오고 있다.

돌이켜 보면 어릴 때 아버지의 술 때문에 받은 마음의 상처는 아주 컸다. 동네 어른들은 저 집에는 딸 주면 큰일 난다는 소리를 하곤 했다. 아버지가 저렇게 술을 좋아하는데 그 아들들이 다 닮지 않겠느냐는 것이었다. 아마 내가 계속 고향에서 살았다면 장가도 못 갔지 않았을까 싶다. 아버지가 술을 좋아한다는 것은 그 지역에 소문이 다 나서 모르는 사람이 없었다. 동네 어르신들은 그냥 우스갯소리 삼아 "저 집 아들들은 장가도 못 갈 것"이라고 말했지만, 우리들에겐 큰 상처였다.

다행히 동네 어른들의 말씀은 모두 빗나갔다. 우리 형제간들이 모두 결혼을 잘했고 좋은 분들을 만나 지금 잘 살고 있기 때문이다. 그 중에는 아버지의 피를 고스란히 물려받아 술이 아주 센 형제도 있지만, 술 습관에 관한 한 아버지를 닮은 분은 한 분도 없다. 모두가 자기 본분을 지키며 살았다. 아마 형님들이 아버지가 갖고 있던 술 문화에 휩쓸렸다면 나도 술에 저항하기 힘들었을지도 모른다. 그런 점에서는 아버지에게서 술과 담배 그리고 여러 가지 좋지 않은 습관을 안 배운 형님들에게 항상 감사한 마음이다.

남자 형제들이 많은데도 아버지의 술 예찬 체질을 비켜갈 수 있었던 것은 "제발 술 먹지 말라"고 기도한 어머니의 덕택으로 보아야 할 것 같다. 그 정성을 생각하면 어떤 기도도 어머니의 기도를 따를 수가 없을 것이다. 어머니의 정성 어린 기도가 오늘날 우리 형제들이 건강하게 살고 남에게 구걸하지 않으며 생활하게 된 기반이 되지 않았나 싶다. 그런 생각에 이르면 항상 어머니에게 감사하고 고맙다. 어디에 가서도 어머니를 존경하고 사랑한다는 말을 자신 있게 할 수 있는 것도 우리 삶의 바탕에 항상 어머니가 계셨기 때문이다.

그런데 여기서 한 가지 고백하자면 사실 어머니가 백수를 바라보게 되었을 무렵 집안에서도 술을 조금씩 했었다. 하지만 이것을 술을 한다고 해야 할지는 모르겠다. 눈이 오거나 비가 올 때, 또는 아파트의 창밖으로 달이 떠서 분위기가 한층 고조된 밤이면 어머니와 함께 촛불을 켜고 와인 한 잔으로 건배하는 정도였기 때문이다. 그런 날은 어머니도 와인 한 잔, 나도 와인 한 잔이었다. 그 정도의 술은 삶을 더욱 윤택하게 해 준다. 아내는 잔만 부딪치고 그대로 내려놓는다. 분위기 좋은 저녁이면 와인 한 잔으로 분위기를 돋우고 그것으로 하루를 마무리하는 것이 우리 집의 술 문화이다.

〈자식에 대한 무관심을 자식 사랑으로 바꾸다〉

둘째는 술과 밀접하게 연관되어 있는 것이긴 한데 바로 담배를 피우지 않겠다는 결심을 한 것이다. 이상하게 술에는 꼭 담배가 따라 붙는다. 아버지께서는 술을 좋아하기도 했지만 담배 또한 골초였다. 대나무 빨대로 담배를 한번 피워 무시면 방 안이 완전히 안개 세상이 되었다. 그러면 우리는 담배 연기가 매워서 눈에서 눈물을 흘려야 했다. 아버지는 좋았는지 모르겠지만 자욱한 담배 연기 속에서 가족들

아버지를 모시고 고흥 남양면 조상성묘를 마치고 아내. 딸들과 함께 찍은 것이다.

101세 어머니와 공원 산책

이 받은 고통은 이루 말할 수 없었다. 그래서 나는 담배는 아예 처음부터 배우지 않았다.

　셋째는 자식에게 무관심한 아버지가 되지 않는다는 것이었다. 그것은 곧 아이에 대해 아버지의 도리를 다하겠다는 결심이었다. 내가 초등학교를 다닐 때는 아버지들이 학교에 와서 수해로 무너진 축대를 쌓는다든가 하는 자원봉사를 했었다. 그럴 때 아버지는 한 번도 학교에 온 기억이 없다. 내가 공부하는 교실은 물론이고 교문에조차 발을 들여놓은 적이 없었다. 나는 아버지의 무관심으로 항상 손해 본다는 피해 의식을 갖게 되었다. 그때 나는 내 자식들에게는 그런 아버지 모습을 보여서는 안 되겠다는 결심을 했다.
　딸이 태어나 나도 아버지가 되면서 이제 그런 결심을 실천할 수 있게 되었다. 생각해 보면 아주 잘해주지는 못했지만, 자식에게 할 도리는 해야 한다는 내 결심은 딸아이를 낳았을 때도 여전히 마찬가지였다. 딸아이는 서울에 있는 시흥초등학교에 다녔다. 지금은 금천구로 바뀌었지만, 당시에는 구로구에 있는 학교였다. 역사가 100년 가까이 되는 유서 깊은 학교였다.
　우리 딸이 그 학교에 들어갔을 때 나는 육성회장을 맡아 학교에 봉사했다. 나는 조금이라도 더 관심을 갖고 적어도 나의 무관심 때문에 딸들이 피해 보는 일은 없도록 해 주겠다고 생각했으며 그 생각을 실천에 옮기기 위해 노력했다. 아버지는 평생 한 번도 학교에 오신 적이 없었지만, 아버지에게 받지 못했던 아버지의 정을 2세에게는 아낌없이 베풀어 주고 싶었다. 육성회장을 할 때 특히 기억나는 일로는 시흥초등학교의 숙원 사업인 낡은 교사 철거를 비롯해 몇 가지 사업을 마무리해 준 것이다.

　이들 세 가지, 그러니까 술과 담배, 그리고 자식에 대한 부모의 무관심은 아버지를 보고 하지 말아야겠다고 결심한 것이었는데, 지금까지는 이를 그대로 지켜 왔다. 그리고 보면 아버지는 내가 닮고 싶은 모습의 정반대 편에 서 계셨지만 아버지에게서도 삶을 배운 셈이다. 또 어떤 모습이든 아버지의 이름으로 그 자리에 서 계신 분이 있다는 것만 해도 많은 교훈을 주셨다고 생각하며, 아버지의 삶에서 세상을 살아가는 지혜를 터득하게 된 것이기에 감사하게 생각한다.

아버지 자리에 계셨던 어머니

● ● ● ●

　남녀가 따로 없는 시대가 되어 가고 있다. 남자는 부엌 근처에도 가면 안 되는 것으로 알았던 우리 시대와 달리 남편이 앞치마를 두르고 부엌에 들어가 아내를 위해 설거지를 해 주고 청소를 해 주면 점수가 더욱 후해지는 것이 요즘 시대이다. 그것을 남자들이 남자의 위치를 잃고 있다고 보지는 않는다. 오히려 남자와 여자가 서로 도와가며 살아가는 바람직한 삶의 모습으로 본다. 나도 아내를 돕기 위해 내가 몸소 장보기에 나서기도 하고 또 부엌에 들어가기도 한다.

　내가 자라던 시대는 남녀가 엄격히 구분되어 있던 시대였다. 남자가 해야 할 일이 있었고, 여자가 해야 할 일이 따로 있었다. 우리 시대 또한 나쁘지 않다고 생각한다. 우리 시대에도 남자가 돈을 벌어 경제력을 책임지고 여자가 집안 살림을 잘 꾸리면 집안의 화목이 이루어졌으며 가족 모두가 행복하게 살 수 있었다. 그러나 그런 점에서 보면 어머니는 남편의 조력을 받지 못한 분이다.

이제는 지나간 일이라 이런 얘기도 웃으면서 할 수 있게 되었지만, 사실 우리 집안에서 아버지 역할을 한 것은 어머니였다. 특히 학교와 관련해선 더더욱 그랬다. 내가 초등학교를 다니던 1960년대 초반과 중반에는 울력이란 것이 있었다. 지금으로 치면 부모님들이 학교에 와서 하는 자원봉사라고 할 수 있다. 요즘은 보통 어머니들이 급식 봉사 같은 것을 해 주는 것으로 알고 있다. 그런데 울력이 있어 어른들이 학교를 찾아올 때면 아버지의 자리엔 어머니가 계셨다. 당시에는 홍수로 무너진 학교의 축대를 쌓거나 하는 봉사였기 때문에 어머니보다 그 집안의 아버지나 머슴들이 봉사를 나왔다. 친구들 집에서는 모두 아버지나 머슴들이 와서 지게를 지고 바위나 흙을 나르는데, 우리 집만은 어머니가 와서 머리에 소쿠리를 이고 일을 했다.

어머니가 다른 아이들의 아버지나 머슴, 그러니까 남자들 속에서 일하고 있는 모습을 보면 나는 그것이 못내 싫었다. 어머니가 올 때마다 괜히 화가 치밀어 오르곤 했다. '다른 아이들은 모두 저렇게 아버지나 머슴이 오는데 왜 우리 집은 어머니가 오시냐.' 나는 그렇게 생각하며 볼이 메곤 했다. 그런 어머니를 볼 때면 두 가지 감정이 뒤섞이곤 했다. 하나는 부끄러움이었고, 다른 하나는 어머니에 대한 미안함이었다.

학교뿐만이 아니었다. 농사일에서도 그랬다. 아버지께서 한량이었던 관계로 어머니가 그 짐을 모두 짊어지지 않을 수 없었다. 집안에서는 물론이고 논과 밭에서도 항상 내가 본 것은 일하고 계신 어머니였다. 우리를 거두어 키우는 것은 온전히 어머니의 몫이었다. 어머니는 어머니였을 뿐만 아니라 우리 집안의 아버지이기도 했다.

KBS 1TV의 아침마당에 출연하여 제주도 여행 상품권을 받았다.
그때 어머니와 함께 제주도 여행을 다녀왔다.

이 세상의 모든 어머니가 그렇듯이 우리 어머니도 인고의 삶을 짊어지고 살아오셨지만, 자신의 힘겨움을 한탄하기보다 항상 자식 걱정이 앞서는 분이었다. 상황에 밀려 모든 자식을 가르칠 수 없었지만, 막내인 나에게는 교육열을 불태웠고, 결국 나는 어머니의 그 열의를 바탕으로 공부할 수 있었다.

어머니가 우리를 키우면서 항상 잊지 않았던 가르침 중 첫 번째는 정직하게 살고 올바르게 크라는 것이었다. 그것은 어머니의 신조였다. 어머니의 두 번째 가르침은 법 없이도 살 수 있도록 하라는 것이었다. 어느 부모나 자식에게 그런 얘기를 할 수 있다. 또 모든 부모들이 자식들에게 그렇게 교육할 것이다. 하지만 우리 어머니는 일반적인 말에 그친 것이 아니었다. 생각해 보면 어머니 자신이 그런 삶을 살아오셨다. 어머니는 말로만 가르친 것이 아니라 자신의 자식들이 걸어가기를 바랐던 삶의 길을 직접 보여 주셨다. 어머니는 자신의 삶으로 우리를 교육했다. 어머니는 우리에게 어머니이기도 했지만 아울러 우리의 아버지이기도 했다. 어머니는 어머니와 아버지의 역할을 모두 하고 계셨다.

'엄니'라는 이름의 위대한 힘

● ● ⊪

　어머니 얘기를 하면서 산다랑지를 빼 놓을 수 없다. 산다랑지란 산비탈의 황무지를 개간해서 만든 논과 밭을 이르는 전라도 말이다. 돌이 많은 산비탈을 논밭으로 바꾼다는 것은 쉬운 일이 아니다. 더구나 지금처럼 기계가 있던 시절도 아니었다. 일일이 손으로 땅을 파서 돌을 골라내고 경사를 평탄하게 다듬어야 농사를 지을 수 있는 땅이 되었다. 모두가 사람의 힘을 빌려야 하는 일이었다.

　어머니는 남자도 하기 어려운 그 일을 해내셨다. 가난한 살림 속에서도 오직 자식을 위해 한 입이라도 먹이겠다는 사랑이 없이는 불가능한 일이다. 참으로 고달픈 인생살이였다. '산다랑지'는 만들어 놓은 것 만으로 끝이 아니다. 대개 물을 끼고 자리를 잡는 평지의 논과 달리 산다랑지의 논은 천수답이다. 비가 오지 않으면 모내기를 할 수가 없다. 마냥 하늘만 쳐다보고 있을 수밖에 없다. 비는 야속하게도 원할 때, 때맞춰 내려주지 않는다. 밤과 새벽을 가리지 않는다. 어릴

어머니께서 가족들을 위해 쑥을 채취하고 계신다.

적 어둠 속에서 초롱불을 들고 빗속을 나서는 어머니를 본 적이 많다. 비가 오면 밤이든 새벽이든 때를 가리지 않고 산다랑지로 달려가 어둠 속에서 오직 감각만으로 모를 심으며 날을 밝히셨다.

우리 고향에선 어린아이가 죽으면 항아리에 담은 뒤에 산골짝에 묻고 돌무덤을 만들어 주는 풍습이 있었다. 그 무덤을 '아담우락'이라고 불렀다. 산다랑지 옆에는 유난히 그 아담우락이 많았다. 밤에 산다랑지로 나가 이른 새벽까지 모를 심으며 정신없이 일하다가 잠깐 휴식을 취하다 보면 애기 우는 소리가 들려올 때도 있었다고 한다. 어머니가 고향을 회상할 때 들려주신 얘기이다. 아마도 아담우락이 많다는 것을 알고 있는 데서 온 무서움이 환청으로 들린 것은 아닐까 싶다. 어머니는 그러면 그 무서움을 떨치기 위해 다시 논으로 들어가 정신없이 모를 심으며 일하셨다고 했다.

또 우리 고향에선 죽음을 앞둔 사람에게서 혼이 나가면 그 혼이 불꽃이 되어 날아간다는 얘기가 있다. 그것을 '혼불'이라고 했다. 어머니는 가끔 모를 심다가 혼불이 산 주변에 떨어지는 것을 본 적도 있다고 했다. 그때면 무서움에 머리털이 곤두서곤 했다고 말씀하셨다.

보통 어머니의 시대엔 집안일이 여자 몫이고 바깥일은 남자 몫이었지만, 한량이었던 아버지 때문에 우리 집안의 거의 모든 일은 어머니가 짊어져야 했다. 어머니는 집안일은 물론이고 산다랑지의 힘든 농사일도 아버지 대신 도맡아야 했다. 늦가을에는 산다랑지에 보리를 심어야 했고, 초여름엔 겨울을 넘기고 영근 보리를 수확해야 했다. 보리를 수확하고 나면 산다랑지에 벼를 심어야 하는 일이 어머니의 손을 기다리고 있었다. 가을은 추수를 위해 땀을 흘려야 하는 계절이었다. 벼를 베어 다발을 만들고, 그것을 머리 위에 이고 나르며 종일 일을 하던 어머니 모습이 기억 속에 새겨져 있다.

같은 마을에 살던 어머니의 친정 오빠와 남동생, 그러니까 외삼촌들은 논밭이 많았기 때문에 머슴을 부리면서 농사일을 했다. 하지만 어머니는 평지 논보다 몇 배가 힘든 산다랑지에서 피골이 상접하도록 일을 하셨다. 그것은 남자 머슴들도 하기 어려운 일이었다.

어머니는 농사일을 하면서도 틈틈이 시간 나는 대로 베틀 위에 앉아 삼베와 모시를 짰다. 가을에는 밤과 단감을 따서 거두어들였다. 어머니에게는 한가한 시간이 없었다. 틈이 났다 싶으면 산에 가서 나무를 해다가 벌교 5일장에 내다 팔아 한 푼 두 푼 돈을 마련했다. 그 돈이 우리의 신이 되고, 또 우리의 옷이 되었다.

우리는 어머니 덕에 보리죽이라도 먹을 수 있었지만, 정작 어머니는 배를 양껏 채우지 못했다. 식량이 부족한 것을 아는 어머니는 먹을 것을 아끼기 위해 자식들 몰래 허리띠 조르시며 방앗간에서 가져온 쌀 등겨를 볶아서 그것과 물로 허기를 채웠다. 방앗간에서 벼를 도정하면 벗겨진 겉껍질이 겨가 된다. 쌀 등겨는 이보다 부드러운 속껍질로, 보통 닭이나 돼지, 소와 같은 가축에게 먹이곤 했다. 어머니는 사계절 내내 새벽부터 밤늦은 시간까지 소처럼 우직하게 일했지만 먹을 것은 충분하지 못했다. 우리에겐 사람의 밥을 차려 주고 정작 본인은 소 여물 같은 것으로 식사했다. 그 때문일까, 어머니는 언제나 소처럼 눈망울이 맑았다. 어머니가 살아온 삶이 그대로 어머니의 심성이 되었다는 생각이 들곤 했다.

아마도 여자로서 그 모든 일을 해내기가 어려웠을 것이다. 어머니를 보면서 여자는 약하지만 어머니는 강하다는 말에 저절로 고개를 끄덕이게 된다. 어머니도 천생 어머니였다. 어머니는 힘겨운 삶을 인내하고 고통을 참아내면서 억척같이 일했고, 우리는 그 어머니의 삶이 교과서가 되어 우리들의 삶을 개척할 수 있었다.

나는 어렸을 적부터 항상 '엄니'라고 불렀다. 엄니는 나에겐 그냥 어머니가 아니라 위대한 힘의 다른 이름이었다. 어릴 때나 지금이나 그 이름만 불러도 나를 감싸 주는 따뜻한 품이기도 하다. 힘이 들 때면 지금도 나는 조용히 불러본다. 엄니라고. 그러면 엄니는 부르는 것만으로 힘이 된다. 엄니는 따뜻하면서 강력한 나의 힘이다.

나의 길, 나의 고난

특기 장학생으로 학교에 가다

●● ⅲ

　나는 초등학교는 고향인 낙안에서 졸업했다. 빈농의 집안에서 태어난 나에게 중학교 진학은 너무 먼 꿈이었지만, 어머니는 막내아들에 대해서는 남다른 교육열을 보였다. 어려운 집안 형편에도 나만큼은 공부를 시키고 싶어 했다. 나 또한 어머니의 마음과 같아서 정말 중학교에 진학하고 싶었다.

　어머니의 바람이 간절했던 탓인지 내겐 그 길이 열렸다. 그 길을 열어준 것은 주산이었다. 당시 낙안초등학교는 주산으로 아주 유명했다. 전국 초등학교 주산 대회에서 몇 번이나 우승을 거두곤 했었다. 주산에선 명문 중의 명문이어서 심지어 다른 시나 면에서 찾아오기도 했다. 마침 그때는 주산 실력이 뛰어나면 특기 장학생으로 중학교에 진학할 수 있었다. 그렇게 하여 장학생으로 선발되면 기숙사까지 무료로 제공되었다.

　나는 가정 형편이 어려웠기 때문에 주산을 배워서 장학생으로 진학하고 그 다음에 은행에 들어가야겠다고 결심했다. 그리하여 나의 첫 번째 꿈은 광주동성중학교로 진학하는 것이었다.

주산 장학생이란 말이 지금은 아주 생소할 것이다. 컴퓨터 보급과 함께 지금은 주산 자체가 낯선 것이 되어버렸다. 하지만 내가 자랄 때는 모든 은행 업무를 주산으로 처리했다.

주산 장학생이 되기 위한 훈련은 3학년이나 4학년 때부터 시작되고 합숙 훈련까지 받는다. 그러나 나는 이보다 늦은 5학년 때부터 주산을 배우기 시작했다. 그때 비로소 주산 선수반에 들어간 것이다. 다른 아이들과 비교하면 많이 늦은 편이었다.

선수반에는 주산부를 지도하는 선생님이 있었다. 당시 안동희 선생님은 상업학교를 졸업한 뒤 모교에서 후배를 양성하고 있던 분이었다. 내게는 대선배이자 주산에 관한 한 결코 잊을 수 없는 은사이기도 하다. 안동희 선생님은 정말 희생적으로 열정을 다 바쳐 주산부를 양성했고, 그 덕에 우리 주산부는 크게 명성을 높일 수 있었다. 우리는 그 과정에서 합숙 훈련을 받았다.

주산 합숙 훈련은 교촌리의 향교에서 이루어졌다. 그 향교는 조선 시대 양반 자제들을 교육시키던 곳이었다. 주산 선수반 학생들은 이 향교에서 초등학교 5학년 때부터 합숙 훈련을 했다. 우리는 각자 한 달분의 양식을 갖고 향교에 들어갔다. 반찬은 일주일에 한 번씩 부모님들이 돌아가면서 가져왔다. 나무와 같은 땔감도 돌아가면서 해 왔다. 식사는 남녀를 가리지 않고 함께 준비했다. 보통 남자들은 물을 길어 왔고, 여자들은 밥을 했다. 일은 당번제로 나누어서 했다. 대체로 그 향교에서 주산을 배우는 학생들은 약 40명가량 되었다. 나는 집안 형편으로 보면 공부할 수 있는 처지가 못 되었으나, 어머니의 희망에다 막내라는 이유로 행운이 보태어져 기회를 잡을 수 있었다.

그 과정이 순탄치는 않았다. 그때 나와 조카, 즉 큰형님의 자녀들과 나이 차이가 별로 나지를 않았다. 큰형님 댁의 입장에서 보면 막내동생을 공부시키다 보면 자신의 자녀들을 공부시키는 데 어려움이 따를 수 있는 상황이었다. 큰형님과 큰형수는 내가 공부하는 것을 그리 탐탁하게 여기지 않았고, 결국 그 때문에 가정에 약간의 불화가 생겼다.

그 상황에서도 어머니의 태도는 아주 확고했다. 어머니는 막내아들만큼은 공부를 시켜야겠다는 열성적 태도를 고수했다. 합숙 훈련을 할 때 다른 친구들을 보면 대체로 그 집안의 아버지나 집안에서 일하는 머슴, 또는 직계 형제들이 나무를 해서 지게에 지고 향교를 찾아오곤 했다. 그러나 우리 어머니는 큰형님이 도와주질 않으니까 어머니가 밤에 나무 다발을 이고 왔다. 달밤에는 달빛으로 길을 열고 오셨고, 어두운 날이면 등불로 길을 밝히고 오셨다. 어머니의 곁에는 길동무도 하나 없었다. 어머니는 혼자 터벅터벅 그 길을 걸어 오셨다. 아주 먼 거리였다. 왕복 1시간을 잡아야 하는, 밤길이었다.

당시 둘째형님과 셋째형님은 객지에 나가 직장 생활을 하고 있었다. 그러다 가끔 특별히 시간을 내서 집에 들른 날이면 셋째형님이 지게에 나무를 지고 나를 찾아왔다. 그렇게 셋째형님이 오는 날엔 어머니가 그 길에 등불을 비춰 주며 함께 오셨다. 그리고 그런 날 어머니의 머리엔 언제나 쌀과 보리쌀, 반찬을 담은 소쿠리가 있었다. 그때마다 나는 어머니에 대한 존경심을 갖지 않을 수 없었다. 만약 나에 대한 어머니의 그런 열정이 없었다면, 중학교는 꿈도 못 꾸었을 것이다. 미당 서정주는 자신을 키운 것은 8할이 바람이라고 했지만, 내가 중학교를 가고 오늘 이만큼의 자리에 설 수 있었던 것은 8할이 어머니 덕이었다.

〈장학생을 위해 1년간 재수하며, 재도전에 성공하다〉

다른 학생들은 3, 4학년 때 주산부에 들어가 합숙훈련을 받고 있었다. 나는 5학년 때부터 주산부에 들어가 합숙훈련을 받기 시작했다. 6학년 졸업하던 해에 장학생으로 중학교를 진학하는 데는 실패했다. 그리하여 초등학교를 졸업한 나는 1년 더 열심히 주산 연습을 하게 되었다. 주산만 하는 주산부 선수로 공부를 더하게 된 것이다. 그때 우리를 가르쳤던 지도 선생님인 안동희 선생님이 광주 숭의실업고등학교 교사로 스카웃되는 기쁜 일이 있었다. 몇몇 주산을 잘하는 친구들도 나중에 스카웃되어 그 고등학교로 진학했다. 그리고 후임으로 안병숙 선생님이 오셨다.

그런데 재수를 하며 안병숙 선생님 밑에서 주산을 배우던 그 시기에 고민스러운 사태가 벌어졌다. 우리 집안에서 큰형수와 어머니가 불편한 사이가 되어버린 것이었다. 그 상황을 앞에 둔 나는 내가 중학교를 가지 않으면 되겠지 하고 주산 수업을 중단했다. 그때가 가을, 그러니까 농촌에서는 벼 타작을 하던 시기였다. 주산부를 걷어치운 나는 며칠 집에 머물며 일했다.

그때 형님과 형수님은 아주 기분이 좋은 듯 보였다. 전라도 승주군에서는 벼 열 단을 한 짐이라고 부른다. 상머슴이 지는 것이 바로 그

열 단이다. 나는 체격이 아주 좋은 편이어서 열 단을 짊어지고 다닐 정도로 힘이 좋았다. 그런 내가 어른 몫을 해 주니까 형님하고 형수님은 아주 기분이 좋으셨다.

그러나 어머니는 내가 일하고 있는 모습을 보면서 눈물을 훔치곤 했다. 형님과 형수님은 내가 그렇게 열심히 일하면 조카들이 학교를 가는데 도움이 될 것이란 생각을 가졌을 것이다. 하지만 어머니의 뜻은 다른 데 있었다. 어머니에게겐 막내아들이 공부와 거리가 멀어지는 것이 참을 수 없는 안타까움이었다.

어느 날 농사일을 하다가 집에 들어온 나는 힘이 들어서 세수도 않고 그대로 곯아떨어져 자고 있었다. 아주 밤늦은 시간에 인기척이 있어 눈을 떴다. 내 기억에는 아마도 밤 열 시쯤이 아니었을까 싶다.

집안에 누가 찾아와 어머니와 애기를 하고 있었다. 일어나 보니 외가 친척이 찾아와 있었다. 그 삼촌의 이름은 정용하이다. 외삼촌은 혼자 온 것이 아니라 주산부 선생님을 모시고 온 것이었다. 선생님은 내게 "너는 일을 할 것이 아니라 다시 주산부에 나와 공부해야 한다"고 말씀하셨다. 외삼촌이 선생님과 함께 찾아오는 바람에 나는 다시 선생님 손에 붙들려 향교로 가게 되었고, 그 이후로는 마음을 다잡아 주산부 선수 생활을 더욱 열심히 하게 되었다.

그리고 드디어 장학생으로 기숙사 혜택까지 받으면서 중학교에 들어가게 되었다. 그리하여 장학생으로 무사히 중학교를 졸업할 수 있었다.

그 당시 우리 집엔 감나무가 몇 그루 있었는데, 어머니는 또 그 감나무에 대한 애착이 강했다. 외지에 나가 공부하는 내게 용돈이라도 몇 푼 보태주기 위해서였다. 어머니는 아들의 용돈을 챙겨 주어야 한다는 일념으로 잘 익은 단감을 딴 뒤에는 벌교 시장에 가서 팔아 내게 용돈으로 내주었다.

열여섯 살 때는 고향 낙안을 떠나게 되었다. 여수에서 중학교를 마치고 고등학교는 광주로 진학하게 된 것이다. 고등학교를 졸업한 뒤 잠시 배움의 길을 접은 나는 생활인이 되어 열심히 살았다. 그러나 생활의 기반이 안정되자 잠시 미루어두었던 학구의 대한 소망이 슬쩍 고개를 들었다. 그리하여 나는 대학에 들어가 만학의 길을 걷게 되었다. 늦게 시작한 대학 공부는 열심히 하긴 했지만 마무리하지는 못했다. 대학 3학년 중퇴로 마감할 때까지 나름대로 열심히 만학의 길을 걸었다. 늦게나마 대학에 가서 공부할 생각을 가진 것도 어머니가 내게 보여 주었던 교육열 때문이었다.

〈학교 밖에서 더 중요한 것을 배우다〉

1989년 7월, 지미 카터 미국 대통령을 기념해 세운 카터인권재단의 초청으로 미국에 방문해서 인권 토론회에 참석한 적이 있다. 그때 난생 처음 미국에 가 본 것인데, 영어가 짧아 고생하던 중에 불현듯 배움의 길을 중단했던 것을 후회한 적이 있다. 물론 내가 살아오던 시기에는 없는 형편에 중학교만 진학하는 것도 호사스런 일이고, 고등학교까지 진학한다면 그것은 조상의 은덕이라고 생각했을 정도였다. 대학은 말할 것도 없었다. 1개 면에서 대학에 진학한 사람은 한 두 명 꼽을 정도였고, 대체로 부잣집 아니면 상상도 할 수 없는 일이었다. 나는 어쩔 수 없는 집안 형편 때문에 고등학교 졸업조차도 감

1989년 7월에는 지미카터 전 미국 대통령을 만날 수 있었다.

지덕지하며 살아왔고, 나름대로 생업 전선에서 최선을 다할 수밖에 별 도리가 없었다.

그러나 나는 배움의 길이 학교에만 있는 것이라고 생각하지 않았다. 물론 그것이 대학을 가지 못한 아쉬움을 그렇게 마음 속에서 정리하며 위로받으려는 생각에서 나온 것인지도 모른다. 하지만 지금 돌이켜 보면 배움은 삶의 곳곳에서 이루어지는 것이며, 배움을 생활 속에서 몸으로 익혀나가면 슬기롭고 정의로운 일을 분간할 수 있게 된다는 것은 틀림없는 사실이다. 그런 점에서 나에겐 생활의 공간이 곧 학교였다고 자부할 수 있다.

미국 방문을 통해 만남과 관계 그리고 참여라는 것도 훌륭한 교육이라는 점을 절감하게 되었다. 당시 미국 방문 중에 에모리대학교에서 한국의 인권 문제에 대한 토론회가 있었다. 우리 일행은 그 토론회에서 레이니 총장과 함께 한국의 민주주의와 인권에 대해 토론했다. 그에게서 한국에 대한 깊은 우려와 관심을 느낄 수 있었다. 나중에 레이니 총장은 한국 주재 미국 대사로 부임했는데, 나는 그때의 인연으로 레이니 대사와의 교분을 이어가며 많은 지식을 얻을 수 있었다.

1994년에는 국회 등록 연구 단체인 국회환경포럼이 결성되었는데,

미국 방문 중에 맺은 에모리 대학교 레이니 총장과의 교분은 나중에
레이니 총장이 한국주재 미국대사로 부임하면서 많은 지식을 얻을 수
있는 계기가 되었다.

나는 국회환경포럼 정책자문위원으로 참여하여, 지금까지 20년 넘게
환경에서 끈을 놓지 않고 활동해 왔다. 내가 아는 환경적 지식의 대
부분은 국회환경포럼에서 개최한 각종 세미나, 토론회, 금요포럼 등
에 참여하여 얻은 것이다.

　1985년에는 사단법인 무궁화중앙회(총재 명승희)와 함께 독도를 찾
았다. 무궁화 보급 운동 및 지역별 무궁화 심기 운동의 하나로 이루
어진 활동이었다. 독도에 무궁화를 심은 것은 단순한 식목 행사 차원
이 아니다. 우리 민족과 국가의 상징인 무궁화를 독도에 뿌리내리게
하면 먼 훗날에 이르러 그 무궁화들이 능히 독도 대변인 역할을 할
수 있을 것이다.

　임진각 무궁화동산의 무궁화탑에는 그동안 무궁화 보급 운동을 한

명사들의 이름이 새겨져 있다. 고 윤보선 대통령, 고 김대중 대통령, 고 이강훈 광복회장 등의 이름이 새겨져 있으며, 나도 무궁화중앙회 자문위원장으로 그 말석에 이름이 올라가 있다. 나라꽃 무궁화에 대한 보급 운동을 펼치면서 내가 배운 것은 국가의 정체성과 애국심이었다.

시민운동, 환경 포럼 활동을 하면서 경인매일 논설위원을 겸했는데, 내가 글을 잘 썼다기보다는 사회 문제에 대한 인식과 그 현장 경험이 중시되었기 때문이었다. 많은 글은 아니지만, 틈틈이 내가 느끼고 체득한 사실을 칼럼으로 썼다. 칼럼 하나를 쓸 때마다 땀을 쏟아내는 홍역을 치르는 듯 했을 정도로 많은 공부를 하면서 썼던 것 같다.

이런 애로들 때문에 나중에 만학도로서 대학에 들어갔지만, 내가

임진각 무궁화 탑의 무궁화 보급운동을 한 명사들의 이름과 함께
자문위원장으로 새겨진 내 이름이 있다.

배우고자 했던 것, 기대했던 것들이 대학에 있지 않음을 느꼈다. 결국 3년 중퇴로 마감하고 말았지만, 그것이 나에게 일깨워준 것이 있다면, 배움은 나의 삶이 깃든 모든 곳에 있다는 점이다. 이 점에서 나는 생이 마감하는 날까지 계속 공부해야 한다는 점을 분명히 알고 있다. 내가 이렇듯 공부를 평생 걸어가야 할 길로 생각하게 된 것은 교육에 대한 어머니의 간곡한 기대 때문이기도 하다.

어머니가 내게 기울였던 정성을 생각하면 나는 그 만분의 일도 못 해드리고 있다. 어머니가 계셨기 때문에 오늘날의 내가 있을 수 있었다. 우리 집에서는 어머니가 막내아들인 내게 특히 많은 기대를 걸었다. 어머니께서는 모든 아들딸들을 차별 없이 사랑하셨겠지만, 특히 내가 어머니 사랑을 많이 받은 듯하다. 평생 공부를 잊지 않고 살아가는 것으로 어머니의 사랑을 보답하고 싶다.

〈소원을 유언처럼 간곡히 말씀하신 어머니〉

학교 다닐 때 외지에서 공부하다 집에 오면 어머니께서 내게 소원을 말씀하셨다. 어머니의 소원은 당신의 영화가 아니라 내 미래에 대한 걱정이었다. 어머니가 내게 귀가 따가울 정도로 말씀하신 소원은 '항상 정직하고 최선을 다해야 한다'는 것이었다. 그리고 "이 애미의 욕심이긴 하지만 너는 꼭 출세해 달라"고 당부하셨다. 그 두 가지 얘기를 듣고 있노라면, '정직하고 최선을 다하면 출세를 할 수 있다'거나 '출세를 하려면 정직하고 최선을 다하라'는 얘기로 들렸다. 어머니는 이 두 가지를 마치 유언이라도 되는 양 간곡하게 말씀하셨다. 나는 그런 어머니의 말씀을 내 인생에 기울이는 어머니의 정성으로 받아들였고, 그래서 모든 일에 정직하고 최선을 다하려고 노력하게 되었다. 어머니가 없는 내 인생은 상상하기 어렵다. 어머니가 없었다면 오늘날 바르게 서 있지 못했을지도 모른다.

삶의 길목에서 만난 소중한 인연들

● ● ●

내가 중학교를 갈 수 있었던 것은 주산부 선생님의 손을 잡고 우리 집을 찾았던 정용하 외삼촌 덕이 크다. 당시 외삼촌댁은 좀 여유가 있었다. 그러나 여유가 있다고 모두 조카를 챙길 수 있는 것은 아니란 점을 생각하면, 삼촌이 내게 나누어준 마음은 고맙기만 하다. 그때 집안 형편으로는 선생님께 주산을 배우면서도 대접 한 번 제대로 하기가 힘들었는데 그것을 대신해 준 것이 외삼촌이다. 외삼촌은 농주와 함께 지금의 순천시 별량면에서 나오는 낙지를 준비하여 안 선생님에게 대접하곤 했다.

고향에는 외삼촌 항렬의 친척이 여러 분 계시지만, 나를 위해 그렇게 마음을 써준 친척은 그분이 처음이었다. 그래서 내가 성장해서 직장을 가진 뒤에는 시골에 내려갈 때마다 외삼촌댁을 가장 먼저 찾아갔다. 그리고 인사는 술과 담배였다, 파고다나 아리랑 같은 담배 한 보루를 챙기고 술 한 병을 산 뒤 외삼촌을 뵈었다.

국회의원 박삼철 의원께 전국 주산경기대회를 설명하는 모습이다.

외삼촌이 1983년에 서울로 나를 찾아온 일이 있었다. 그때 나는 서울에서 학원을 하고 있었다. 외삼촌은 자신의 딸 국순이가 중학교만 나왔는데 간호사가 되고 싶어 한다며 어떻게 좋은 길이 없겠느냐고 물었다. 마침 생각해 보니 내가 좋아하는 선배님이 당시 동대문 고속 터미널 옆에서 한국간호학원을 하고 있었다. 위찬호 선배였는데, 그 선배를 찾아가 내가 옛날에 신세 진 분이라며 간호학원에서 공부를 시킨 뒤 취직시켜 줄 수 있느냐고 물었다. 그 형님이 내 부탁을 들어준 것은 물론이고, "동생이 그렇게 좋은 일을 하고 싶다는데 내가 돈을 다 받을 수 있겠냐"며 1년 치 수강료 중에서 50퍼센트만 내라고 했다. 나머지 50퍼센트는 장학생으로 해 주겠다는 것이었다. 물론 취직도 가장 먼저 고려해 주겠다고 했다. 나는 국순이가 아무런 경제적 부담 없이 공부에 전념할 수 있도록 졸업할 때까지의 수강료를 모두 책임지기로 했다.

그렇게 하여 일을 처리해 주고 삼촌과는 헤어졌다. 그것으로 오래 전 막걸리와 낙지로 선생님을 대접하며 내 삶을 도와주었던 은혜에 대한 마음의 빚을 조금이나마 덜 수 있었다. 그리고 이제 누군가에게 도움을 줄 수 있게 된 것이 즐거웠다. 그 아이는 졸업하여 간호사가 되었다.

　　2003년 정도로 기억된다. 나는 그때 우연히 순천향우회라는 모임에 참석하게 되었다. 그때 젊은 남자분이 나에게 인사했다.

　　"저는 국순이 남편 되는 사람입니다. 지금 안산시에 살고 있습니다. 아내를 도와주시고 간호사가 될 수 있도록 길을 열어 주었다는 얘기를 많이 들었습니다."

　　그렇게 하여 나는 뜻하지 않은 곳에서 국순이의 남편을 만난 일이 있었다. 매우 반가웠다.

　　용하 외삼촌과 함께 젊은 시절 고향에서 나를 도와주신 분이 또 있다. 그분은 낙안면장을 하신 고 김신수라는 분이다. 이제는 돌아가셨지만, 그분께도 감사드릴 일이 많다. 어느 해, 추석을 맞아 그분께 인사를 드리러 갔다. 나를 반기시며 그분은 서울에서 직장 생활을 하고 있느냐고 물었고, 나는 그렇다고 답하며 얘기를 나누었다. 그리고 얘기 끝에 그분이 소개해 줄 사람이 있으니 그 사람을 한 번 만나 보라고 하셨다. 그렇게 소개 받은 인연이 김포 세관에서 일하던 동생이었다. 그 동생과의 인연으로 알게 된 분이 전 국회의원 고 박삼철 의원이다.

　　박삼철 의원은 5·16 때 헌병대장으로 중앙정보부를 창설한 일원으로, 중앙정보부의 핵심 요직을 역임했다. 워낙 거물이라 부담도 많이 되었지만, 그분은 나를 신뢰하여 친조카나 친아들처럼 여기며 많은 도움을 주었다.

그분을 만났을 때 나는 주산 선수권 관련 대화를 나누다가 '국회의원 박삼철기 전국주산대회'를 순천에서 개최하면 어떻겠냐고 제안했다. 박 의원은 자신의 이름으로 전국대회를 개최하는 것을 흔쾌히 동의하셔서 순천에서 4회에 걸쳐 전국 대회를 개최했다. 나는 그때 인연으로 그분께 큰 신뢰를 얻었다.

그분은 나중에 내게 무엇을 도와주었으면 좋겠냐고 물었다. 그때나는 학원을 운영하고 싶다고 했다. 당시에는 학원을 내는 과정이 복잡하고 어려웠는데 주변에 물어볼 사람도 없었다. 그래서 생각만 하고 있었지 선뜻 나서지 못하고 있었다.

하지만, 박의원님의 도움으로 학원 설립에 필요한 여러 가지 기본서류를 구비하여 제출할 수 있었으며, 그 결과 학원 인가를 받을 수있었다. 학원을 인가받아 운영하게 되었을 때의 감격과 감회는 이루말할 수 없었다. 더욱 감격스러웠던 것은 내가 특기 장학생으로 중학교에 진학하도록 해 주었던 바로 그 분야, 즉 주산 부기를 가르치는학원이라는 점이었다. 내가 갖춘 능력으로 미래의 꿈나무를 육성한다는 점에서 자부심이 컸고, 그 때문에 더욱 열심히 가르쳤다. 그러한정열과 노력의 결과로 대지를 구입하여 건물을 지을 수 있었으며, 내가 지은 건물의 소유주가 되어 학원을 경영한다는 것이 꿈만 같았다.

돌아보니 내가 꿈꾸었던 학원 경영에 이르기까지 소중한 인연들을많이 만났다. 학원 경영이라는 꿈을 이룬 것도 의미 있는 일이었지만, 내 인생에서 가장 큰 성공을 손에 꼽으라면 바로 그 길에서 만난소중한 분들과의 추억이다.

광주 민주 항쟁의 물결로 뛰어들다

• • •

광주 민주 항쟁이 1980년 일이니 벌써 33년이 넘는 세월이 흘렀다. 나도 민주화를 외치던 그 뜨거운 항쟁의 물결 속에 서 있던 사람 중 한 명이었다.

1980년 5월 18일 광주에서 민주화 항쟁이 시작되고 나서 5월 20일 초저녁에 나는 한 통의 전화를 받게 되었다. 전화의 맞은편에서는 광주에 살고 있던 조성렬 선배의 목소리가 들려왔다. 조 선배는 전화에서 광주 항쟁에 대해 자세히 얘기해 주었다. 공수 부대가 내려와 잔인하게 대검으로 찔러 죽인 여고생 사건도 그때 들었다.

광주가 그런 참담한 화를 당하고 있다는데 못 본 척하고 있을 수는 없었다. 결국 젊은 날의 순수한 열정이 나를 광주로 끌어당겼다.

1980년 5월 21일, 나는 서울역에서 첫차를 타고 아침 일찍 광주로 출발했다. 그러나 사태가 심각하여 광주까지 곧바로 갈 수가 없었다. 광주 시내로는 버스나 열차가 들어가지 못하고 있었기 때문이다. 광주에 최대한 가까이 갈 수 있는 것은 그 외곽인 송정리까지였다. 송정리에서 광주까지 좀 멀었지만, 그래도 걸어갈 만한 거리였다.

〈한 아주머니의 도움으로 무사히 광주에 들어가다〉

광주는 계엄군이 점령한 상태로 곳곳에 초소가 있었고, 무장한 군인들이 총을 들고 장전한 상태로 막고 있었다. 혼자 들어가다가는 검문에 걸려 계엄군에게 체포당하지 않을까 하는 두려움이 밀려왔다.

이리저리 상황을 살피다 보니 20대 후반 정도의 아주머니가 눈에 띄었다. 보따리를 들고 아이를 업고 있었다. 20대 후반이었던 나는 그 아주머니 옆으로 가서 보따리를 들어드리겠다고 했다. 그리고 나도 광주 시내에 들어가는데 같이 가면 안 되겠느냐고 부탁했다. 그랬더니 그분이 순순히 동의해 주었다. 아기를 업은 아주머니한테서 보따리를 건네받아 내가 들고 우리는 서로 부부 행세를 하며 검문소를 무사히 통과했다.

조성렬 선배는 광주시 우산동에 살고 있었다. 나는 광주 시내에서 우산동까지 걸어갔다. 그것은 엄청나게 먼 거리였다. 그러나 차가 없었기 때문에 조 선배의 집까지 꼬박 걸어가는 수밖에 다른 방법이 없었다. 그렇게 하여 나는 조 선배를 만날 수 있었고, 조 선배는 광주 항쟁에 대해 보고 들은 대로 얘기 해 주었다. 나는 조 선배의 집에서 하룻밤을 묵었다.

밤에 잘 때 간간이 총소리가 들리는 공포스런 분위기였다. 아주 불안한 상황이었다. 아침 일찍 식사를 한 뒤 조 선배의 오토바이를 타고 광주 시내로 나왔다. 그때만 해도 오토바이가 지금처럼 흔할 때가 아

1980년대에 인연을 맺은 김대중 전 대통령과 이희호 여사와 함께.

니었다. 조 선배는 오토바이 앞에 태극기를 꽂아 놓고 있었다. 당시 광주 시민들은 오토바이나 자전거는 물론이고 모든 차에 태극기를 달고 다녔다. 광주 항쟁은 순수하게 나라를 사랑하는 마음의 발로였다.

〈차량을 타고 가두방송을 하다〉

아침에 선배와 함께 금남로에 도착해 보니 경찰 방송 차량이 있었다. 방송도 하면서 최루탄을 쏘는 차였다. 원래는 경찰의 것이었지만, 시민군이 빼앗아 놓은 것이었다. 그때 광주 시내에선 시민들이 자위를 위해 무장할 수밖에 없는 상황이었고, 철모와 총도 있었다. 그 와중에 경찰의 방송 차량이 시민군의 손으로 넘어와 있었던 것이다.

나는 그 경찰 차량에 탑승하여 방송하자고 제안했다. 그랬더니 어디서 왔냐고 물었다. 나는 서울에서 왔다고 답하자 사람들이 의심의 눈초리를 보내기 시작했다. 그때 마침 나에겐 1980년 봄에 김대중 선생과 함께 찍은 사진이 한 장 있었다. 나는 그 사진을 보여 주며 동교동의 김대중 선생과 아는 사이라고 말했다. 그러자 나를 의심 없이 대해 주었다. 김대중 선생의 사진 한 장으로 믿음을 얻어낸 나는 방송차를 얻어 타고 아침 아홉 시부터 오후 네 시까지 사람들과 함께 시내를 돌아다니면서 가두방송을 했다.

방송 내용은 군사 정권에 반대한다는 것이었다. 아울러 비폭력을 강조했다. 나는 역사에 남아 있는 광주와 호남의 이미지에 대해 말했다. 광주에서는 일제시대 때 학생 운동이 있었다. 그렇게 광주는 역사적으로 정의감이 있는 지역이다. 나는 그런 예를 들어 가며 오늘 광주 의거도 역사에 기록되니까 우리 모두 비폭력 투쟁으로 싸워 나가자고 방송했다.

1980년 5월의 광주는 치안 부재의 무정부 상태였다. 그런 무정부 상태가 되면 은행을 터는 사람도 나올 수 있고, 금은방을 터는 사람도 나올 수 있다. 외국의 경우를 보면 그런 사례가 비일비재하다. 그러나 광주에는 그런 절도나 강도와 같은 일이 일절 없었다. 그래서 더더욱 이런 훌륭한 사람들을 위해 내가 이 한 몸을 바쳐 무엇이라도 해야 하지 않겠느냐는 생각이 들었다.

광주 사람이 더더욱 존경스러운 점이 하나 있었다. 그것은 바로 항쟁의 현장에서 내가 본 사람들이 대부분 막노동자, 구두닦이, 택시 기사, 주부, 학생과 같은 평범한 시민들이었다는 것이다. 광주 항쟁의 주축은 경제적으로 부유한 사람들이나 많이 배운 지식층이 아니라 우리 사회의 기층을 이루는 평범한 일반 시민들이었다. 민주주의가 위기에 빠졌을 때 그것을 구해내는 것은 일반 시민들이란 생각이 들었다. 1980년 광주 5.18의 그것을 여실히 보여 주고 있었다.

〈김대중 선생의 사진에 얽힌 사연〉

광주에 내려갈 때 가지고 간 김대중 선생의 사진은 내가 항상 수첩에 넣어가지고 다니던 것이었다. 김대중 선생을 만난 사연을 소개하자면 1980년 5.18직전, 서울의 봄으로 거슬러 올라간다. 그때 김대중 선생은 동국대에서 강연한 적이 있었다. 엄청난 관중이 모여들었는데, 다른 곳에서 동원한 폭력배들도 함께 나타났다. 그 폭력배들이 강연을 반대한다며 행패를 부렸고, 그 자리에서 나는 폭력배들이 던진 칼에 맞아 왼쪽 눈언저리가 찢어지는 부상을 입었다.

그때 마침 동교동과 관계된 분이 집에 가서 치료받아야 한다며 나를 동교동으로 후송해 주었다. 그래서 동교동에 가서 응급 치료를 받게 되었다. 나를 맞아준 사람은 조규환 집사였다. 평상시에 사람들은 그분을 그냥 조 집사라 부르곤 했었다. 그분은 피에 젖은 와이셔츠를 보고 깜짝 놀라며 김대중 선생의 와이셔츠를 한 벌 가져다주었다. 나는 그 옷을 입고 집으로 돌아왔다. 그분은 치료비로 몇 푼의 돈을 쥐여 주려 했으나, 나는 돈을 받기 위해서 온 것이 아니라 피 묻은 옷을 입고 갈 수가 없어서 온 것이라며 사양했다.

그리고 그것이 인연이 되어 동교동과 왕래하게 되었다. 내 아내는 경기도 용인 출신으로 그곳에 농장을 갖고 있었다, 동교동 사정을 알게 된 나는 처가의 농장에 가서 어려움을 말하고 동교동에 쌀 30가마를 가져다주었다. 그리고 그렇게 친분을 쌓다가 김대중 전 대통령, 그리고 이희호 여사와 사진을 찍게 되었다. 물론 나는 김대중 선생과 찍은 사진을 소중하게 간직했다. 당시 호남 사람들은 대부분 그분을 존경하고 있었다. 나 또한 그랬으며 그분의 민주화에 대한 열망에 감동하여 동교동의 후원자가 되었다. 그분과 찍었던 사진은 광주에 내려갔을 때 사람들에게 나를 증명하는 징표가 되었다.

김대중 선생 얘기를 하다 보니 이희호 여사에 관련된 일화도 생각난다. 합동수사본부에서 조사를 받은 뒤 군사 재판을 받고 풀려난 다음의 일이다. 당시 김대중 선생은 청주교도소에서 수감 생활을 하고 있었고, 이희호 여사는 홀로 동교동을 지키고 있었다. 그동안의 인연이 있었기 때문에 나는 위로해 드릴 겸 동교동을 찾아가곤 했다.

나는 이희호 여사가 청주교도소로 면회를 갈 때면 마음이 아팠다. 그래서 작은 성의지만 여비라도 손에 쥐여 드리며 잘 다녀오라고 배웅하곤 했었다. 또 동교동을 방문할 때마다 얘기를 들어드리며 말동무가 되어드렸다.

그때 내가 접한 이희호 여사의 모습 가운데 잊히지 않는 모습이 있다. 당시 두 분의 막내아들 홍걸 씨는 고3이었는데, 고대 합격이라는 큰 선물을 부모님께 안겼다. 이희호 여사는 그런 어려운 환경 속에서 아들이 고대에 합격했다는 것을 크게 기뻐하며 깊은 위로를 받고 있었다.

청주교도소로 면회를 다녀온 이희호 여사는 옥중의 김대중 선생 또한 아들의 대학 합격 소식을 듣고 크게 기뻐하며 위로를 받더라는 애기를 전했다.

비록 사형 선고를 받고 삶의 갈림길에 서 있었지만, 아들의 합격 소식 앞에서 한없이 기뻐하는 모습을 보니 자식 잘되기를 바라는 부모 마음이 어떠한가를 엿보고도 남음이 있었다.

〈전혀 모르는 사람으로부터 도움을 받다〉

광주에서 이틀간 가두방송을 했다. 방송을 끝내고도 여러 가지 일이 있었다. 5월 22일 저녁 무렵이었다. 당시에는 전라남도 도청이 광주 금남로에 있었고, 도청 앞에는 분수대가 있었다. 분수대 위에는 연단을 만들어 놓았다. 그 연단에서 각 지역 대표들이 연설을 하고 있었다. 나와 함께 가두방송을 했던 사람은 서울에서 오셨다며 사람들 앞에 나를 소개했다. 사회를 보는 분은 내가 서울 대표로 연설하게끔 해 주었다.

나는 연단에 올라 30분 정도 연설했다. 연설 때도 내가 주장한 것은 군사 정권에 대한 반대가 가장 첫 번째였다. 나는 먼저 군사 정권은 물러가라고 외쳤다. 위대한 광주 시민의 민주에 대한 열망이 외부에 알려져야 한다는 것도 강조했다. 그리고 어떤 일이 있어도 비폭력 투쟁을 해야 한다는 말을 잊지 않았다.

일제 강점기에 있었던 광주 학생 운동도 빠뜨릴 수 없었다. 일본 학생들이 한국 여학생을 농락하자 분연히 일어나 맞섰던 의협심 강한 전통의 도시가 광주란 것을 강조했다. 광주 학생 운동이 역사에 남았듯이 오늘의 광주 항쟁도 역사에 남을 것이며, 따라서 비폭력 투쟁으로 오늘의 이 항쟁을 더욱 뜻 깊게 해야 한다는 것이 내 주장의 결론이었다.

서울 대표로 연설을 끝내고 나니 날이 저물어 있었다. 그날 조성렬 선배와는 중간에 헤어진 상태였다. 다시 우산동까지 걸어가려면 많은 시간이 소요될 상황이었다. 우산동이 외곽이어서 한 시간은 족히 걸릴 거리였다. 나는 도청에서 멀지 않은 학동의 친척집에 묵기로 마음먹고 그쪽으로 걸음을 옮겼다.

연단을 내려와 그쪽 방향으로 터벅터벅 걸어가다 보니 누군가가 내 어깨를 두드렸다. 돌아보니 20대 후반이나 30대 초반쯤 되어 보이는 남자가 서 있었다. 그는 내게 어디로 가느냐고 물었다. 나는 친척집이 학동에 있어 오늘 밤 그곳에서 묵으려고 가는 길이라고 했다. 그랬더니 그 사람이 깜짝 놀라며 당신이 지금 연단에서 연설을 했는데 학동으로 가다 보면 신변을 보장받기 어려울 것이라고 했다. 계엄군이나 정보기관에 곧바로 연행될 것이라는 얘기였다.

그분의 얘기를 듣고 그러면 도청 바로 옆에 있는 남동 성당에서 자겠다고 했다. 그러자 그분은 성당으로 가지 말고 자기 집에서 하룻밤을 묵고 가라고 했다. 그분의 집은 도청 바로 옆에 있었다. 그래서 생명의 은인이 된 그분의 집으로 가게 되었다. 지금은 그곳이 광주 동구의 남동이다. 밤이었지만 집으로 들어가는 입구에 목욕탕과 이발소가 있었다는 것을 분명하게 기억할 수 있다. 번쩍거리며 돌아가는 이발소 특유의 등이 있어 쉽게 눈에 띄었기 때문이다. 집은 기역자로 생긴 집이었다. 나는 그 집의 문간방 쪽에서 잠을 잤다.

〈생명의 은인을 찾고 싶다〉

만약 나중에 내가 합동수사본부에 연행됐을 때, 광주에서 마지막 하룻밤 나를 재워준 내 생명의 은인, 즉 '남동 47-1'의 그분 얘기를 진술했다면 그분은 더 큰 화를 입었을 것이다. 그러나 마침 그때 당시 내가 묵었던 곳의 바로 옆이 남동성당이었기 때문에 나는 남동성당에서 하룻밤을 잤다고 말했다. 실제로 그때 남동성당에는 많은 사람들이 모여 있었다. 나는 내 생명의 은인을 감추기 위해 고문 과정에서도 입을 열지 않았다. 아마 그때 내가 고문에 못 이겨 그분의 얘기를 진술했다면 그분도 범인 은닉죄로 끌려가 고초를 겪었을 것이다.

세월이 흘러 나는 그분을 찾기 위해 동사무소까지 갔었다. 내가 1980년 5·18 때의 은인을 찾으러 왔다고 하니까 동에서 그때의 사연을 찾고 있는 사람들 명단을 다 뽑아 주었다. 아울러 내게 점심까지 대접해 주었다. 그분은 남동 동사무소에 근무하는 구춘임 씨로, 지금도 그때의 친절이 기억에 남아 있다. 나중에 알고 보니 그분은 KBS 1TV에서 방송한 〈카네이션 기행〉이란 15분짜리 프로그램에서 단란하게 살아가는 우리 가족을 보았다고 했다.

나는 그분이 뽑아 준 명단을 갖고 광주 시내에 있는 분들은 모두 일일이 찾아보았다. 그랬더니 남동의 그분을 알고 계신 분이 한 분 있었다. 그분은 옛날에 양장점의 재단사였다고 했다. 얘기에 따르면 내 은인은 보성 사람이었다. 그런데 주민등록을 보성에 두고 광주로 전입신고를 하지 않았다는 것이었다. 그 때문에 동사무소의 기록에는 전혀 그분에 대한 것이 없었다. 지금도 여전히 그분의 성도 모르고 이름도 모른다. 다만 나와 비슷한 연배이며 전남 보성이 고향이고

2005년 11월 29일에 방영된 광주의 남동 동사무소 직원이 보았다고 하는 KBS 1TV 카네이션 기행의 한 장면이다.

양장점 재단사를 하던 분이었다는 것이 내가 알아낸 전부였다. 그분을 찾으려고 광주에 내려간 것이 다섯 번은 된 것 같다. 꼭 다시 만나 감사의 말을 전하고 싶다. 아직까지 신은 내게 그 고마운 분을 다시 만날 수 있는 인연을 내주지 않고 있다. 이 책을 보신다면 꼭 연락이 닿았으면 싶다.

〈장성까지 걸어가 서울로 돌아오다〉

지금 생각해 보면 그 집이 하숙을 하던 집이 아니었을까 싶다. 방이 여러 개 있었기 때문이다. 나는 문간방에서 세 번째 방으로 들어갔다. 그분은 여기서 자라고 말하며 밥을 갖다 주었다. 그때 나는 가두방송과 연설로 목이 쉰 상태였다. 그것을 알고 그 분은 날계란을 하나 풀고 식초를 넣어서 주었다.

　식사를 마치자 비상사태가 생기면 내가 도망갈 길까지 알려주었다. 뒤쪽으로 나 있는 창문이 바로 비상 탈출구였다. 신발을 머리 쪽으로 두고 자고, 만일에 무슨 일이 생기면 창문을 열고 나가 담을 타고 성당으로 도망가라고 했다.

　낯선 곳이다 보니 잠을 청해도 잠이 오질 않았다. 내 기억에는 한두 시간 정도 잔 것 같다. 잠깐 눈을 붙였다가 잠이 깬 나는 먼동이 트기만을 기다렸다. 아침에 동이 텄을 때 나는 그분에게 인사도 못하고 얼굴도 제대로 보지 못한 채 옷을 입고 서울로 올라오는 길에 나섰다. 그렇지만 광주엔 서울로 갈 수 있는 차가 없었다. 밖에 나와 물어보니 고속버스가 장성까지는 온다고 했다. 그래서 광주에서 비야라는 곳을 거쳐 장성까지 걸어갔다.

　걸어가는 중간 중간마다 계엄군들이 무장한 상태로 행인들을 검문하고 있었다. 군인들을 볼 때마다 긴장되고 부담되었다. 그래도 무사히 장성에 도착했으며, 장성에는 사람들 말대로 광주고속이 다니고 있었다. 버스를 타고 서울로 올라왔다. 올라올 때는 호남 고속도로 논산 훈련소 주변에서 군인들이 버스를 세우고 검문했다. 다행히도 나에겐 아무 것도 물어보지 않았다. 목이 쉬었기 때문에 무엇인가를 물어보았더라면 의심받을 수 있는 상황이었다. 군인들은 그냥 버스 안을 훑어보고는 내려갔다. 장성에서 버스를 타고 겨우 안심했던 내가 다시 한 번 긴장했던 순간이었다. 그러나 그러한 긴장된 순간들을 모두 넘기고 나는 무사히 서울로 돌아왔다.

광주의 진상을 알리다 투옥되다

●●대

광주에서 벌어진 민주화 항쟁에 참가하고 서울로 올라온 뒤, 나는 내가 보고 들은 것을 내 마음 속에 묻어둘 것이 아니라 주변 사람들에게 광주의 비극과 참상을 알려야겠다고 생각하게 되었다. 당시 광주는 철저하게 고립되어 있었고 언론은 군사 정권의 검열 밑에서 진실을 제대로 보도하지 못하고 있었다. 그 때문에 광주의 항쟁은 서울로 확산되기는커녕 그 진상조차 제대로 전달되지 못하고 있었다.

당시 나는 학원을 운영하고 있었다. 마침 5월 27일, 영등포구에 있는 신영외국어학원에서 원장 월례 회의가 열렸다. 나는 10시에 그 월례 회의에 참석했다. 학원 원장들이 몇십 명가량 모여 있었다. 나는 그 자리에서 광주 민주 항쟁에 대해 소상하게 얘기했다. 내가 광주에 직접 가서 보고 왔으며, 정말 광주 시민들이 총에 맞아 죽고 칼에 찔려 죽었다는 사실을 전했다.

광주에서는 5월 22일에 일부 관을 전남 도청으로 운구했는데, 그

때 내가 도청에 들어가서 그 관들을 보았다. 나는 그때의 상황을 전혀 가감 없이 본 그대로 전해 주었다.

"중학생과 같은 어린 학생들도 시위에 참가하여 군사 정권을 타도하자고 외치더라. 순수하기 이를 데 없는 주부들이 주먹밥을 만들어 물과 함께 시민군에게 나누어 주고 있었다. 그 사람들이 돈이 있어서 그런 것이 아니라, 어렵지만 우리의 민주화를 위하여 광주 시민군에게 순수한 마음으로 주먹밥을 만들어 건네주고 물을 가져와 배를 채워 주더라."

그런데 우리와 같이 학원 원장이라는 나름대로 사회적으로 양심을 가진 분들이 이렇게 나 몰라라 하고 가만히 있으면 되겠느냐는 얘기였다.

원장 월례 회의에서 얘기한 뒤에는 당시 국회의원이었던 허경만 의원에게 가서 광주의 진상을 전했다. 그분은 나중에 국회부의장과 선출직 전남 도지사를 지냈다. 평소 형 아우 하며 지내던 사이의 그분에게 광주 항쟁의 내막을 전하며 진실이 이러니 일단 알고 계시라고 했다. 아울러 중앙정보부 요직을 지낸 박삼철 의원 사무실로 찾아가서 우리의 광주가 어떤 상황에 처해 있는가를 구체적으로 전했다.

나는 사람이 모인 자리면 광주 항쟁에 대해 소신껏 알려주었다. 서울에 사는 호남 사람들은 내 얘기에 동조하며 안타까운 마음을 나누어 주었다. 그러나 타 지역 사람들은 광주 항쟁을 빨갱이 불순분자들의 책동이라고 몰고 간 언론을 그대로 믿고 그곳 사람을 뿔난 사람으로 볼 때가 많았다. 이미 언론도 통제받고 있는 상황이라 진실을 제대로 알릴 수가 없었다.

그런데 내게 광주 항쟁에 관해 얘기를 들은 사람들 가운데서 한 사람이 나를 밀고하는 사태가 벌어졌다. 나중에 알았는데, 나를 합동수사본부에 밀고한 사람은 원장 모임에 같이 있었던 사람이었다.

〈합동수사본부에 끌려가다〉

5월의 마지막 일요일, 아침 아홉 시쯤 초인종이 울렸다. 당시 나는 영등포구 시흥동에 살고 있었다. 누구냐고 물었더니 예비군 중대에서 나왔다고 했다. 문을 열어 보니 방위병이 서 있었다. 내 이름을 대며 맞느냐고 묻기에 그렇다고 했다. 그때 밖에 있던 사복 입은 세 명의 건장한 남자들이 들이닥쳤다. 주민등록증을 내놓으라고 하더니 이름을 확인했다. 그러고는 다짜고짜 권총을 빼 들었고, 합동수사본부에서 나왔다며 신분증을 보여 주었다. 하지만 이름이나 계급을 살필 틈새도 없이 집어넣어 버렸다.

그들은 나를 안방으로 몰아넣었다. 당시 집에는 아내, 꼬맹이였던 큰딸, 장모님 이렇게 세 식구가 있었다. 안방으로 들어가자 손을 올리고 벽에 붙이라고 했다. 그러고는 내 몸을 수색했으며, 이어 가택 수색을 시작했다. 장롱도 뒤지고 서랍이란 서랍은 죄다 뒤집어 놓았다. 그러나 물증은 아무것도 나오지 않았다. 김대중 선생이랑 찍은 사진도 찾아내지 못했다.

그들은 대뜸 내게 광주에서 총을 몇 자루나 가지고 왔느냐, 어떤 무기를 가지고 왔느냐 하며 물어댔다. 나는 그런 것은 전혀 없었기에 없다고 했지만, 그 길로 바로 연행되었다. 그들이 아무 설명도 없이 무조건 잡아가니까 장모님과 아내가 왜 데려가느냐면서 못 가게 막

어머니 그리고 아내와 함께 광주 민주화 묘역을 찾곤 한다.

5.18 민주 항쟁에 참여했던 나는 6.29항쟁 때도 힘을 보태었다.

았다. 당시 아내는 임신한 상태였는데, 나를 못 잡아간다고 막다가 연행하려는 사람들의 발길에 차여 그만 유산되고 말았다. 가족들은 전혀 영문을 모를 수밖에 없었다. 집안에 알리지 않고 광주에 다녀왔기 때문이다.

내려가 보니 군인들이 모두 총을 들고 집을 포위한 상태로 기다리고 있었다. 나는 군용 지프를 타고 끌려갔다. 내 기억에 대방동 쯤으로 여겨지는 곳에서 머리를 지프 밑으로 숙이라고 했다. 고개를 숙이고 가니까 어디로 가는지 방향을 알 수 없었다. 어딘가에 도착하자 철컹하는 요란한 소리와 함께 철문이 열렸다. 고개를 들어보니 그곳에는 송아지만 한 군견이 있었다. 그리고 개 옆에는 헌병이 총을 들고 대기하고 있었다.

〈지하실에서 취조를 당하다〉

나는 곧바로 합동수사본부 지하실로 끌려갔다. 철제 의자와 철제 책상이 놓여 있었고 조사관과 내가 마주 앉도록 되어 있었다. 그 이외에 주변에 아무것도 없는 콘크리트 건물의 방이었다. 바닥에 놓여 있는 물통 하나와 천정에 매달린 형광등 조명이 그 방에 있는 전부였다.

조사 과정에서 나온 첫 질문은 "너 김일성이한테 돈 얼마 받고 광주에 내려갔어?"라는 것이었다. 한마디로 기가 찼다. 그래서 김일성에게서 돈 받은 일이 없다고 했다. 그러자 조사관의 입에서 대뜸 욕이 나왔다. "야, 이 새끼야, 이북에서 돈을 줘서 공작금 갖고 내려갔잖아?"

나는 조사관에게 인간문화재인 안비취 선생 얘기를 했다. 안비취 그 사람도 시대를 잘 타고 태어났기 때문에 인간문화재로 빛을 발한 것이지, 시대를 잘못 타고 태어났다면 광대라고 손가락질하는 사회에서 천대받고 살았을 것이다. 나는 안비취처럼 그렇게 시대를 잘 타고 태어나 김일성을 만날 수 있을 정도로 힘과 권력을 가진 사람이 못 된다며, 나 같은 평범한 사람이 어떻게 북한 최고의 권력자를 만날 수 있겠느냐고 반문했다. 차라리 김일성을 만날 수 있을 정도의 힘과 권력을 가졌으면 좋겠다고도 했다. 그것은 내가 김일성을 만날 수 있을 정도로 큰 권력을 가진 사람이 아니라는 반론이었으며, 만나고 싶어도 만날 수 있는 가능성이 없다는 얘기였다. 그러나 나는 수사관에게 더 크게 얻어맞기만 했다. 수사관이 자신을 우습게 여기고 건방진 소리를 해댄다는 것이었다.

〈억지 진술의 강요〉

그곳에서의 진술서는 진술을 받는다기보다 진술을 강요하는 것이었다. 수사관들은 나를 집중적으로 북한과 엮으려고 했다. 하루 종일 내게 이북에 몇 번 갔다 왔고 이북에서 누구를 만났느냐고 물었다. 똑같은 질문을 끊임없이 반복했다.

그러다 진술이 나오지 않으면 그 다음엔 김대중 씨로 넘어간다. 김대중이가 돈을 줘서 너 보고 광주에 내려가서 선동하라고 하지 않았느냐고 다그친다. 그러면서 김대중이가 간첩이라고 말한다. 그 뒤에 곧바로 이어 김대중이가 간첩인 줄 알았느냐 몰랐느냐 캐묻기 시작한다. 몰랐다고 하면 다시 김대중이가 돈을 얼마 줬느냐 하다가 3천

나의 길, 나의 고난   101

만 원을 줬느냐고 물었다. 3천만 원이라면 당시에는 엄청난 거액이다. 그런 돈을 내게 주었느냐고 묻는 것 자체가 말도 안 되지만, 수사관들은 그런 억지 질문을 던졌다. 나는 차라리 내가 주었으면 주었지 10원 한 장 돈을 받은 일이 없다고 했다. 그랬더니 준 것의 물증을 대라고 했다. 그 과정에서 어쩔 수 없이 용인의 농장에서 쌀 30가마니 가져다준 것을 실토하고 말았다.

당시 그 쌀에 대해선 이희호 여사가 7부로 깎아서 갖다 달라고 부탁했었다. 7부 도정 쌀은 현미를 말한다. 현미는 내가 직접 운반해다 주었는데, 그때 동행했던 사람이 동교동 혜숙이 엄마라는 분이었다. 혜숙이 엄마는 식당 주방장으로 일하던 분이었다. 그분이 김대중 선생, 이희호 여사 등 모든 동교동 사람들의 식사를 책임지고 식단을 짰다. 그래서 혜숙이 엄마와 함께 쌀을 가지러 가서 쌀을 도정한 다음 용인자연농원도 구경했었다. 동교동에 가면 매일 밥해 주느라고 힘드니까 자연농원을 구경하고 가자고하며 들른 것이었다.

그러나 쌀 30가마니를 가져다준 얘기를 하자 수사관은 대뜸 또 이렇게 욕을 했다. "야, 이 새끼야, 김대중이가 쌀을 30가마니 갖다 주면 니들 장관을 시켜 준다고 하디, 아님 국회의원을 시켜 준다고 하디?"

그러더니 또 "장관을 시켜 준다고 했어?, 안 했어?" 하면서 사람을 안 죽을 만큼 팼다. 그러나 나는 아무 조건 없이 순수하게 도와준 것이라고 사실만 말했다. 다행히 그것이 내가 마지막으로 얻어맞은 것이었다.

〈기다리는 순간의 공포가 더 두려웠다〉

합동수사본부에 끌려갔을 때 가장 큰 고역은 바로 진술서를 작성하는 것이었다. 쓰고 쓰고 또 쓰고 지속적으로 강요되는 반복적 진술은 정말 참기 어려웠다. 30~50페이지의 진술서를 한 번 쓰는 것도 고역인데 끊임없이 강요했다. 쓰고 나면 "이 새끼 이거 말고 또 있잖어!" 하면서 거짓말을 하라고 나온다. 그때 하도 힘들어 차라리 나를 죽이라고 책상에다 박치기를 했다. 그래서 이마가 찢어졌다. 사람이 너무 큰 고초를 겪으니까 나도 모르게 흥분이 되어 책상 모서리를 머리로 들이박으며 자해를 하게 된 것이었다. 고문도 받았다. 그때 고문을 받다가 검지 손톱이 빠져서 지금도 상처가 남아 있다. 그때 나를 담당한 수사관은 나중에 알아보니 보안사 상사였다.

합동수사본부에 연행되어 조사받을 때 가장 힘들었던 것은 조사실에 혼자 있을 때였다. 빈방에 몇 시간이고 혼자 앉아 있곤 했었다. 형광등 아래 몇 시간 동안 혼자 있다 보면 밤인지 낮인지 구별이 안 가면서 정신이 혼미해진다.

또 기다릴 때 바깥에서 울리는 구두 소리가 사람을 너무 힘들게 했다. 지하 계단을 내려오는 군화 소리가 크게 울리곤 했다 군화 소리가 울릴 때마다 소름이 끼쳤다. 사람이 나타나면 얻어터지곤 했기 때문이다. 차라리 맞을 때는 모른다. 오히려 군화 소리가 사람을 더 긴장하게 만들면서 나를 불안 속으로 몰아넣곤 했다.

〈박삼철 의원과 연락이 되다〉

며칠 후 사복 입은 사람이 폼을 잡고 들어왔다. 하도 폼을 잡아서 나는 처음에는 그 사람이 장군이라도 되는 줄 알았다. 그 사람 손에는 내 수첩이 들려 있었다. 그는 내게 "야, 너, 박삼철을 알아?"라고 물었다. 나는 박삼철 의원에게 불똥이 튈까 봐 아무 말도 안 하고 가만히 있었다. 그랬더니 그 사람은 "이 새끼 거짓말로 이름을 적어 놓았구만." 하면서 수첩으로 내 머리를 딱딱 두 대 쳤다. 그러고는 다시 이렇게 말했다.

"야, 너가 안다고 해도 피해 안 줘. 내가 이분을 모셨어. 그래서 궁금해서 그러는 거야. 너가 있는 그대로 얘기하면 니 신상에 피해가 안 가." 나도 정신을 차리고 살펴보았더니 나름 그의 말에 진실이 있어 보이는 듯했다. 그래서 안다고 답했다. 그는 "만일에 연락을 해서 그분이 너를 모른다고 하면 너는 죽은 목숨이야. 그러니 알아서 해." 하면서 다시 으름장을 놓았다.

결국 그 사람은 박삼철 의원에게 전화했고, 박 의원은 나를 안다고 했다. 그리고 내가 사상범이 아니라고 말해 주었다. 아울러 자신이 나에 대해 신원 보증을 서주겠다고 나왔다. 수첩에서 박삼철 의원의 이름을 보고 나를 찾았던 사람은 박삼철 의원이 헌병대장을 하던 시절 그 밑에서 일을 하던 보안사의 준위였다. 그 사람에게 박 의원은 엄청 높은 상관이었다. 훗날 박 의원에게서 그런 얘기를 들었다.

당시 박 의원은 자신이 데리고 있던 정만기 비서관에게 나를 만나 보라고 면회를 보냈다고 한다. 그러나 너무 많은 구타와 고문으로 몸 상태가 말이 아니어서 만나지 못하게 하는 바람에 그냥 돌아갔다고 한다. 결국 나는 박 의원 덕택에 큰 화는 입지 않게 되었다. 그러나 계엄령 위반으로 군사재판에 회부되는 것은 막을 수가 없었고, 결국 재판을 받기까지 92일 동안 수감생활을 해야 했다.

〈군사법정에서 징역 2년, 집행유예 3년을 선고하다〉

그때를 생각하면 박삼철 의원에게 입은 은혜를 잊을 수가 없다. 그분을 알고 있었던 덕택에 나는 고문과 폭력에 조금 덜 시달릴 수 있었고, 좀 더 일찍 모든 고통에서 풀려날 수 있었다. 그러나 그분도 이제는 유명을 달리하며 세상을 떠나셨다. 이제는 이 세상에서 더 이상 뵐 수 없지만, 그분은 여전히 내 마음 속에 부모님과 같은 분으로 자리하고 있다.

지금은 정부로부터 민주화에 대한 공로를 인정받아 국가 유공자가 되었다. 법적으로 깨끗하게 정리되었으며, 명예 또한 회복되었다.

환경 운동에 뛰어들다

● ● ● ●

1993년 12월, 나는 군포시 산본으로 이사했다. 그때 이후로 계속 이곳에서 살고 있으며, 나에겐 제2의 고향이다. 내가 이사 왔을 때 산본 신도시에서는 소각장 문제가 제기되고 있었다. 나는 1994년에 산본 쓰레기 소각장 문제 범시민대책위원회의 의장을 맡았다.

그러나 그 일로 내 생애 두 번째 옥고를 치르게 된다.

어머니를 모시고 살면서 어머니가 들어서 걱정되고 불안해할 얘기는 절대로 하지 않았다. 그러나 쓰레기 소각장 문제로 옥고를 치를 때는 경찰에서 집으로 나를 잡으러 왔었기 때문에 어머니도 알 수밖에 없었다. 결국 아들이 걸어간 정의로운 길로 인하여 어머니도 크게 마음고생을 하셨다. 그래도 어머니가 꿋꿋하게 아들의 삶을 감당해 준 덕택으로 내가 뛰어든 그 일을 어느 정도 성공적으로 마무리할 수 있었다.

그 일은 어느 날 전 국회의원 김상현 의원실에 아는 후배를 만나러 간 것이 계기가 되었다. 그 방에는 송기복이나 조길영, 강민구 같은 내 후배들이 보좌관으로 일하고 있었다. 어느 날 조 후배가 "산본 신도시에 살고 계시지 않냐?"고 물었다. 그래서 그렇다고 했더니 "산본에 지금 쓰레기 소각장 문제가 심각하여 누군가 도와달라고 의원님을 찾아왔는데 형님이 이 지역에 살고 있으니 관심을 갖고 도와주면 안 되겠냐"고 부탁했다. 그래서 누가 찾아왔냐고 물어보았더니 궁내동 대림아파트에 사는 김인숙 씨란 분이라고 말해주었다.

김인숙이란 쓰레기 소각장이 문제가 되자 김상현 의원을 찾아가 고충을 털어놓은 이곳의 주민이었다. 김상현 의원은 국회의원이었지만 당시 우리는 민주화추진협의회 의장으로 맺어진 인연을 더 소중하게 여겨 그분을 김 의장님이라 부르고 있었다. 김 의원은 자신이 보건사회위원회 소속으로 되어 있으니 기꺼이 돕겠다고 답했다. 나는 보좌관의 소개로 김인숙 씨를 만나게 되었고, 그분도 김상현 의원실에서 나에 대한 소개와 연락을 받았다고 했다.

〈아름다운 수리산을 지켜야 했다〉

그 인연으로 나는 산본쓰레기소각장 범시민대책위원회의 의장을 맡아 환경 운동에 뛰어들게 되었다. 내가 의장을 맡아 이 문제에 적극 참여하게 된 동기는 산본 신도시가 계획될 때 쓰레기 소각장이 들어 있지 않았기 때문이었다. 원래 산본 신도시를 설계한 분은 김진애 박사이다. 당시 산본 신도시는 설계가 잘된 이상적 계획도시로 호평을 받았다. 그리하여 김진애 박사는 1994년 한국인으로는 유일하게

미 시사 주간지 〈타임〉지가 선정한 '21세기 차세대 리더 100인'에 선정되는 영광을 누리기도 했었다. 그런데 그분의 설계에는 쓰레기 소각장이 없었다. 그러한 이상적인 설계를 보고 입주한 사람들은 느닷없이 대두된 쓰레기 소각장 문제로 매우 당혹해하고 있었다.

계획에 없던 쓰레기 소각장을 짓는다고 해도 그것이 합리적이라면 얼마든지 받아들일 수 있다. 그런데 쓰레기 소각장 자체의 계획만 보아도 처음에는 신도시내로 되어 있었다. 그러나 주택 공사에서는 어떤 이유에서인지 신도시내로 되어 있던 쓰레기 소각장 부지를 모두 매각하여 지을 곳이 없는 상황을 맞고 있었다. 바로 그때 새로운 부지로 선정된 곳이 수리산이었다.

수리산은 2009년에 경기도 도립공원으로 지정된 산이다. 그만큼 산이 수려하고 아름답다. 도립공원으로 선정될 만큼 아름다운 산에 환경 파괴를 무릅쓰면서까지 소각장을 지으려 한다는 것은 아무리 생각해도 설득력이 떨어진다.

아울러 당시 일반적인 조류 또한 환경 보호 쪽으로 기울고 있었다. 그 대표적인 예가 남산에 있던 외국인 아파트였다. 보릿고개를 넘어야 했던 어려운 시절, 외화를 빌려다 지은 것이 바로 외국인 아파트이다. 그러나 그 아파트가 남산의 환경을 파괴한다는 목소리가 높아지면서 결국 막대한 돈을 들여 철거하고 원래의 생태계를 복원하기에 이르렀다. 그런데 당시 군포시는 그와 정반대로 아름다운 수리산에 소각장을 짓겠다고 나서고 있었다. 환경 파괴는 물론이고 예산 낭비까지 불을 보듯 뻔한 상황이었다. 나는 이를 막지 않을 수 없었다.

내가 아무 대책 없이 반대한 것은 아니었다. 같은 예산으로 우리 군포 시민들이 더 많은 혜택을 누릴 수 있는 좋은 장소까지 제시했다. 그러나 그곳 인근에 재벌이 소유한 골프장이 있었고, 골프장 부근에 소각장이 들어서면 미관상 좋지 않다는 이유로 환경영향평가에서 채택되지 않았다.

우리의 주된 주장은 수리산의 소각장 계획을 철회하고 군포에서 보다 적절한 후보지를 골라 그곳에 소각장을 세워달라는 것이었다. 즉, 소각장 하나를 지어 기존도시와 신도시가 함께 쓰면 경제적으로 보았을 때 시민 모두에게 이익이 되니 그렇게 해 달라는 것이었다. 그것은 예산 낭비도 없앨 수 있는 좋은 대안이었다.

그러나 군포시는 우리의 이런 대안에 대해 이번 소각장은 현재 신도시 사람들만 쓴다고 주장했다. 그것은 억지 주장이었지만, 군포시는 계속 그것을 고집했다. 지금 현재 군포시의 소각장은 우리의 주장대로 환경을 보호하며 기존도시와 신도시가 함께 사용할 수 있는 곳에 세워졌다. 나는 지방 자치나 행정의 어느 분야에서든 환경 파괴와 예산 낭비가 없어야 한다고 생각하며, 우리 사회에 이런 문제를 바로 잡을 수 있는 양심 있는 사람들이 많아야 한다고 본다.

〈소각장 문제를 국회로 가져가다〉

시민운동에 나선 군포 시민들은 정말 대단했다. 시민들은 힘을 하나로 뭉쳐 잘못된 소각장 계획에 강력하게 대항했다. 현재의 수리동 수리고등학교 자리에 컨테이너 박스를 설치해 놓고 소각장을 짓지 못하도록 돌아가면서 불침번을 섰다. 24시간 빈틈없이 이루어진 감시 체계였다. 그런 열성을 보여준 덕택에 시민운동은 성공적으로 전개되었다. 그 기간 동안 우리는 군포시청 앞에서 한 달에 한두 번 "소각장 건설 계획 철회하라"는 구호를 앞세워 시위를 벌였다.

군포시청 앞에서 한번 집회를 하면 보통 2천 명에서 3천 명의 시민들이 함께해 주었다. 아무리 많은 수가 모여도 그 자리에 쓰레기 하나 없었다. 우리들 모두가 손수 쓰레기를 치우고 돌아가는 모범적이고 평화로운 집회였다.

그러던 어느 날 나는 김말룡 국회의원을 찾아갔다. 그분은 노동환경상임위원에 소속되어 있었다. 대구 출신이었고, 아울러 노동계의 대부였다. 또한 한국노총의 초대 위원장을 지낸 것으로 기억하고 있다. 나는 그분에게 산본 쓰레기 소각장 문제를 이번 회기에 국회 노동환경상임위원에서 좀 다루어 달라고 부탁했다.

그러자 "그러면 김 동지가 박윤흔 환경부 장관을 만나서 그 뜻을 직접 전하는 것이 좋지 않겠습니까?"라고 말했다. 그것은 완전히 새로운 제안이었다. 우리의 뜻을 결정권을 가진 장관에게 직접 전할 수 있다면 그만큼 우리의 뜻을 설득하는 데 효과가 있을 것이기 때문이었다. 그러면서 김말룡 의원은 장관을 만나러 가는 사람들의 숫자를 너무 많지 않게 줄여 달라고 했다. 인원이 많으면 장관이 점거 농성을 벌이지나 않을까 부담을 느낀다는 것이었다. 우리는 다섯 명이 가겠다고 답했다.

〈환경부 장관에게 소각장 문제를 설명하다〉

김말룡 의원은 박윤흔 환경부 장관에게 전화를 해서 산본 쓰레기 소각장 문제로 김영재 동지가 가니까 장관님이 얘기를 듣고 환경부에서 철저하게 환경 영향 평가를 해 주었으면 좋겠다고 중재해 주었다. 그렇게 하여 우리는 환경부 장관을 만나게 되었다. 원래의 약속은 다섯 명이었지만 그때 간 인원은 30여 명가량 되었다. 장관은 갑자기 불어난 인원에 부담을 느꼈다. 각 동과 부녀회에서 환경 부문에 관심 있는 분들이 모두 참석하고 싶어 하여 일부는 가고 일부는 제외하기가 어려워서 어쩔 수 없었다. 우리는 40분간 아주 평화롭게 산본 쓰레기 소각장의 입지 선정에 어떤 잘못이 있는가에 대해 설명했다.

나는 쓰레기 소각장 문제에 대해 경인매일에 칼럼을 써서 그 부당성을 알린 적이 있었다. 박윤흔 환경부 장관과 만난 자리에서도 나는 그때의 칼럼 내용 그대로 설명했다. 얘기를 다 들은 장관은 자신도 최선을 다하겠다고 약속했다. 그 자리에는 김형철 환경부 차관도 동석하고 있었다.

우리의 주장은 사실 소각장을 짓지 말라는 것이 아니었기 때문에 전혀 무리가 없었다. 다만 현재 건설 계획이 잡혀 있는 수리산 166번지의 입지 선정이 잘못되었기 때문에 백지화해야 한다는 것이었다.

산본 쓰레기 소각장 철회운동 때 고 김말룡 의원과 이인영박사가 환경평가를 통하여 도움을 주었다.

이에 대해선 우리가 환경운동을 펼칠 때 미국 시카고 대학교 이인영 교수가 증명해 주었다. 국립환경연구원 교환교수로 와 있던 이인영 교수는 김말룡 의원과 함께 현장에 나와 환경 평가를 해 주었다. 결과는 물론 입지 선정이 잘못되었다는 것이었다. 우리는 장관에게 이인영 교수의 환경 평가 결과도 함께 얘기해 주었다.

환경부 장관과 차관은 소각장을 지으면서 다른 것을 도와주면 안 되겠느냐는 점도 물어보았다. 말하자면 소각장을 짓는 대신 경제적 보상을 하면 안 되겠느냐는 것이었다. 소각장을 첨단으로 짓는다거나 하는 것이 그에 해당된다. 요즘의 경우를 예로 들자면 핵폐기장 같은 것을 짓도록 허용해 주면 그곳의 숙원 사업을 들어주는 것과 비슷한 제안이었다.

〈많은 사람들이 시민운동을 도와주다〉

환경부 장관과 가진 면담은 아주 좋았지만 소각장 문제가 그것으로 손쉽게 풀려나간 것은 아니었다. 그 문제는 궁극적으로 건설교통부 소관이라 풀어내기가 쉽지 않았다. 아울러 군포와 같은 지방 행정 구역의 시장은 내무부 소속이라 내무부 장관의 지시를 받는 것도 문제 해결을 어렵게 만들었다. 당시 내무부 장관은 최형우 씨가 맡고 있었다. 지금은 내무부가 행정안전부로 바뀌었다. 그때 우리는 장관을 설득하는 데 실패했다.

환경 운동을 벌일 때 많은 분들의 도움을 받았다. 특히 노동환경상임위원 김말룡 의원, 내무상임위원 박실 의원, 권노갑 의원, 건설교통상임위원 김옥천 의원, 오탄 의원과 같은 분들이 적극적으로 도와

주었다. 심지어 국정 감사 기간에 국회의원들이 군포까지 내려와 현장 조사를 했다. 현장 조사 자리에서 김말룡 의원은 "이런 곳에다 소각장을 짓는 것은 잘못"이라고 시장에게 직접 지적했다.

경기도 국감 때는 장영달 의원과 박실 의원이 국감 기간에 우리 산본을 직접 찾아주었다. 세 의원은 날카로운 질의를 벌여 소각장 계획의 부당성을 부각시켜 주었다. 그 내용은 언론에서 대서특필되었다. 시민운동에 국회의원들이 이렇게 관심을 보이며 국감 기간에 직접 현장까지 내려온 사례는 매우 드물었다. 시민들은 이를 보고 나에게 많은 신뢰를 보내주었다.

그 밖에도 환경운동을 원활하게 추진할 수 있도록 많은 분들이 도와주었다. 한 분 한 분 꼽아 보면 먼저 서울대 경제학과 김수행 교수님이 많은 도움을 주었다. 김 교수님은 적극적으로 앞에 나서서 소각장 문제를 널리 알려주었다. 아울러 자신이 낸 책의 인세의 일부를 기부했다. 재야 인사로 널리 알려진 한양대 고 리영희 교수님이 보내준 도움도 빼놓을 수가 없다. 리교수님은 글을 쓰는 기회가 있을 때마다 산본 쓰레기 소각장 문제를 다루어 주었다. 서울대 지리학과 유인배 교수의 도움도 컸다. 국무총리를 지낸 뒤 변호사로 활동하고 있던 이회창 전 총재도 환경운동을 할 때 많은 도움을 주셨다.

환경 운동으로 옥고를 치르다

● ● ●

쓰레기 소각장 문제로 환경운동을 벌이다 그 중간에 나는 공무집행 방해교사죄라는 명목으로 수배의 운명을 떠안게 되었다. 수배 받는 몸이 되기 전 사실 경인매일의 C부국장이 나를 찾아와 당신이 구속될 것 같다는 얘기를 미리 전했다. C부국장이 전해 준 얘기에 의하면 외국에 가서 공부하고 오라고 했다는 것이다. 공부하는 동안의 경비는 신경 쓰지 말라고 하는 얘기도 함께 전했다. 한마디로 사람을 매수하려는 행위였다. 물론 나는 그것을 단호히 거절했다.

내가 자라온 상황과 사회적인 분위기는 지금 내가 걸어가는 길이 힘들다고 변절한다면 양심의 가책으로 얼마나 더 힘들 것인가를 생각지 않을 수 없게 만들었다. 나도 사람이기에 솔깃한 제안이 오면 얼마든지 흔들릴 수 있다. 세상에 감옥을 좋아할 사람은 아무도 없다. 좋은 조건에서 공부하고 올 수 있다면 사람들은 먼 미래를 내다보지 않고 눈앞의 정의로운 길을 포기하기 쉽다. 그러나 나는 그럴

산본 쓰레기 소각장 철회 시민운동 때 한번 집회가 열리면 2천~3천명 가량의 시민이 모여 목소리를 합쳤다.

수가 없었다. 나는 어떤 경우에든 감옥을 선택하겠다고 말했다.

그때 군포 경찰서 서장으로 있던 J서장은 나의 시민운동을 매우 안타깝게 생각했다. J서장은 나에게서 많은 발전 가능성을 보고 집회하다 구속되면 그런 발전 기회를 모두 잃게 되지 않겠느냐 하는 점에서 걱정을 많이 했다. 그래서 J서장은 내가 구속되는 것을 엄청나게 가슴 아프게 생각했다. 아울러 그분은 형이 순천고등학교에서 수학 선생을 하고 있어 순천 가까운 곳에서 자란 나에 대한 애착이 더욱 컸다. 그 때문에 내 사건을 담당하면서 갈등이 많았다고 했다. 경인매일의 C부국장도 나를 아끼는 마음에 어떻게든 신변의 안전을 도모하라고 충고했다. 그러나 나는 정의로운 길을 택하기로 마음먹었으며, 단호하게 감옥행이라는 운명을 선택했다.

〈11월의 수리산을 맨발로 넘다〉

수배의 운명이 시작된 날은 1994년 11월 30일 밤이었다. 경찰에선 공무집행방해교사죄라는 죄목으로 사전 영장을 만들어 나를 잡으러 왔다. 우리가 수리산 소각장에 대한 환경영향평가가 잘못되었다고 주장하며 철회 운동을 펼치고 있던 때였다. 시의 강행 처리를 온몸으로 막았던 것이 공무집행방해교사혐의의 빌미가 되었다.

11월 30일, 달이 훤하던 밤이었다. 사복을 입은 사람들이 나를 찾아왔다. 수리동 8단지 한양아파트에서 동 대표가 저녁을 준비했으니 같이 저녁을 먹으러 가자고 했다. 그러나 느낌이 이상했다. 나는 어느 아파트 대표이든지 간에 식사를 얻어먹은 적이 없었기 때문이었다. 주민에게 부담되는 일은 일체 피하고 있었다.

알았다고 해 놓고 잠시 준비를 하고 있는데, 점퍼를 입은 형사 네 명이 들이닥쳤다. 앞의 사람들은 내가 컨테이너 박스 안에 있는지 확인하러 들어온 염탐꾼이었다. 형사들은 김영재씨 맞느냐고 나를 확인하더니 내가 맞다고 하자 사전구속영장이 청구되었다며 같이 경찰서로 가자고 나를 끌어냈다. 나는 그럼 구속 영장을 보여 달라고 요구했다. 그러면서 옥신각신하는 실랑이가 벌어졌고, 결국 경찰들은 나에게 강제로 수갑을 채워서 승용차에 태우려고 했다.

그러나 그 광경을 우리 군포시민들이 보게 되었다. 시민들이 곧바로 호루라기를 불고 징을 치자 순식간에 수천 명이 모여들었다. 아파트 주민들이 "김영재 잡아 간다"는 소리에 모두 뛰쳐나온 것이었다.

그때 수갑의 한쪽은 내가, 다른 한쪽은 형사가 차고 있었다. 형사는 이미 모여든 수천 명의 시민들을 보자 잘못하다가는 군중들에게 큰 봉변을 당할 것 같은 위기감을 느꼈고, 결국은 자기쪽 수갑만 풀고 도망가 버리기에 이르렀다.

그때 형사는 수갑을 풀고 도망치기는 했지만, 나는 이미 허리띠가 풀리고, 신발도 벗겨진 상태였다. 내가 도망가지 못하도록 미리 준비한 것이었다. 아울러 경찰은 내게서 수첩도 빼앗아 갔다. 그러니까 신발과 허리띠, 수첩, 이 세 가지를 잃어버린 상황이었다. 구두는 한쪽만 벗겨갔다. 시민들 중에서 누군가 구두를 벗어 주었지만 내게 맞지 않았다. 결국 나는 양말만 신은 채 몇 시간을 걸어 수리산을 넘어야 했다.

11월 말의 초겨울이었기 때문에 날씨가 매우 추울 때였다. 그러나 추운 것도 모르고 걸었다. 가시 같은 것에 발이 찔리고 바위에 몸이 긁히면서 온몸에 상처를 입었다. 내가 산을 넘어 도착한 곳은 안양 박달동의 병목안 유원지였다. 그곳에 도착하니 인기척에 깨어난 개들이 짖고 난리였다.

〈수배자의 몸이 되다〉

인가가 있는 곳으로 나왔을 때 차의 불빛만 보아도 움찔하곤 했다. 나를 잡으러 온 것은 아닐까 하는 생각이 들었기 때문이다. 마침 그때 나는 파카를 입고 있었고 그 속에 수갑을 감출 수 있었다. 또 형사들이 수첩은 빼앗아 갔지만, 지갑은 빼가지 않은 상태였다. 나는 택시를 타고 내가 학원을 했던 건물에 도착했다. 내가 소유한 4층 건물이었다. 그 건물의 4층에는 직원들이 숙소로 사용하는 방이 하나 있었다. 나는 그곳에서 도움을 청해 학원을 운영하는 셋째형님에게 연

락을 취할 수 있었으며, 연락을 받은 형님이 곧바로 차를 갖고 찾아
왔다.

그때는 계속 수갑을 차고 있던 상태라 형님은 나를 보자 깜짝 놀랐
다. 나중에 앞서 말한 김인숙이라는 분이 경찰서에 가서 수갑 열쇠
를 갖고 왔다. 그러나 그때는 이미 망치로 두들겨서 수갑을 깬 상태
였다. 그렇게 하여 나는 수배자 신세가 되고 말았다. 그때 나와 함께
수배 받은 사람으로 L씨라는 분이 있다. 그분은 소각장 문제 대책위
의 부의장을 맡고 있었다. 아울러 기획실장을 한 P씨도 수배 상태가
되었다. 모두 셋이 수배자 신세가 되었다.

〈고시촌에서 수배 생활을 하다〉

우리들 셋이 모두 같이 움직이기는 무리여서 나와 P씨만 서울대 쪽
의 고시원으로 들어갔다. 그렇게 하여 도피 생활은 신림동 쪽에서 이
어졌다. 남의 속도 모르고 고시원 사람들은 승진시험 준비하러 왔느
냐고 물어보곤 했다. 경찰의 목적은 사실 다른 사람들이 아니라 김영
재를 잡는 데 있었다. 내가 잡히지 않으니까 나에게 현상금까지 내걸
었다. 김영재의 소재를 제보해 주면 100만 원을 준다는 것이었다.

그때 군포경찰서에서 나를 잡으려고 하면서 나에 대한 홍보도 참
많이 해 주었다. 경찰들이 그 현상금 100만 원의 수배전단을 아파트
엘리베이터마다 도배하다시피 붙이고 다녔기 때문이다. 수배전단을
두고 경찰과 주민들 사이에 숨바꼭질이 벌어졌다. 주민들이 엘리베
이터에 붙은 전단을 보는 대로 떼어냈기 때문이다. 그렇게 붙이고 떼
는 숨바꼭질이 한동안 계속되었다.

고시원에 있을 때는 말을 조심해야 했기 때문에 거의 입을 떼지 못하고 살았다. 아울러 숨어 지내는 몸이라 자유롭지 못했다. 고시원에서 보낸 기간은 3개월 정도 였다. 전체적인 수배생활은 7개월 정도 계속되었다. 수배 생활 동안 P씨도 힘들어서 어쩔 줄을 몰라 했다. 중간에 나는 신림동에서 광운대 쪽으로 거처를 옮겼다.

그러다 간간히 세 사람이 한 자리에 모여 대책을 논의하곤 했다. 그때마다 셋째형님이 고생을 많이 했다. 만날 사람이 있으면 그 사람을 나오라고 하여 차에 태우고 그 다음엔 P씨와 L씨를 태우고 저녁 일곱 시나 여덟 시쯤 서울 시내를 한 바퀴 돈다. 만남은 주로 출퇴근 시간을 이용했다. 그럼 나는 중간쯤인 삼일로 쯤에서 차에 탄다. 그런 식으로 만나서 얼굴을 본 뒤에는 바로 헤어졌다. 경찰이 미행하지 못하도록 하기 위한 전략이었다.

수리산 166번지의 쓰레기 소각장 계획 백지화

● ● ◐

도피생활에서 가장 힘들었던 순간은 역시 검문 때였다. 검문은 아침에는 거의 없었다. 그래서 나는 아침에는 바깥에 나가 활동을 하고 오후 네 시나 다섯 시쯤에는 임시 거처로 들어오곤 했다. 그때부터는 경찰의 검문이 시작되기 때문이었다.

나는 셋째형님하고 얼굴이 비슷하여 형님 주민번호를 외워서 경찰이 물어보면 그 번호를 댔다. 그런 식으로 위기를 모면하긴 했지만, 그때마다 가슴이 철렁 내려앉았다. 솔직히 말하자면 멀리서 경찰만 보아도 긴장되었다.

나는 수배 중에도 청와대 민정수석에게 탄원서를 내는 활동을 펼쳤다. 군포 시민들은 28,581명의 서명을 받은 탄원서를 수배 중인 나에게 가져왔다. 이를 내게 전달해준 분들도 군포시민들이었다. 1995년 5월 8일, 나는 의형제처럼 지내던 형님과 동행하여 청와대의 H총무수석을 찾아갔다. 그리고 H총무수석으로부터 민정수석을 소개

받았다. 그 자리에서 28,581명의 뜻을 담은 탄원서를 민정수석실에 제출했다. 민정수석실에서는 이를 국민고충처리위원회로 이첩했다.

이첩된 탄원서의 처리 결과를 통보받은 것은 1995년 8월 8일이었다. 당시에 나는 수감 중에 있었다. 통보서는 군포시 수리산 166번지의 쓰레기 소각장 계획은 입지 선정이 백지화되었다는 것을 통보해 주고 있었다. 우리의 시민운동이 드디어 성과를 거둔 것이었다.

탄원서를 내러 갈 때 같이 고생한 사람들이 있다. 셋째형님이 운전하여 나와 동행해 주었고, 같은 수배자의 입장에 있었던 P씨도 함께 해 주었다. P씨는 내가 탄원서를 내고 오는 동안 청와대 주차장에서 초조하게 기다리고 있었다. 나름대로 주변에 좋은 선배와 지인들이 있어 쓰레기 소각장 계획을 철회시켰지만, 부당한 일을 고치려고 해도 중앙 부처의 고위직 사람들을 알지 못하면 어떤 일도 해결하기 힘들다는 것을 뼈저리게 느낀 순간이기도 했다. 시민운동이건 아니면 어떤 지역의 현안 해결이건 중앙 무대에서 활동할 수 있는 사람이 앞장서야 잘 풀린다.

〈서울대 김수행 교수가 많은 도움을 주다〉

시민운동을 할 때 특히 서울대 경제학과 김수행 교수가 적극적으로 많은 도움을 주었다. 김수행 교수는 주로 나에 대한 글을 기고하여 이 사건을 널리 알려주었다. 교수들 가운데선 매우 중추적인 역할을 했다. 〈말〉지와 서울대 교지에 글을 쓰고, 아울러 정부의 각 부처에도 쓰레기 소각장 문제가 잘못되었다는 점을 널리 알려주었다. 당시 우리 산본에선 서울대 교수 10명을 포함하여 많은 교수들이 이 운동에 동참해 주었다.

김수행 교수가 인상적이었던 점은 항상 글을 쓸 때 내가 쓴 것을 인용할 때면 그 점을 분명히 밝혀주신 점이다. 〈말〉지에 실린 글에서는 김영재를 정치 감각이 천부적이고 훌륭한 사람이라고 소개하여 읽는 내가 과분한 칭찬에 몸 둘 곳을 찾기 어려울 지경이었다.

수배 중에 내가 서울대에 있는 김수행 교수의 연구실을 찾아간 것은 세 번 정도였다. 유인물을 만들어 전달해 드리면 직접 나서서 시민들에게 전해 주었다. 유명한 학자로서는 보기 드물게 힘들고 궂은 일도 마다하지 않는 분이었다. 또 김수행 교수는 자신이 낸 책의 인세에서 일부를 떼어 시민운동에 쓰라며 기부하셨다. 그분의 힘이 당시 우리의 시민운동에는 큰 도움이 되었다.

〈모든 짐을 홀로 짊어지다〉

우리는 약 25회쯤 집회를 했다. 한번 집회가 열리면 2천~ 3천여 명이 모였다. 그것은 놀라울 정도로 많은 수였다. 쓰레기 소각장 문제는 군포를 달군 뜨거운 감자가 되었으며, 결국 소각장으로 선정된 자리를 백지화하기에 이르렀다.

그러나 우리 군포시민이 주장한 부분은 백지화되었지만, 내가 구속되고 재판에 계류 중일 때 소각장은 가까운 주변으로 옮겨 결국은 건설 계획이 실행되고 말았다. 내가 재판을 받고 있어 그 문제에 나설 수가 없는 입장이 되고 보니 안타까움이 더욱 컸다.

1995년 6월 26일, 경찰에 체포된 뒤에는 군포경찰서에서 조사를 받았다. 본래 경찰에서는 13명의 수배자 명단을 만들어 놓았다.

내가 시민운동을 못하도록 그 13명을 모두 엮어 넣을 생각이었다. 그 13명 중 나를 포함하여 3명에 대해서는 100만 원의 현상금까지 붙여 놓았었다.

조사 과정에서 나는 경찰이 추궁한 모든 혐의를 하나부터 열까지 모두 내가 짊어졌다. 담당 수사관은 고개를 내저으며 다른 사람들은 경찰에 들어오면 했던 일도 안 했다고 오리발을 내미는데 당신은 왜 아닌 것도 했다고 하느냐고 되물었다. 나는 이 일은 나 하나로 끝마쳐야 하는 일이라고 답했다. 나 하나로 끝마치면 조용히 마무리될 일을 다른 사람들까지 힘들게 만들 필요가 없다고 했다. 조사를 받고 나니 경찰은 "당신 참 대단하시다" 면서 내게 사식을 사 주었다. 나를 잡는 데 혈안이 되었던 경찰관들이 조사를 마친 다음에는 "당신이 이런 사람인 줄 몰랐다"고 되레 미안해했다.

그때 일로 나는 5개월 26일 동안 수원교도소에서 옥고를 치르게 되었지만, 이후에 오히려 사람들에게 더 큰 신뢰를 얻을 수 있었다. 모든 짐을 내가 짊어지고 갔던 그때 일은 지금 이 순간도 자랑스럽게 생각하고 있다.

감옥의 기억, 감옥의 은어,
그리고 소중한 인연

● ● ◐

〈감방장은 선착순〉

나는 조사를 받은 뒤 구속되어 수원교도소로 넘어갔다. 세 평쯤 되는 방에 한 20여명 이상이 들어가서 지내야 했다. 수감자들이 너무 많아 잠을 잘 수가 없었다. 그때서야 내가 감옥에 들어왔음을 실감하기 시작했다.

감옥에선 모든 순번이 '이감' 순번이었다. 제일 먼저 들어온 사람이 1번이고, 두 번째는 2번이었다. 나는 제일 늦게 들어온 터라 스물 몇 번의 말석으로 처졌다. 나의 존재는 완전히 무시되었다. 화장실은 재래식이었다. 뚜껑이 열려 있어서 그 밑에서 올라오는 냄새가 그렇게 역겨울 수가 없었다. 7월이라 더욱 냄새가 심했다. 20명이 작은 고무 물통 물 하나로 세면과 설거지를 하기에는 턱없이 부족했다

맨 처음 들어갔을 때는 비리 혐의로 구속되어 들어온 안양 경찰서의 경찰관이 최고참으로 있었다. 그 사람은 신문에서 나를 많이 봤다

고 했다. 관행대로라면 맨 밑자리에 있어야 했지만 그 고참이 예의를 지켜 자신의 자리로 데려가는 바람에 나는 한 3일 동안은 잘 지냈다. 3일이 지나자 나는 다른 곳으로 이감되었다. 나는 원래 시국사범이어서 독방을 써야 했지만 독방이 남아있질 않았다. 그래서 두 명이 있는 방으로 옮겨졌다. 하룻밤 자고 나니 그 두 명도 다른 방으로 이감이 되었다. 그래서 졸지에 혼자 남게 되었다. 그렇게 이틀 동안 지내다 보니 다시 두 사람이 들어왔다. 이제는 내가 1번 감방장이 되었다. 늦게 들어온 몸이었지만 방을 옮기다 보니 그만 서열 1위가 되고 만 것이다.

감옥이란 곳을 실제 경험해보니, 사람을 옳은 길로 교도하는 것이 아니라 오히려 나쁜 길로 유혹하는 경우가 많았다. 한 예로 나는 그곳에서 이른바 바지 사장으로 있다가 들어온 사람을 만났다. 돈을 가진 실질적 사장은 따로 있고 자신은 허수아비 사장이었다는 것이다. 회사가 부도가 나면 바지 사장이 모든 법적 책임을 다 짊어지고 구속이 된다. 회사가 부도나도록 사기를 친 주모자는 알고 보면 딴 사람이다. 그 사람은 그렇게 하여 바지 사장으로 사기를 당했던 자신의 경험을 이용하여 또 다른 사기 연구를 하고 있었다. 이다음에 나가서 자신도 어떻게 하면 한몫 챙길 것인가 하는 것이 그의 관심사였다. 그 곁에 있다가는 다른 사람들도 물이 들지 않을까 걱정이 되었다.

〈그곳만의 은어들〉

감옥에는 또 그 안에서만 통용되는 각종 은어가 있다. 그곳에선 변기통을 '뺑끼통'이라고 불렀다. 똑바로 '뺑끼치지' 않으면 큰일 난다고 욱박지르곤 했다. 그것은 용변을 볼 때 변기의 옆에 묻지 않도록 정조준을 하여야 한다는 소리였다. 옆에 묻으면 냄새가 나기 때문이었다. 그래서 변기통 위에 냄새가 올라오지 못하도록 고무장갑에 물을 담아 묶어서 막아놓는다. 대변은 '대포'라고 불렀다. '강아지 한 마리'라고 하면 그것은 담배 한 개비를 가리키는 뜻이었다. 감옥에 들어오면 고기를 멀리하고 살아야 하니까 담배를 그런 식으로 표현하면서 그곳에서의 씁쓸한 인생을 달래려고 한 것이 아닐까 싶다. 그곳에서 사기범은 '접시'라고 불렸고, '물총'은 간통으로 들어온 사람이다. 대개 간통범은 감옥 안에서 청소하는 일을 한다. 합의 보면 곧바로 석방되기 때문이다. 마약은 '뽕'이라고 불렀다. 나는 교도소에 있을 때 '불러 뽕'이란 이름으로 불리곤 했었다.

수번이 338번이었던 나는 걸핏하면 검찰에 불려가 조사를 받았다. 그런데 검찰에선 내가 소신껏 답변을 하자 아무 이유없이 나를 부르곤 했었다. 사실 조사가 다 끝나고 구치소 내에 있으면 편하다. 수갑도 안차고 있기 때문이다. 그런데 아침 일찍 검찰에서 부르면 수갑차고 포승줄에 묶여 검찰청 유치장으로 가야한다. 나는 그것을 수도 없이 당했다. 이런 일이 잦아지자 나를 가리켜 습관적 마약쟁이에 빗대어 '불러 뽕'이라고 불렀던 것이다. 그때 나를 담당했던 검사는 수사의 귀재로 통하는 사람이었다고 한다. 말이 좋아 귀재이지 그것은 나쁜 말로 하면 악질 검사란 말의 동의어이기도 했다. 나는 '불러 뽕 338'이란 신분으로 그 수사 검사에게 이유 없이 수시로 불려가 많은 정신적, 육체적 고통을 받았다. 인과응보인지 모르나, 결국 나를 담당했던 그 수사 검사는 제주도 휴가지에서 불미스러운 사건이 발생

되어 언론에 보도 되자 사표를 내고 검찰을 떠났다.

〈잊지 못할 소중한 인연〉

수배 생활과 옥중 생활은 나에겐 힘들기 이를 데 없는 고난의 시기였다. 그렇지만 돌이켜보면 수배와 옥중 생활을 하던 때에도 아름다운 추억이 없지 않다. 유치장에 있을 때 경찰서의 상황실장이라는 분이 나를 찾아온 일이 있다. 그 분은 나에게 친구로 지내자고 하면서 내가 겪고 있는 고난을 위로해 주었다. 그러면서 우유와 빵을 가져와서 들라고 했다. 하지만 그것을 맛있게 먹을 수 있을 만큼 내 마음의 여유가 없었다. 나는 마음만 받은 것으로도 고맙다고 했다. 그 분의 이름도 성도 모를 때였다. 지금은 잘 알고 지내는 좋은 친구가 되어 승진을 하면서 여전히 경찰 간부로 근무를 하고 있다.

교도소 안에서도 좋은 인연을 찾을 수 있었다. 내가 있던 교도소엔 우리 군포에 살고 있는 교도관이 몇 분 있었다. 나의 담당 교도관은 김호수 주임이었다. 우리 동네인 군포시의 금정동에 살고 있다. 만나기는 감옥에서 처음 만났지만 군포에 사니까 내가 시민들을 위해 희생되어 들어온 사람이란 것을 잘 알고 있었다. 그러다 보니 정말 친형님처럼 잘 대해주었다. 그 분은 교도관이라기보다 학자 같은 인상을 풍기는 훌륭한 분이었다. 출소를 한 뒤에도 김호수 주임과의 인연은 계속되었다. 설날이 되자 수감 생활할 때 베풀어준 마음 씀씀이에 감사 인사를 하기 위해 찾아갔다. 그런데 얼마 후 봄이 되니 전화 연락이 왔다. 잠시 보자고 하여 만나러 갔는데, 뜻밖에도 자신의 막내 처남이 결혼을 하는데 나에게 주례를 좀 서달라는 것이었다. 나는 웃으면서 "범죄자가 어떻게 주례를 서느냐, 나는 죄인이 아니냐"고 농담을 했다. 그 분은 "죄인도 죄인 나름"이라며 그러지 말고 꼭 주례를 부탁한다고 했다.

〈한때의 수감자가 결혼 주례자가 되다〉

내가 수감된 교도소에 근무한 김봉석 계장이란 분이 계셨는데, 그 인연도 매우 소중했다. 수감 중인 나를 찾아와서 집회 때 마다 군포 시민 한 사람으로 참석해 연설을 듣고 시민들과 함께 김 의장님 연설에 박수를 보냈다고 했다. 또 군포시민들이 자기 집에 찾아와 수감 중인 나의 안부를 묻는다고 했다. 알고보니 우리 단지 바로 옆 동에 사시는 분이라 나에 대해 더더욱 잘 알고 있었다. 그래서 "김봉석 계장님" 하고 호칭을 부르면, 언제나 "김의장님" 하고 되불러 주었다.

수감자인 나를 군포시 쓰레기 소각장 범시민대위원회 의장 명칭으로 예우해주었던 것이다. 김계장님은 나의 건강을 염려하여 운동할 시간을 할애해 주었고, 의무과에 데려가 건강 체크도 해 주신 고마운 분이다. 김봉석 계장님과의 옥중 인연은 그 분의 장남 결혼으로 이어졌다.

단지 내에 현직 국회의원이 있는데도 불구하고 그 분은 내게 주례를 부탁했다. 나는 교도소 안에서 맺은 그 소중한 인연들을 항상 마음에 품고 살고 있다. 모두 너무나 감사드릴 분들이다.

감동의 시민들

● ● ●

수리산의 경관을 망가뜨릴 쓰레기 소각장 건설에 반대하는 시민운
동에 나섰다가 옥고를 치루긴 했지만 아울러 잊을 수 없는 감동을 맛
보았다.

감동을 선물한 것은 함께 시민운동을 한 사람들이었다. 5개월
26일 동안 하루도 빼놓지 않고 면회를 와 주었다. 감동이 아닐 수 없
었다. 시민들은 매일 당번 식으로 나를 찾아와 주었고 격려의 마음을
전하고 돌아갔다.

궁내동 9단지 롯데아파트의 경우에는 겨울이 닥쳐 날씨가 추워지
자 이성남, 장경주, 김경선 등의 여러 주민들이 따뜻한 옷을 마련하
여 넣어 주었다. 그 옷 덕분에 나중에 다른 사람에게도 온기를 전해
주게 되었다.

내가 출소할 때 고아 출신의 수감자가 한 명 들어왔다. 영치물을
넣어줄 사람이 없는 수감자였다. 감옥 안에서는 그런 사람을 가리켜

개털이라고 불렀다. 나는 처음에는 그게 무슨 소리인가 했다. 나중에 알고 보니 감옥 안에서는 사람을 두 종류로 나누고 있었다. 바로 범털과 개털이었다. 범털은 면회 오는 사람이 많아서 먹을 것이 쌓여 있는 사람을 가리키는 말이었고, 개털은 아무것도 없는 사람을 가리키는 말이었다. 그들 표현대로라면 그 수감자는 완전히 개털이었다. 면회 올 사람이 없던 그 젊은이는 내가 출소할 때 "아저씨, 입고 계신 내복 저 주시고 가면 안 돼요?" 하고 물었다. 내가 받은 것은 모두 자신에게 물려주고 가면 안 되겠느냐는 표정이 역력했다. 나는 나올 때 속옷까지 그 젊은이에게 벗어 주고 나왔다. 정작 나왔을 때는 겨울이라 날씨가 많이 추워 나는 덜덜 떨어야 했다. 안에서는 시민들의 사랑으로 부자로 보냈는데 출소할 때는 모든 것을 그 젊은이에게 주고 빈털터리가 되어 감옥을 나왔다.

나는 그때나 지금이나 나를 사랑해 주는 사람들에게 감사하는 마음으로 살고 있다. 누구나 그렇겠지만 나 또한 사람들이 나를 아껴 주고 사랑해 줄 때 많이 행복했다.

수배 생활은 내가 했지만 나의 셋째형님인 복만이 형님도 나 못지않게 많이 고생했다. 셋째형님은 자신이 운영하던 학원을 제쳐두고 나의 손발이 되어 나를 도와주었다. 또 내가 가족을 만나고 싶어 하면 아내의 학교에 가서 아내를 태운 뒤 밤늦게 거리를 돌다가 나를 만날 수 있도록 해 주었다.

셋째 형님이 앞장서 도와주심으로 다른 형제들도 다 함께 아픔을 같이하며 저희 가족들을 물심양면으로 도와주신 친지들에게 다시 한번 감사드린다.

그때를 생각하면 가장 죄송하고 미안한 것은 우리 어머니와 딸들이다. 항상 우리 집 바깥에 경찰 중대가 진을 치고 있었기 때문이다. 그때 두 딸은 중학교 1학년, 고등학교 2학년이었다. 입시 준비로 한창 바쁠 때였다. 심리적으로 얼마나 불안했을까 하는 생각이 든다. 공부에는 정서적 안정이 필수인데 상황은 오히려 그와 정반대였다. 집 앞에 전경 버스가 진을 치고 있으니 얼마나 불안했겠는가. 공부가 제대로 될 리가 없었을 것이다.

가족을 생각하면 그 점이 가장 마음이 아프다. 다행스러운 점은 경찰에서 가택 수색을 해야겠다고 신청했지만, 마침 법원에서 가택 수색은 안 된다는 결정을 내려준 것이다. 덕분에 가택 수색은 면할 수 있었다. 그러나 바깥에 모여 있던 전경 버스가 아이들에게는 큰 심리적 압박이 되었을 것이다. 그때 어머니와 아내는 나를 못 잡아간다고 막다가 졸도하고 말았다. 연행되는 모습을 보고 경찰서까지 쫓아왔다가 결국은 경찰서 앞에서 아내는 졸도하여 119에 실려가서 밤 늦게 깨어났다고 한다. 당시 어린아이였던 두 딸 유림이 유선이의 모습도 잊을 수가 없다. 큰딸은 하염없이 울면서 목이 메도록 아빠를 불렀다. 졸도한 아내와 울음에 뒤섞여 아빠를 부르는 딸의 목소리가 폐부에 아프게 박힌 순간이었다. 옥중에 있을 때 어머니와 가족에 대해 많은 생각을 하게 되었다.

그곳에서 책을 많이 읽었다. 아마도 그 5개월 26일 동안 내 생애 가장 많은 책을 읽은 것 같다. 그때 책을 읽던 것을 출소 후에도 생활화하였다면 사법고시에도 합격하지 않았을까 싶다. 아내는 서점에서 책을 사서 읽고 자신이 마음에 드는 구절이 있으면 빨간 줄을 그어서 내게 보내 주었다. 또 아내는 내게 격려 편지를 많이 써서 보내 주었다. 내가 옥중에 있는 동안 아내가 집의 중심을 잡아 주지 않았다면 우리 가정은 어느 순간 길을 잃었을 것이다. 지금은 딸들도 그때 아버지가 걸어갔던 길을 다 이해하고 있다.

나는 시민운동을 하면서 두 가지를 동시에 얻었다.
하나는 시민의 힘으로 열어가는 미래와 그에 대한 희망이었고, 다른 하나는 옥중에서 시간을 보내며 얻은 깨달은 가족에 대한 소중함이었다.

어머니의 기도

●●●

가끔 무엇이 나를 오늘의 이 자리에 있게 해 주었을까를 생각하곤 한다. 분명 나는 집안이 경제적으로 윤택하지 못해 많은 것을 누리며 크지 못했다. 경제적인 것으로만 따지면 사실 내가 어머니에게 물려받은 것은 그다지 많지 않다고 해야 할 것이다. 그렇지만 나는 어머니에게서 경제적인 것보다 더 소중하고 큰 것을 물려받았다.

그것은 바로 어머니의 기도이다.

오늘의 나를 돌아보며 나를 키운 것이 과연 무엇이었을까를 물을 때면 가장 먼저 떠오르는 것은 바로 어머니의 기도이다. 자식을 위한 마음의 기도 덕분에 그 자양분으로 오늘의 내가 이 자리에 설 수 있었던 것이다. 그러나 정작 나는 그런 어머니를 위해 기도해 본 기억이 별로 없는 것같아 안타깝기 그지없다.

시골에 가면 어느 집이나 장독대가 있고, 거기엔 장독들이 옹기종기 모여 있다. 그곳은 장독을 놓는 자리이기도 했지만, 아울러 어머

장독대는 자식을 위한 어머니의 기도 장소이기도 했다. 시골 여행 중에 어머니가 감회가 새로운지 어느 집의 장독대를 둘러보고 계신다.

자식들 위해 백담사 석탑에서 기도하신 어머니 모습이다.

니의 기도 자리이기도 했다. 어머니의 기도는 항상 그곳에서 이루어졌다. 왜 하필 장독대였을까? 장독대는 어머니가 손수 담근 간장과 된장, 고추장이 장독에 담겨 모여 있는 곳이다. 몇 해를 먹는 양념들이기에 그것에 기울이는 정성은 남다르다. 아마도 어머니는 자신의 정성으로 기도의 제단을 마련하고 싶었을 것이고, 그런 정성의 제단으로 보면 장독대만 한 곳도 없다고 생각된다. 그곳은 알고 보면 그냥 장독대가 아니라 어머니의 정성이 깃든 제단이기도 했다.

새벽마다 어머니는 장독대 위에 정한수 한 사발을 올려놓고 지극정성으로 두 손 모아 4남 1녀 잘 되라고 천지신명께 빌었다. 잔병치레 없도록, 남에게 해 끼치지 않도록, 매사에 늘 조심하도록, 어려움을 겪지 않도록 보살펴 달라고 간절히 기도하셨다. 천지신명도 감동한 어머니의 그 간절한 기도 덕분에 이만큼 살고 있는 것인지도 모른다.

겨울철 날씨가 험할 때면 눈보라가 치기도 하고, 또 여름이면 비바람이 불기도 했지만, 내게 중요한 시험이 있을 때면 어머니의 기도는 날을 그냥 넘기는 법이 없었다. 새벽에 눈을 부비며 바깥을 나온 내 눈에 가장 먼저 들어온 것은 항상 자식 잘되라고 기도하던 어머니의 모습이었다.

어머니가 나에게 큰 유산을 물려주며, 어머니를 위해 기도하라고 했다면 과연 나는 어머니처럼 정성 들여 기도할 수 있을까? 자신이 없다. 그런데도 나는 어머니에게 가장 소중한 유산, 바로 어머니의 정성과 마음이 깃든 기도를 물려받았다. 그것이 어머니가 내게 물려준 가장 큰 유산이란 생각이 든다. 아마도 내가 큰 잔병치레 없이 이렇게 건강하게 살아온 것도 그 덕분일 것이다.

〈자리가 바뀌어도 어머니의 기도는 여전하다〉

내가 주산 선수로 합숙 훈련을 받고 있을 때의 일이다. 그때 어머니는 없는 형편에 돈을 한푼 두푼 모으기 시작했다. 나중에 어머니 얘기를 들어보니 스님 한 분이 지나가다 아들이 잘되려면 어느 절에 종을 하나 만들어 시주하는 것이 좋다고 전했다고 한다. 내 고향 가까운 곳에 송광사나 선암사와 같은 유명한 절이 많이 있었다. 어머니는 종에 아들의 이름을 새겨서 시주하려고 정말 열심히 돈을 모았다. 물론 종을 만들 수 있을 정도의 돈은 모으지는 못했다. 하지만 아들이 성공하길 바랐던 어머니의 그 마음은 이미 종을 수백 개 만들고도 남을 만큼 값진 것이었다. 종이 울릴 때 퍼져 나가는 종소리처럼 어머니의 기도는 내 마음을 가득 울리곤 했다.

나는 어머니를 사랑하고 또 존경한다. 아마도 그것은 어릴 적 내가 접했던 기도하던 어머니의 모습을 뇌리에 담고 살아가기 때문일 것이다.

어머니의 기도는 함께 살면서 장독대 대신 집안으로 자리를 바꾸었지만, 자식 잘되기를 바라는 마음과 정성으로 여전히 계속되었다. 지금은 하늘나라에서 또 나를 위해 기도하고 계실 것이 분명하다.

어머니의 건강 비결, 그리고 어머니를 모시고 사는 가족의 풍경

1일 4찬과 특별찬 – 어머니의 건강 비결

● ● ⊕

어머니는 100세를 넘겨 장수를 누리셨다. 그러다 보니 다들 건강 비결을 궁금해 한다. 그때마다 나는 1일 4찬과 특별찬이라고 답한다. 아마 사람들은 특별하게 드시는 반찬이 있는가 보다고 짐작할지도 모르겠다. 하지만 미리 일러두자면 그것은 음식이 아니다.

내가 어머니의 건강을 챙겨드리기 위해 무엇을 해야 할 것인가를 생각한 것은 공교롭게도 나의 두 번째 투옥이 계기가 되었다. 그때가 1995년도이다. 돌아보니 벌써 18년 전으로 거슬러 올라간다.

나는 그전에도 한 번 옥고를 치른 일이 있다. 1980년 광주 5·18 민주 항쟁 때가 첫 번째였다. 두 번째는 산본 쓰레기 소각장 범시민 대책위원회의 의장을 맡아 순수하게 시민환경운동을 하다가 수배를 거쳐 구속 수감되고 말았다.

그때 나는 스스로를 돌아보는 자성의 기회를 갖게 되었다. 돌아보니 어머니에게 잘못한 일이 너무 많았다. 어머니와 가족에게 앞으로 내가 해 줄 수 있는 일이 무엇인가를 곰곰이 생각하지 않을 수 없었다. 그래서 수감 생활을 마치면 우리 어머니에게 무엇인가 특별하게 변화된 아들의 모습을 보여주어야겠다고 결심하게 되었다.

〈관심, 사랑, 칭찬, 그리고 희망〉

바로 고민의 끝에서 나온 것이 1일 4찬이었다.

1일 4찬의 **첫 번째는 관심찬이다.** 말 그대로 부모님께 관심을 기울이는 것이다. 나는 그 관심을 저녁이나 이른 아침에 10분이라도 어머니의 몸을 주물러 드리는 일로 실천했다. 처음에는 내가 시작했지만, 나중에는 가족 모두가 실천하게 되었다. 내가 바쁠 때는 며느리나 손녀딸이 나선다. 관심찬은 그렇게 가족 모두가 어머니에게 관심을 갖는 것이다. 그러면 어머니는 자신에 대한 가족의 관심 자체에서 큰 행복을 느낀다.

가끔 어머니와 함께 오목을 둔다.

사실 관심은 인간에게 크나큰 힘이 되는 경우가 많다. 마라톤 선수들도 많은 사람들이 길가에 늘어서서 응원할 때 더더욱 다리에 힘이 솟는다. 사람들의 관심이 힘을 불러다 주는 것이다.

두 번째는 사랑찬이다. 우리 가족은 출퇴근할 때마다 어머니에게 "사랑합니다"라고 말했다. 특히 나는 어머니 손을 잡고 손등에 뽀뽀를 해 드린다. 그러면 어머니도 같이 따라 해 주셨다. 며느리나 손녀딸들은 어머니 또는 할머니께 "잘 다녀오겠습니다"라고 말하며 포옹을 한다. 그것이 바로 우리가 어머니에게 드리는 사랑찬이다. 사람들은 마음만 있으면 된다고 하지만, 사랑을 마음속에 담아 두면 어머니가 꺼내 드시기가 어렵다. 적극적으로 눈앞에 차려드려야 한다.

세 번째는 칭찬이다. 어머니는 연세가 101세일 때도 설거지도 하고 아들 속옷과 와이셔츠, 양말 그리고 며느리 블라우스, 스타킹도 손수 빨래를 해 주셨다. 어머니는 며느리와 아들에게 무언가 해 주고 싶은 마음에서 세탁소에 맡겨야 할 것을 모르고 손빨래를 해서 그만 못쓰게 만드는 일도 가끔씩 생겼다. 그럴 때마다 아내는 어머니 오늘도 큰일 하셨다고 하면서 웃음으로 대신하곤 했다.

가끔 음식을 먹다 흘려 하얀 러닝셔츠와 와이셔츠에 음식물 자국이 남을 때가 있다. 어머니는 101세 연세가 되다 보니 빨래를 정성껏 해도 눈이 침침해 잘 보이지 않기 때문에 음식물 자국을 발견하지 못한 채 빨아서 건조대에 널어놓기도 한다. 나는 어머니가 주무시는 밤에 몰래 다시 빨아서 그 자리 그대로 널어놓곤 했다. 다음날 어머니께 "빨래하시느라 수고 많이 하셨습니다." 하고 아내와 함께 칭찬 박수를 친다.

어머니는 설거지하다가 접시를 깨면 미안해서 그것을 몰래 감추어 놓기도 하셨다. 그래서 우리는 어머니가 접시를 깨면 어머니가 미안해하지 마시라고 "그렇지 않아도 새 것으로 바꾸려고 했는데 아주 잘 깼습니다." 라고 칭찬해 드리곤 했다. 또한 아예 한 걸음 더 나아가 박수를 쳐드리기도 했다. 그러면 어머니의 실수를 다 함께 웃으면서 넘길 수 있었다.

아내와 나는 어머니께서 손수 설거지와 빨래를 함으로써 치매 예방과 건강에 도움이 될 것으로 생각했고, 자식에게 무언가를 해 주고 싶은 마음이 있으셨다는 그 심정을 이해했다. 항상 어머니께서 아들을 위해 사랑과 정성으로 빨래해 준 것은 지금 생각해 보니 어머니께서 나에게 매일매일 주신 마음의 선물이며, 아름다운 행복을 만들어 주신 것으로 생각한다.

네 번째는 희망찬이다. 어머니에겐 사실 운동이 상당히 부족했다. 나는 어머니를 운동에 끌어들이려고 이렇게 말했다. "어머니, 아들 며느리 손녀 손잡고 외국여행도 다니고 국내여행도 다니려면 건강하셔야 합니다. 건강하셔야 영화와 연극도 보러 가실 수 있어요. 운동을 열심히 하면 건강해지세요. 건강해지셔서 우리와 같이 여행을 다녀요." 정말로 어머니에게는 그 말이 하나의 희망이 되었다.

그렇게 희망찬을 드리다 보니 어머니께서는 열심히 운동해서 101

세 때도 저녁마다 군포 시민 운동장에 나가 한 3킬로미터씩 걷곤 하셨다. 군포시민 운동장에 나가면 어머니는 큰 인기를 누렸다. 사람들이 101세 할머니가 걸어가신다며 너나 할 것이 없이 어머니 곁으로 와서 함께 걷고 격려해 주셨다. 당시 SBS 〈생방송 투데이〉에서 이틀 동안 동행하며 101세 할머니가 군포시민 운동장에서 운동하는 것을 촬영하여 방영한 적이 있었는데, 이것이 어머니에 대한 마지막 기록이다. 그때 우리도 많은 사람들과 인사를 하고 얼굴을 익히게 되었다. 아울러 그 덕택에 가까운 이웃들에게서 물김치를 얻어먹기도 했었다. 어떤 50대 중반의 아주머니가 자신의 어머니가 생각난다며 물김치를 담가서 갖고 나온 적이 있었기 때문이다. 그 아주머니가 "어머니가 이 김치 좀 드셨으면 해서요." 하면서 물김치를 내밀었을 때 이제 어머니가 우리의 어머니에 그치지 않고 모두의 어머니가 된 느낌이었다.

이렇게 우리들이 어머니의 건강식으로 챙겨드리는 것은 바로 1일 4찬, 즉 관심찬, 사랑찬, 칭찬찬, 희망찬 이 네 가지이다.

〈나눔은 특별찬〉

그런데 1일 4찬이 전부가 아니다. 여기에 특별찬이 하나 더 있다. 다섯 번째 건강 비결은 나눔찬이다. 나눔찬은 행복의 맛을 선물한다. 하지만 나눔은 매일 할 수가 없어서 토요일이나 일요일에만 했다. 어머니는 장충단공원에서 나가 노인분들께 국수를 나누어 드리는 무료 급식 나눔 봉사를 했고 종로의 종묘공원에서도 마찬가지로 노인분들께 김밥을 나누어 드리는 봉사를 했다.

나눔은 주는 기쁨으로 사람을 건강하게 만들어 준다. 많은 사람들이 어머니 손을 잡고 감사 인사를 전했고, 사람들이 전하는 감사의 마음은 어머니를 말할 수 없이 행복하게 만들어 주었다. 101세의 할머니가 하는 나눔이라 사람들의 감사는 더더욱 진실 되고 깊었다.

어머니는 나눔을 하면서 사실은 건강을 얻었다. 자식인 나로서는 이보다 더 감사한 일이 없었으며, 아울러 나눔은 어머니 건강의 숨은 비결 가운데 하나로 자리를 잡기에 이르렀다.

사람들이 자주 묻지만, 사실 어머니의 건강 비결은 우리가 알고 있던 것에서 크게 벗어나지 않는다. 항상 부모님에게 관심을 기울이고, 부모님에 대한 사랑을 표현하면서 칭찬하고 희망을 드리면 어느 부모님이나 건강한 삶을 누릴 수 있을 것이다. 여기에 배려를 통해 나눔의 행복을 안겨 드리면 더할 나위가 없다. 1일 4찬에 특별찬, 바로 그것이 우리 어머니의 건강 비결이다.

〈한 가지 더, 일요일 두 배의 행복찬〉

어머니는 일요일 성당 주임 신부님으로부터 특별 행복찬을 선물 받는다. 어머니와 더불어 우리 가족은 군포 성당에 다니고 있다. 일요일이면 어머니는 평소와 다르게 새벽 일찍 머리를 감으시고 향기 좋은 화장품을 얼굴에 바르시고 머리에는 동백기름을 바르신 후 성당에 가서 미사를 보신다. 성당에서 어머니가 제일 연세가 많다. 군포 성당 이철수 스테파노 주임신부님은 미사가 끝나면 성당 현관 앞에서 어머니께 "자매님, 건강하시고 오래오래 사세요"라는 말씀과 함께 포옹해 주셨다.

주임신부님의 관심어린 말씀과 포옹은 어머니께 따뜻한 사랑이 되어 특별한 행복찬을 만들어 주었고, 어머니께 일요일은 미사 시간을 기다리게 하는 또 하나의 희망이 되어 101세까지 건강하게 사시게 한 것이라는 생각이 든다. 지금은 이철수 스테파노 주임신부님이 수원 교구청에 계시지만, 군포성당에 계신 동안에 어머니께 베풀어 주신 사랑과 축복에 대해 지면을 통해서 나마 진심으로 감사드린다.

나눔 행복, 가장 효과적인 건강 비결

어머니는 살아계실 때 아들딸 키우며 바쁘게 사시느라 남들에게 많이 베풀지를 못했다. 옛날 분들은 대개가 그렇다. 그래서 나는 어머니가 세상에 베풀 기회를 만들어 주고 싶었다. 이런 마음을 갖자, 우연한 기회에 장충단공원에 노래봉사가 있을 때에는 많은 어르신들이 모인다는 것을 알게 되었다. 이곳에 공연을 보러오는 노인분들을 대상으로 무료 급식 나눔을 펼치기 시작했다. 물론 그 나눔의 자리에는 어머니도 함께했다.

구체적으로 우리가 한 나눔은 국수 나눔이었으며, 어머니와 내가 국수 나눔 담당이 되었다. 토요일과 일요일에는 적게는 300명에서 많게는 350명 정도의 어르신들에게 국수를 말아드리는 것이 주된 활동이었다. 장충단공원과 그 근방에 무료 급식을 알리는 플래카드를 붙여 놓고 나눔 봉사를 했다. 대체로 오전 11시 20분부터 오후 12시 40분까지 급식을 했다.

한동안 어머니와 함께 장충동에서 국수봉사를 했다. 어르신들의 건강을 비는 마음을 국수에 담았다.

그곳은 국수 나눔의 장소이기도 했지만, 아울러 어머니의 건강 비결 중 또 다른 1찬, 즉 특별찬인 나눔찬의 행복을 누리는 장소이기도 했다. 그리고 그것이 곧 어머니에겐 건강 비법의 하나가 되었다.

나눔을 할 때 어머니를 지켜보면 말할 수 없이 즐거워하셨다. 아울러 연세가 101세이다 보니까 어머니는 나의 어머니일 뿐만 아니라 모두의 어머니였다. 그렇기 때문에 사람들이 국수 한 그릇을 먹고 나면 그냥 인사를 하는 게 아니라 "어머니, 잘 먹었습니다." 하며 마치 자신들 어머니에게 하듯이 진심어린 마음을 실어서 인사했다. 그분들 가운데는 장미꽃을 한 송이 사다 주시는 분들도 있었고, 천 원짜리 한 장을 손에 쥐여 주시는 분들도 있었다. 또 어떤 분은 사탕을 직접 어머니 입에 넣어 주었다. 배려를 통한 나눔의 자리에 가면 어머니는 나눔을 하면서 동시에 그 자리의 모든 분들께 사랑을 받았다.

부모님을 건강하게 모시고 싶다면 여러 사람 앞에서 많은 사랑을 받을 수 있는 비법을 고민해 보면 좋을 것 같다. 나의 경우는 바로 나눔과 배려를 실천하는 것이었다. 어머니는 나눔을 실천하면서 사람과 사람 사이에 오가는 정을 마음껏 느끼시는 것 같았고, 이것이 어머니에겐 건강을 유지시켜 주는 비결로 작용했다. 그리하여 어머니는 토요일이나 일요일에 나눔과 배려를 하시면서 1일 4찬에 이어 특별찬인 나눔찬을 드시게 되었다.

〈취직한 큰 딸의 첫 봉급 선물, 나눔활동으로〉

2005년 7월. 큰딸이 취직하여 첫 봉급을 탔다. 대견하게도 엄마 아빠에게 휴가비로 30만원을 주면서 휴가를 다녀오라고 권했다. 눈물 나게 고마운 돈이다. 내 생애 처음으로 자식이 일해서 번 돈이기 때문이다. 딸아이가 할머니는 자기가 보살피고 있겠다고 말하면서 엄마 아빠 두 분만 즐거운 휴가를 즐기고 오라고 했다. 딸 성화에 못 이겨 휴가를 가야겠지만, 우리 부부는 어머니 모시고 살면서 항상 어머니와 함께 여행을 했기 때문에 우리 둘만의 여행이 마음이 걸렸던 터였다. 결국 아내와 의논한 결과, 충북 음성에 있는 사회복지 시설인 꽃동네로 나눔활동을 가기로 결정했다.

음성 꽃동네에 도착하여 사무실에 찾아가 오늘 나눔활동을 하러 왔다고 얘기했다. 사무실에서는 수녀님에게 안내를 받으라고 했다. 소개받은 수녀님께서 이불 빨래를 도와 달라고 하여 열심히 빨고 깔끔하게 정리 정돈까지 마친 후 사무실에 찾아가서 딸아이가 준 휴가비

나와 아내의 마지막 소풍 시신기증서

30만원을 기부했다. 기부자 서명부를 작성할 때 수녀님은 아내의 직업을 알게 되었다. 수녀님께서는 교감선생인 아내에게 학교에 가서 학생들에게 가르쳐 달라며 꽃동네 전시관을 보여 주셨다. 전시관에서 성함이 김귀동이라는 할아버지가 쓰신 "얻어먹을 수 있는 힘만 있어도 축복"이라는 꼬불꼬불 한 글씨를 읽으면서 내 자신을 뒤돌아보게 되었다.

그곳에서 우리 부부가 나눔 활동을 하면서 진정한 나눔에 대해 느끼면서 내 몸이 이웃들의 생명에 도움이 되어 희망과 행복이 되기를 바라는 마음을 먹고, 집으로 돌아와 가족회의를 열고 시신기증을 결정했다. 시신기증 서약서에는 보증인 두 사람이 필요했는데, 아내와 큰딸이 나의 시신기증서를 보증했고, 아내 시신기증에는 나와 큰딸이 보증인으로 서명 날인하여 카톨릭대학교 의과대학에 기증서를 헌정했다. 그로부터 3개월 뒤 가톨릭대학교로부터 시신기증 증명서를 받았다.

우리 부부는 그렇게 아름답게 마지막 소풍을 떠날 수 있다는 기대에 행복했다.

노래로 나눔하는 예술단

● ● ●

이 기회에 노래 예술단이 무엇을 하는 곳인지 알려드리고 싶다. 60년대나 70년대엔 노래를 한다고 하면 심지어 남자라고 해도 집안에서 반대하는 것이 일반적이었고, 부모님이 엄한 경우에는 더더욱 그랬다. 여자들의 경우는 더 말할 것도 없었다. 그래서 집안에서 감히 가수가 되겠다는 말도 꺼내기가 어려웠다. 그러니 이러한 분들은 자신의 내면에 간직한 가수의 끼를 버리지 못하고 그냥 살아간다. 그러다 나이가 50이나 60에 이르러 자식들 다 출가시킨 뒤에 그동안 속에만 담아 두었던 가수의 끼를 발휘할 수 있는 기회를 얻게 되었다.

바로 그 기회를 제공하고 있는 곳이 노래 예술단이다. 노래 예술단의 가수들은 말하자면 젊은 날에 못 푼 가수의 끼를 마음껏 발휘하며 나눔도 겸하고 있는 분들이다. 외롭고 쓸쓸한 노인분들을 위한 노래 선물이 그들의 나눔이다. 예술단의 가수분들은 노래를 부르고 있으면 모든 불행과 불만이 다 없어진다고 했다. 그들에게 나눔은 그들의

노래예술단에서 노래는 못 부르지만 어머니와 아내, 딸이 총출동하여 한 곡 부른다.

행복이기도 했다.

　노래예술단 가수들은 항상 무대 위에서 즐겁고 행복한 표정으로 노래를 부른다.　때문에 많은 사람들이 그들의 삶도 노래처럼 흥겨울 것으로 생각한다. 하지만 이들 나누는 사람들의 삶이 실제로는 힘든 경우가 많다. 내막을 알고 보면 이들의 나눔은 결코 경제적으로 풍요롭거나 시간이 많이 남아서 실천하는 것이 아니다.

　어떤 분은 일상생활을 하면서 나눔을 들고 나온다. 또 어떤 분은 식당을 운영하면서 시간을 쪼개 나눔을 갖고 나온다. 더 슬픈 사연의 주인공도 있다. 그분은 한때 경제적으로 풍요롭게 살던 분이었는데 지금은 월세방에서 살고 있다. 재산을 아들에게 다 물려주었으나 아들이 사업에 실패하면서 갈 곳이 없어 월세방에서 살게 된 것이다. 이미 나이는 70이 넘었으나 무대 위에서는 누구보다 열창하면서 사람들에게 즐거움과 기쁨을 준다. 이런 분들의 나눔을 보고 있노라면 지금까지 우리가 해 왔던 나눔이 가끔 부끄럽기까지 하다.

노래예술단에는 어머니를 위해 함께 춤추며 즐거운 시간을 선사해 준 분들이 많았다. 그 예술단에서 특히 기억나는 이름들이 있다. 장옥주, 김규순, 이금순, 조순옥, 김옥남, 서유진 씨가 바로 그 주인공들이다. 모두에게 감사드린다.

어머니와 아내와 함께하는 노래 나눔 활동도 윤갑순 선배를 통해 알고 나서 시작한 것이다. 노래 쪽은 나눔은 할 수 없는 실력임에도, 내가 가면 노래 두 곡은 시켜 준다. 내 처지에서는 들어주는 관중들이 고맙다. 노래를 부를 때면 어머니가 내 옆자리를 지켜주시곤 했다. 나는 무대에 오르면 꼭 다음과 같은 인사를 전했다.

"우리 노래예술단의 공연을 찾아주시는 사랑하는 관객 여러분, 저와 같은 음치의 노래를 두 곡씩이나 들어주시는 것에 대해 진짜 진짜 감사드립니다. 또 여러분이 어머니에게 기울여 주시는 관심과 사랑에 대해서도 감사드립니다. 그 사랑과 관심 덕분에 제 어머니께서 이렇게 건강하십니다."

그리고 2009년 8월에는 어머니와 함께 그 노래예술단을 따라 멀리 전남 고흥 반도를 찾아간 일이 있다. 고흥군청의 문화원에서 노래 예술단을 초청하여 마련한 〈찾아가는 작은 음악회〉라는 이름의 공연 행사였다. 공연은 1박 2일 동안 진행됐으며, 첫 번째 공연은 고흥 반도의 신기 해수욕장에서 그리고 두 번째 공연은 도화 해수욕장에서 이루어졌다. 그때도 나는 노래는 못하지만 어머니가 즐거워하기 때

고흥 문화원의 "찾아가는 작은 음악회" 초청에서 어머니와 함께 무대에
서 노래를 부르다.

문에 어머니와 함께 무대에 섰다. 시골의 순박한 관객들은 그냥 100
세 가까운 어머니가 무대에 섰다는 것만으로 많은 격려의 박수를 보
내 주었다. 성원해 준 관객들에게 감사의 말을 전하고 싶다.

　언젠가 나는 어머니께 나눔은 즐거운 것이고, 나눔은 행복한 것이
라는 말씀을 드렸다. 어머니도 고개를 끄덕이며 내 말에 동의해 주셨
다. 사람은 즐겁고 행복해야 건강하며 또 장수할 수 있다고 본다. 그
에 대한 분명한 증인이 어머니이시다.

만사형통 김밥

••

국수 나눔 봉사를 할때, 메뉴를 국수로 정한 것은 어르신들의 장수를 비는 뜻에서였다. 그동안의 국수 나눔을 결산해 보니 약 30,000그릇 정도를 드린 것 같다.

그러다 어머니와 함께 종묘공원을 둘러볼 기회가 있었다. 그런데 그곳 분들이 그동안 장충단공원에서 국수 나눔을 통해 만났던 분들보다 더 어려워 보였다. 그래서 좀 더 어려운 어르신들을 돕고 싶은 마음에 나눔 활동의 장소를 그곳으로 옮기게 되었다.

그리하여 한동안 종묘공원 부근에서 토요일과 일요일마다 어르신들에게 김밥과 계란을 나누어 드렸다. 처음에는 어머니의 백수를 눈앞에 두고 그동안 누려온 건강한 삶에 대한 고마움을 표현하기 위해서 100분께 나눔하고자 했으나, 어머니는 더 많은 사람들에게 나누고 싶어 하셨다. 그 마음은 다시 모든 분들의 만사형통을 비는 바램을 담아 1년에 10,004분으로 바뀌었다. 하지만, 숫자가 주는 의미에

종로의 종묘 공원에서 어르신들께 김밥 나눔 활동을 했다.

그치지 않고 형편이 되는 대로 하다 보니 3년이란 시간이 흘렀다.

종묘공원에서 김밥과 계란 나눔을 할 당시 식권이 없이는 질서를 감당하기가 어려웠다. 때문에 그곳 어르신의 도움을 얻어 연세가 많거나 신체에 장애가 있는 분들을 중심으로 100분에게 미리 식권을 나누어 드렸다. 덕분에 질서가 아주 잘 지켜졌다. 식권을 나누어 줄 때는 서울대중예술단의 여종구 회장과 원정순 씨를 비롯한 가수분들이 많은 도움을 주셨다. 이분들께 감사의 인사를 전하고 싶다.

처음에 식권을 나누어 줄 때는 싫다고 하는 분도 있었다. 또 식권을 받아서 다른 사람에게 주는 분도 있었다. 그러다 사람들이 줄을 서서 김밥과 삶은 계란을 받기 시작하면 그때 와서 다시 식권을 달라고 했다. 그러나 나중에는 질서가 잘 잡혀 그런 일들 없이 김밥 나눔이 잘 이루어졌다.

〈계란 나눔은 주변 분들의 기부로 시작〉

계란 나눔에는 약간의 사연이 있다. 원래는 김밥만 나누어 드리려고 했었다. 그런데 어느 날 집으로 전화 한 통이 걸려 왔다. 알고 지낸 지가 벌써 21년이나 되는 아주 친한 분이었다. 나보다 12년 연배이며 경상남도 합천 분이다. 지금은 거의 친형제처럼 지내고 있다고 해도 과언이 아닌 분이다. 그 전화의 주인공은 다름 아니라 산본 새마을금고의 박명제 이사이다.

전화를 건 박 이사는 나를 좀 보자고 했다. 만나 보니까 봉투에 돈을 담아 놓고 나를 기다리고 있었다. 부탁은 다름이 아니라 소고기라도 사 가지고 들어가서 어머니에게 대접하라는 것이었다. 어머니를 보면 자신도 자꾸 어머니가 생각난다는 것이었다. 봉투를 열어보니 5만 원이 들어 있었다.

그래서 우리 어머니를 생각해서 이렇게 좋은 마음의 선물을 했는데 내가 할 수 있는 좀 더 가치 있고 좋은 일이 없을까를 생각하게 되었다. 그 끝에 나온 것이 이 돈으로 계란을 사서 김밥을 나눠드릴 때 함께 나눠드리자는 것이었다. 나중에 그 돈은 김밥 나눔을 하는 자리에서 그렇게 쓰였다고 말씀드렸다. 그랬더니 같은 새마을금고에 있으며 경남 김해 분인 배연자 이사장도 자신도 어머니께 식사를 한 번 모시고 싶었는데 그 마음을 담았다며 10만 원짜리 봉투를 하나 주었다. 계란 나눔은 바로 그렇게 하여 주변 분들의 기부에서 시작되어 이어져 갔다.

한번은 어머니를 모시고 포천에서 야유회를 겸해서 마련된 군포 호남향우회에 간 적이 있다. 우리 향우회는 포천에 마련된 무대에서 노래도 부르고 춤도 추면서 흥거운 시간을 가졌다. 어머니 또한 99세의 나이도 잊고 무대 앞에서 춤을 추셨다. 그러자 어머니의 노익장에 흠뻑 빠진 향우회 회원 가운데 한 분이 어머니에게 10만 원짜리 수표 한 장을 선물했다.

누군가 어머니에게 10만 원의 용돈을 주었다는 사실에 감사하는 한편으로 그분이 누구인지 궁금하기 이를 데 없었다. 향우회의 나봉수 회장에게 물어보았지만, 자신도 현장에 없어서 누군지 모르겠다고 했다. 그러다 2010년 1월 13일 오후 늦게 마침 시간이 나서 밑져야 본전이라고 생각하고 군포시 금정동에 있는 호남향우회 회관에 들렀다. 여자 사무장을 비롯하여 일을 보는 세 분이 사무실을 지키고 있었다.

얘기를 하다가 가을 향우회 때 어머니께 10만 원을 주신 분을 찾고 있다는 얘기 나왔다. 그러자 마침 사무장이 그분의 이름을 안다고 했다. 얘기를 들어보니 그분이 할머니가 귀엽고 좋아서 자신의 어머니 같은 느낌이 들었고, 그래서 용돈을 드렸다는 것이다. 이름을 물어보았더니 정해주라고 했으며, 전남 보성 출신이라고 했다. 사무장은 이름과 함께 연락처도 알려주었다. 결국 그분과 통화하기에 이르렀다. 그분은 그때의 생기발랄한 어머니 사진을 핸드폰으로 찍어서 보관하고 있었으며, 그 사진을 핸드폰으로 내게 보내 주었다. 그리하여 나는 뜻하지 않게 그분으로부터 어머니의 사진을 선물받았다.

그때 그분이 준 10만원은 보다 뜻 깊게 쓰기 위해 계란 나눔에 사용하기로 결심했다. 10만 원이면 계란을 700개쯤 살 수 있다. 그리하여 계란을 삶아 김밥과 함께 나누어 드리면서 좋은 분들이 전해 준 기부라고 밝혔었다. 그렇게 어머니에게 전해진 용돈은 종로에서 김밥을 나누어 드릴 때 그와 함께 손에 쥐여 드리는 계란으로 바뀌었다. 뜻 깊게 쓸 수 있는 돈을 어머니 손에 쥐여 준 분들에게 감사의 말씀을 전하고 싶다.

어머니는 또 다른 나눔을 낳는 매개체가 되었다. 어머니도 나누지만, 사람들이 어머니에게 나누어 준 마음이 또 다른 나눔으로 이어지면서 마치 세포분열이라도 하듯이 많은 사람들에게 김밥 한 줄, 계란 하나로 돌아갔다.

〈생활에서 절약한 돈이 나눔의 기반〉

사실 나눔은 겨울철이 더 힘들다. 나눔을 하는 사람도 힘들고 급식을 받는 사람도 힘이 든다. 기온이 영하로 떨어졌을 때는 아무리 무료로 나누어 준다고 해도 바깥의 길거리에서 김밥을 먹는다는 것 자체가 고역이 되곤 한다. 그 때문에 따뜻한 국물을 종이컵에 담아서 드렸었다. 그러나 너무 추우면 그것도 별 도움이 되는 것 같지 않았다. 그래서 날씨가 영하로 떨어지면 그때는 컵라면을 드리기로 계획을 바꾸었다. 이에 필요한 100명분의 끓는 물은 주변 식당에 부탁했고, 그 대가로 만 원을 드렸다. 그 식당 바로 앞에서 배식을 하기 때문에 100명분의 물이 끓으면 주전자로 날라 배식이 이루어지곤 했었다.

김밥 나눔은 토요일과 일요일 12시 30분에 이루어졌는데, 미리 12시에서 12시 30분 사이에 식권을 나누어 드렸다. 처음에는 질서가 없었지만 나중에는 많이 질서가 잡혔다.

간혹 우리의 김밥 나눔에 대해 정부나 어떤 공공 단체로부터 지원을 받아 이루어지는 것은 아닌가 하는 의문을 갖는 분들이 있었다.

이것은 순수하게 우리 가족의 개인적 차원에서 이루어진 것이었다. 우리 가족의 지출 경비를 절약하여 모아진 돈이 국수, 김밥, 호떡 나눔의 기반이 되었다.

〈나눔은 역시 어머니의 건강식〉

배려와 나눔에 대한 어머니의 즐거움은 말할 수 없이 컸다. 나눔을 나가기 하루 전부터 이미 즐거움이 가득하곤 했다. 그리고 심지어 미리 목욕을 하고 준비를 다하고는 다음 날 나눔을 나가셨다. 이 모습을 통하여 어머니가 나눔에서 어느 정도 즐거움을 얻고 있는지 엿볼 수 있기도 했다.

언제나처럼 김밥, 국수, 호떡 나눔 경우에도 어머니는 어르신들에게 나누어 드리는 동시에 즐거움을 돌려받았다. 나눔을 할 때 사람들이 건네는 '감사합니다, 고맙습니다'라는 인사가 어머니에게는 큰 즐거움이었다. 나눔은 그런 측면에서 아주 맛이 달콤하면서 몸에 좋은 건강식이 아닐 수 없다.

나눔의 행복과 아쉬움

한 노래 예술단에서 국수 나눔을 할 때 보람도 컸지만, 아쉬움도 더러 있었다. 가장 큰 아쉬움은 먹다가 버리는 음식이 많이 나온다는 점이었다. 우리 국수는 정말 내가 자랑하고 싶을 정도로 맛있었다. 급식할 때 나도 두 그릇씩이나 먹었다.

그러나 그 맛난 국수를 다 드시지 않고 버리는 사람이 많았다. 그러다 보니 담는 양을 적게 담게 되었다. 그러자 사정을 모르는 사람들은 왜 양이 이렇게 적으냐고 항의했다. 그래서 어르신들에게 이렇게 말했다.

"국수는 한 그릇만 드리는 게 아닙니다. 원하는 만큼 드실 수 있습니다. 국수 두 그릇을 드신 분은 여기서는 금메달입니다. 한 그릇을 드신 분은 은메달입니다. 먹다가 남겨서 버리면 그런 분은 동메달입니다. 동메달을 세 번 받으시면 목메달이 되어서 여기서는 식사를 못하십니다. 될 수 있으면 남기지 말고 많다 싶으면 담기 전에 덜어 달

라고 하십시오. 적게 달라고 하면 제가 배식을 할 때 그렇게 해 드리
겠습니다."

이렇게 부탁을 했더니 그다음부터는 어르신들이 잘 협조해 주었
다. 대략 살펴본 결과 금메달이 50퍼센트, 은메달이 50퍼센트였으
며, 동메달은 0.01 퍼센트도 없었다. 그만큼 배식에 대한 사람들의
협조가 컸다.

종묘 공원에서 하는 김밥 나눔의 아쉬움은 김밥을 싼 은박지를 아무
곳에나 버리는 경우가 있다는 점이었다. 그나마 은박지는 청소하기가
쉬운데, 계란 껍데기를 아무 곳에나 버리면 청소하기도 쉽지 않다. 껍
데기는 꼭 쓰레기통에 버리는 작은 시민의식이 아쉬울 때가 있었다.

나눔을 하며 행복했던 점은 어르신들에게 배우는 것이 많았다는 점
을 첫 손가락에 꼽을 수 있다. 삶의 연륜이라는 말이 괜히 있는 것은
아니다. 어르신들은 어머니와 내가 나눔 활동을 하니까 고맙다고 인
사했지만, 사실은 오신 어르신들이 풍부한 삶의 연륜으로 인간 도서
관이 되어 나의 부족한 점을 많이 채워 주었기 때문에 내가 오히려
감사했다.

어머니와 마찬가지로 나도 나눔을 할 때 행복했다. 나눔은 그 자체
가 즐겁고 또 내 체질에도 맞는 것 같다. 어머니가 백수를 누리는 데
크게 공헌하는 것이 나눔의 행복임을 생각하면 나도 어머니를 따라
백수를 누릴 수 있지 않을까? 하는 욕심도 내본다.

즐거움이 건강을 준다

●●●

　어머니는 가끔 문화생활을 즐겼다. 해마다 즐겼던 연극이나 영화가 그런 문화의 한 예이다.

　우리는 김성녀 선생과 윤문식 선생이 출연하는 마당극 매년 보러 갔는데 가면 어머니 덕분에 큰 대우를 받았다. 2009년에는 김성녀 선생이 99세 할머니가 오셨다고 반기면서 안아 주었다. 윤문식 선생은 99세의 할머니가 오셨다고 사람들의 박수를 유도했고 관객들은 열렬하게 호응해 주었다. 마당극이 잘 되라고 고사를 지내는 자리에서는 어머니가 돼지머리에 만 원짜리 한 장을 꽂아 주었다.

　사실 그런 분들이 모두 텔레비전에서 본 유명인들이다. 그런 유명인들은 가까이 갈 수 없는 벽이 느껴지기 마련인데, 그런 분들이 어머니를 반갑게 포용해 주면 어머니는 아주 행복해했다. 아마 그분들이 모른 척했다면 어머니가 마당극을 보러 가는 재미가 반감했을지도 모른다. 그런데 두 분은 무대 위에서의 연기도 연기지만, 어머니

2009년도에 어머니와 마당극을 보러갔을 때 마당극 출연자 김성녀, 윤문식 선생님이
99세 어머니 오셨다며 반갑게 기념 촬영을 해주었다.

가 가면 항상 반갑게 맞아 주는 것을 잊지 않았다. 아울러 공연이 끝나고도 시간을 내서 다시 어머니 얼굴을 보러 왔다. 그런 관심 때문에 어머니의 즐거움은 더욱 커지곤 했다.

2008년에는 가족이 모두 함께 〈진짜 진짜 좋아해〉라는 공연을 보러 갔다. 그때도 출연자 분들이 공연이 끝나고 인사할 때 어머니를 포옹해 주었다.

가끔 대학로에 가서 연극을 보기도 했다. 사실 어머니가 제일 대우받는 곳이 대학로였다. 대학로에서는 연극이 끝나면 관객들이 어머니와 기념사진을 찍자고 했다. 인터넷에 올린다는 것이었다. 또 연극이 끝나고 나면 극단 측에서 자신들 극단 생기고 이렇게 연세 드신 분이 온 것은 처음이라며 관객들에게 소개해 주었다. 2009년에 갔을 때는 99세의 관람객은 처음이라는 말을 들었다. 연극을 볼 때마다 어머니가 최고령 관객 기록을 갱신했다. 그래서 97세 때도 최고령, 98세 때도 최고령, 99세 때도 최고령이었다. 이렇게 어머니는 연극 관람객의 최고령 기록을 독점하고 계셨다.

영화도 보러 갔다. 특히 기억에 남는 영화는 〈말아톤〉이다. 자식을 위해 기울이는 어머니의 넓고 깊은 마음을 살펴볼 수 있어서 어머니에게도 내게도 좋은 영화였다. 우리는 그런 가족 드라마 같은 영화는 항상 어머니를 모시고 가서 보았다.

그런데 돌이켜 보면 어머니가 시력이 많이 떨어졌었는데 그때 영화를 어떻게 보셨을까 하는 의문이 든다. 그리고 보면 어머니에게 보이고 안 보이고는 문제가 되질 않는다. 어머니는 그저 며느리와 아들 가운데 앉아 둘의 사랑을 느끼는 그 시간이 행복이었던 것 같다.

보약이라고 드리면 보약이 된다

●●●

나는 어머니에게 즐거움과 희망을 드리기 위한 거짓말을 많이 한
다. 옛날식으로 하자면 약이 되는 거짓말, 하얀 거짓말이라고 할 수
있다.

가령 박카스와 같은 자양 강장제 종류가 있다고 해 보자. 나는 여름
이면 냉장고에 그런 음료를 보관했다가 어머니께 드리곤 했다. 시원
하게 목을 축이라고 드리는 것이다. 하지만 나는 어머니께 음료를 드
릴 때 그냥 음료라고 하지 않고 꼭 "어머니, 이거 보약입니다." 하고
드렸다. 그러면 어머니는 정말 그것이 보약이라도 되는 양 그것만 드
시면 힘을 내서 더욱 열심히 운동하시고, 내친 김에 청소까지 하셨다.

나에겐 어머니가 드시는 모든 것이 보약이었다. 가을이 되면 포도
를 직접 짜서 만든 포도 쥬스를 구입하곤 했다. 어머니한테 드릴 때
는 물론 "어머니, 보약입니다." 하고 드렸다. 음식을 드릴 때면 이것
드시면 몸에 좋다고 하면서 어머님께 권했다. 그러면 어머니는 그 모

든 것을 보약으로 받아들이셨다.

내가 그렇게 하는 것은 그것이 정말로 보약이기 때문이 아니라, 보약은 그것을 건넬 때 함께 건네는 마음이 진정한 약을 만드는 것이라고 생각하기 때문이다. 아무리 좋은 보약이라도 정성이 들어가지 않으면 그 효과는 반감되고 만다. 그냥 평범한 음식도 어머니의 건강을 비는 마음을 담아 드리면 충분히 보약이 될 수 있다. 우리를 키운 어머니의 음식도 알고 보면 자식 건강을 바라는 어머니의 마음이 담긴 보약이 아니었겠는가.

때문에 더울 때 아이스크림을 사다 드릴 때도 그냥 드리지 않고 이건 신식의 제일 맛있는 아이스크림이라고 했었다. 그러니까 안 흘리게 조심해서 드셔야 한다고 덧붙였다. 그냥 평범한 아이스크림이 갑자기 세상에서 제일 맛난 간식이 되는 요술 같은 순간이었다.

그렇게 어머니는 건강에 좋다고 하면 한 번도 거절한 적이 없었다. 나에겐 돈도 안 들이고 보약을 해 드리니 아주 경제적인 거짓말이지만, 어머니는 아들의 그 거짓말을 희망으로 만들어 버렸다. 그래서 어머니는 드링크 한 병을 마셔도 희망이 있었고, 쥬스 한 잔을 마셔도 희망이 있었다.

어머니 방이 나의 서재가 되다

● ● ●

    친구들이나 아는 분들이 가끔 집을 방문하여 어머니에게 인사를 드릴 때가 있었다. 그때면 사람들이 의아하게 생각하는 부분이 있었다. 바로 어머니 방이 나의 서재란 사실이었다. 사람들은 왜 어머니의 방을 따로 마련해 드리지 않고 서재를 어머니 방으로 내드렸는지 궁금하게 여겼다.

    우리 집에도 어머니의 방으로 마련된 다른 방이 있었다. 하지만 어머니의 방은 오히려 어머니를 고립시킬 수 있다. 그래서 생각이 미친 것이 서재를 어머니 방으로 내드리는 것이었다. 그것은 서재가 누구 한 사람의 공간이 아니라 모두가 드나드는 공간이었기 때문이다. 서재엔 내 책뿐만 아니라 아내의 책도 있고, 또 아이들 클 때는 아이들 책도 그곳에 있었다. 서재는 우리 가족 모두가 하루에 한 번은 꼭 드나드는 방이다.

    어머니가 그 방에 계시면 가족 모두가 그만큼 어머니를 자주 들여

어머니 방이 서재방이 되어 어머니는 글을 깨우치기 위해 만학도로 열심히 공부를 하신다.

다보게 된다. 자주 보면 말 한 마디라도 더 나누게 되고, 그런 말 한 마디는 어머니에 대한 가족의 관심이 된다. 때문에 우리 집 서재는 책이 있는 공간이기도 하지만, 가장 자주 드나들면서 어머니와 마주치고 대화하는 공간이기도 했다.

실제로 서재가 어머니 방이 되고 나서 이런 효과를 톡톡히 보았다. 아이들이 클 때 모두 책을 찾으러 서재로 들어가곤 했고, 그럴 때면 꼭 할머니와 이런저런 얘기를 한 마디씩 나누고 나왔기 때문이다.

서재를 어머니 방으로 내드리면서 누리게 된 또 다른 장점도 있다. 어머니는 옛날 분이라 지금도 못 배운 것이 한이다. 그 때문인지 서재에 계시면 책 옆에 있는 것만으로도 행복해하셨다. 또 그림책 같은 것은 얼마든지 보실 수가 있었다. 그뿐만이 아니다. 어머니는 서재에서 한글 공부를 열심히 하며 만학도로서 글을 깨우치겠다는 의지를 불태우셨다.

항상 가족이 공유하면서 가장 많이 사용하는 공간을 어머니 방으로 내줄 필요가 있다. 그러면 그 공간은 대화의 공간이 된다. 대화를 많이 하면 치매에 걸리지 않으며, 서재를 드나들면서 이루어지는 어머니에게 대한 관심은 건강 유지에 큰 도움이 된다.

《어머니! 나의 어머니》 초판을 쓸 때 밤늦게까지 집필해야 하는 날들이 이어졌다. 그러다 보니 책을 집필하는 동안 거의 두어달을 서재에서 어머니와 보냈다. 같은 공간에에 있으면서 어머니와의 정이 더욱 깊어졌고, 어머니의 존재감을 더욱 깊이 느낄 수 있었다. 또 어머니에 대한 존경심도 더 커졌다.

책만 있던 서재가 어머니 방이 되면서 어머니에 대한 관심과 대화의 공간이 되더니 이제는 어머니의 얘기가 샘솟는 방이 되었다.

101세 어머니는 만학도

● ● ●

어머니는 무학이다. 배움이 없다는 뜻이 아니라 학교를 못 다녔다는 뜻이다. 어머니는1910년에 태어나셨다. 지금은 초등학교는 물론이고 중학교도 의무교육이 되어 모든 국민이 최소한 중학교까지는 학교를 다녀야 할 책임이 있지만, 어머니 시대의 초등학교 교육은 특권층만이 누리던 엄청난 혜택 같은 것이었다.

우리나라에서 초등학교 교육이 실질적으로 의무화된 것은 1952년으로 알고 있으며, 중학교 교육은 2002년에 이르러서야 가능해졌던 것으로 알고 있다. 어머니 시대에 여자들의 사회적 지위가 지금에 비하여 크게 낮았던 것도 어머니가 교육의 기회를 갖지 못한 큰 원인이 되었다. 당시의 여자들에게 학교는 넘을 수 없는 거대한 장벽이었다. 어머니는 어린 나이에 시집 와서 농사짓고 살림하며 자식 키우는 일로 어머니의 삶을 모두 채웠다. 어머니에게 글을 익힐 수 있는 기회는 없었다. 한글을 몰랐던 관계로 어딘가 다녀오실 때면 어머니는 글을 아는 사람에게 버스의 행선지를 물으며 도움을 받아야 했다.

그런데 어머니는 연세가 90을 넘겼을 때 글을 배우고 싶다고 했다. 그 연세에 글을 배우는 것은 쉬운 일이 아니다. 또 보통 사람이라면 대개 살면 얼마나 더 산다고 그 나이에 공부냐며 글을 배운다는 것도 말리기 일쑤이다. 하지만 나는 어머니의 공부에 대한 늦은 열정을 격려하고 지지해 드렸다.

처음 한글을 배울 때는 기역니은부터 배우는 것이 일반적이다. 그런데 어머니는 한글 공부를 위해 종이를 펴자 느닷없이 꼭 써 보고 싶은 말이 있다면서 그것을 가장 먼저 써 달라고 했다. 그 말이 어머니 입에서 나오는 순간 나는 콧등이 시큰해지면서 눈물이 날 것 같았다. 어머니가 그토록 쓰고 싶었던 말은 바로 "김영재", 다름 아닌 내 이름 석자였다.

기역, 니은도 제대로 모르시면서 종이에 크게 써 드린 '김영재'를 따라 쓰면서 웃음을 짓는 어머니의 얼굴에는 행복이 가득했다. 그 뒤로 한글을 익히기 위한 어머니의 공부는 계속되었다. 한글 공부는 10년 넘게 계속되었지만, 결국 어머니는 한글을 깨치지 못했다. 연세 들어 글을 배운다는 것이 엄청나게 어려운 일로 생각되었다.

한글 공부를 할 때 어머니는 토요일 오후면 아내가 교장으로 있는 학교의 도서실을 자주 이용했다. 그럴 때면 아내가 어머니를 위해 사진이나 그림이 많은 책을 골라 주었다. 주로 그림 위주로 책을 보다가 아는 글자가 나오면 무척이나 반가워하셨다.

그러나 어머니가 한글 공부를 한 뒤로 가장 즐거워했던 순간은 내 이름 '김영재'를 쓸 때였다. 돌아가시기 전에 한글을 깨우쳤으면 했으나 안타깝게도 그 바람은 이루어지지 못했다.

비록 소망을 이루지는 못했지만, 어머니가 한글을 배우는 것을 보면서 새삼 느낀 바가 많다. 사실 동물에게는 학습이라는 것이 거의 없다. 동물들은 태어날 때부터 뇌에 각인된 본능에 따라 행동한다. 오직 인간만이 학습 능력을 갖춘 뇌를 갖추고 태어난다. 그리고 보면 배우고자 하는 인간의 열정은 인간을 동물과 구분시켜 주는 인간만의 특징이다. 어머니는 인생 말엽에 그 열정을 보여 주셨고, 그 열정만으로도 충분히 감동적인 것이었다.

교육의 힘은 참으로 위대하다. 교육을 통해 새로운 것을 배울 때마다 삶도 새로워진다. 교육이 가져다주는 삶의 변화는 작은 것일 수도 있고 큰 것일 수도 있다. 비록 어머니가 한글을 깨우치지는 못했지만, 그 과정에서 아들의 이름 석 자를 적게 되면서 누린 행복은 그 아들까지 행복하게 만들기에 충분했다. 아마 어머니가 한글을 깨쳤다면 어머니의 삶은 크게 바뀌었을지도 모른다.

어머니가 자신의 한글 실력으로 당신의 삶을 기록할 수 있었다면 그것은 어머니에게 큰 변화가 되었을 것이다. 어렸을 때나 젊을 때는 물론이고 나이가 들어서도 배움의 끈을 놓지 않음으로써 우리는 평생 동안 삶을 새롭게 바꾸어갈 수 있다. 어머니는 비록 작은 변화에 그쳤지만, 교육의 힘을 몸으로 직접 내게 보여 주시고 떠나셨다. 작지만 큰 어머니의 선물이었다.

겨울에는 대형 마트가 운동 센터

●●● ▪

　봄과 여름, 그리고 가을철에는 군포 시민운동장이 어머니의 운동 센터였다. 보통 어머니는 시민운동장에 나가 운동장을 몇 바퀴 도는 것을 운동으로 삼았다. 이를 때는 저녁 일곱 시쯤 나가고 늦으면 열 시에 나갈 때도 있었다. 내가 들어오는 시간에 맞추어 함께 나가기 때문이었다. 내가 없을 때는 아내가 내 역할을 대신하여 어머니의 트레이너가 되기도 했다. 또 좀 더 예전에는 손녀딸들이 그 역할을 하기도 했었다.

　시민운동장을 이용하면 좋은 점은 101세의 할머니가 나왔다면서 다들 알아본다는 것이었다. 알아본 시민들은 어머니에게 격려를 건넸고, 그러면 어머니의 운동은 더욱 즐거워졌다. 사람들이 "할머니, 나오셨어요?" 하고 인사하면 어머니는 "내가 귀가 잘 안 들려." 하고 받으셨다. 그러면 사람들은 엄지손가락을 세우면서 "할머니가 최고야, 일등이야!"라고 말해 주었다. 그 순간 어머니 얼굴에 웃음꽃이 피었다. 어머니는 운동하면서 만남의 기쁨을 즐기셨다.

운동하고 쉴 때면 사람들이 어머니가 앉아 있는 벤치로 모여들었다. 어머니는 귀가 잘 안 들리니까 자신의 얘기만 한 시간을 할 때도 있었다. 그래도 사람들이 그 얘기를 다 들어주고 끄덕끄덕 호응해 주었다. 하지만 운동이란 꾸준한 관리가 가장 중요하다. 하다가 중단하거나 어느 하루 과도하게 하면 오히려 건강 관리에 악영향을 미친다. 그러므로 날씨나 계절에 관계없이 꾸준하게 운동 일정을 관리해 주어야 한다. 그런데 겨울에는 추워서 시민운동장을 이용하기가 어렵다.

이때 우리들이 이용한 것이 대형 마트였다. 그곳은 마트이기도 하지만 우리에겐 운동 센터이기도 했다. 대형 마트는 공간이 넓어 쇼핑을 하며 한 바퀴 도는 것도 운동이 되기 때문이다. 우리 집에서 보면 마트는 장도 보고 운동이 되는 특별한 장소이다.

대형 마트를 돌 때 어머니가 특히 좋아하는 곳은 시식 코너였다. 시식 코너를 한 번만 돌면 저녁이 다 해결이 될 정도였다. 그렇다고 어머니 모시고 가서 공짜로 먹고만 오는 것은 아니었다. 시식한 것보다 더 많이 물건을 사오곤 했다. 아울러 어머니에게 친절하게 해 주는 곳에서는 당장 필요하지 않더라도 물건을 사기도 했다. 그래야 그곳에서 물건 파는 사람도 보람이 있을 것이기 때문이다. 어떤 분은 그냥 어머니를 모시고 왔다는 것만으로 흐뭇한 시선을 보내며 안 사도 된다고 말하지만, 그 마음이 감사해서 꼭 물건을 사 오곤 했다.

시식할 때 어머니가 좋아하는 것은 물렁물렁하거나 쥬스와 같이 달면서도 그냥 마시면 되는 음료들이었다. 치아가 없기 때문이었다. 하지만 사실 어머니가 가장 좋아하는 것은 육식, 즉 고기가 들어간 음식들이었다.

원래 눈이 오거나 날씨가 좋지 않으면 운동을 하기 어렵지만, 우리는 이렇게 마트를 순례하며 운동을 거르지 않았다. 쉬는 날이면 나와 아내, 그리고 어머니 이렇게 셋이 모두 함께 가고, 사정이 그렇지 못할 때는 어머니와 나, 단둘이 가곤 했었다. 어머니의 운동은 비가 오나 눈이 오나 꾸준히 계속되었다.

〈서울로 장거리 운동도 나가〉

어머니의 쇼핑 겸 운동은 장소를 가리지 않았다. 때문에 운동의 장소가 남대문이나 동대문 시장으로 옮겨지기도 했다. 나는 가끔 어머니를 모시고 그곳에 가서 어머니에게 마음에 드는 것을 고를 기회를 드렸다. 어머니가 마음껏 옷들을 구경하다 보면 두세 시간이 훌쩍 가곤 했다. 때로 오히려 내가 힘들 정도였다.

나는 마음에 드는 좋은 옷을 미리 봐 두었다가 이 다음에 어머니 모시고 오면 그것을 권해 달라고 부탁하기도 했다. 그러고는 시장을 한 바퀴 돈 다음에 그 집으로 간다. 어머니는 내가 미리 골라 놓은 옷을 살펴본다.

나는 때를 맞추어 좋다고 추임새를 넣는다. 옷들을 둘러보다 어머니 마음에 드는 것이 있으면 그것을 사자고 할 만도 한데, 어머니는 이상하게 옷감을 만져 보며 고르고 다니다가 결국은 나를 보고 '네가 제일 마음에 드는 것으로 사 달라'고 할 때가 많았다. 옷을 고를 때 나는 그래도 요즘 사람이라 브랜드가 어디냐를 좀 따지고, 아울러 옷의 품위를 중요하게 여긴다. 그런데 어머니는 여자라서 그런지 색깔에 집착하는 경향이 있었다. 그 때문에 아들이 보아둔 것과 어머니가 마음에 드는 것이 다를 때가 생기곤 했다. 그때면 어머니는 곧잘 내 손에 결정권을 쥐여 주곤 했다.

그러다 요령이 생긴 나는 어머니의 습관을 고려해 시간이 날 때 미리 가서 옷을 골라 두는 식으로 준비하여 쇼핑 시간을 적당하게 조절했다. 하염없이 돌지 않고 코스를 쪼개서 어머니가 적절한 정도로만 쇼핑할 수 있도록 한 것이다. 어머니에게는 그렇게 옷을 사러 가는 것도 운동이었다.

우리는 물론 동네 슈퍼도 즐겨 이용했다. 여름에는 가족 전체가 동네를 둘러보는 것으로 운동 삼을 때가 있었으며, 그때면 동네 슈퍼를 자주 이용했다. 동네 슈퍼를 이용하는 것은 같은 동네에서 사는 주민으로서 기본이라고 본다. 아울러 나는 될 수 있으면 재래시장을 이용하고 있다. 어머니와 함께 운동 삼아 갔던 동대문이나 남대문 시장도 오랜 전통이 남아 있는 재래시장이라고 할 수 있을 것이다.

그렇다고 백화점을 전혀 이용하지 않는 것은 아니었다. 겨울외투 하나는 좋은 것을 사 드리고 싶어 백화점을 이용했다. 나머지는 비용도 적게 드는 재래시장을 이용했다. 코디만 잘하면 아주 멋진 옷을 얻을 수 있는 곳이 재래시장이다. 어머니 옷을 고를 때면 사람들이 백화점에서 샀느냐고 물을 정도로 코디에 신경 썼었다. 내가 비록 남자이긴 하지만 어머니의 옷에 대해서는 최고의 패션 감각을 갖고 있었다.

어머니 건강에 위기가 오다

● ● ◐

　어머니는 대체로 건강하게 살다가 돌아가셨다. 건강은 타고나야 하는 측면도 있지만, 스스로 노력을 적절하게 곁들여야 유지된다. 어머니는 그 두 가지를 조화롭게 엮어 건강한 삶을 영위하셨다. 그러나 어머니의 건강에 위기가 없었던 것이 아니다. 사실 어머니도 돌아가실 고비를 두 번이나 맞았다.

　어머니 나이 94세 때로, 2004년이 아니었을까 싶다. 그때 나는 바빠서 어머니께 크게 신경을 못 쓰고 있었다. 나의 아내 또한 학교에서 승진 관계로 바빠 어머니를 제대로 모시기가 어려운 형편이었다. 그래서 어머니에게 몇 달간만 서울 제기동에 사는 셋째형님 댁에 가서 계실 수 없겠느냐고 부탁드렸다. 그 정도 시간이면 아내가 승진 문제를 잘 마무리하고 다시 어머니를 모실 수 있겠다는 생각이 들었다.

　그런데 어느 날 셋째형님 댁에서 긴급한 전화가 왔다. 어머님이 돌아가실 것 같다는 전갈이었다. 형님은 장례 준비를 하는 것이 좋겠다고 했다.

그리고 90이 넘으셨으니 호상이 아니냐며 슬픈 마음에 위로를 삼으려고 했다. 형님 댁에 간 지 3개월만의 일이었다.

나는 형님에게 말했다. 우리와 함께 있을 때는 큰 병원의 신세를 진 적이 없었으니 일단 병원에 모시고 가 진찰을 받아보자는 얘기였다. 많이 연로하긴 했지만 그래도 병원에 모시고 가지 않으면 나중에 후회될 것만 같았다. 자식 된 도리에서 최선을 다해 보자는 것이 내 생각이었다.

〈폐렴으로 대학 병원에 입원하다〉

일단 어머니를 형님댁과 가장 가까운 안암동 고대 의대 병원으로 모시고 갔다. 너무 급한 마음에 바로 대학병원 응급실로 갔더니 좀처럼 병실이 나오지 않았다.

다행히 그곳에는 아는 의사분이 있었다. 안과 의사로 있는 홍종욱 교수이다. 그의 부친은 지방 법원 원장을 지낸 분으로 나는 그의 부모님을 형님과 누님처럼 여기며 알고 지내고 있었다. 홍교수는 연로한 어머니 걱정에 마음이 급해진 나의 심정을 잘 헤아려 주었다. 어머니는 무사히 병원에 입원할 수 있었다. 병명은 폐렴의 일종이었다.

그러나 입원이 전부가 아니었다. 일단 입원시키고 나자 그다음에는 누가 간병할 것인가가 문제였다. 그 점에서 형제간에 약간의 입장 차이가 드러났다. 그래서 나는 아예 간병인을 쓰자고 했다. 다른 형제들은 간병인을 쓰는 것에 대해서는 반대였다. 하지만 그것이 가장 편한 방법임은 누구도 부정 못 한다. 자식들은 처음에는 간병인을 쓰는 것에 대해 주저하지만, 병간호를 직접 하다 보면 심신의 피로 때문에 오히려 마음이 어머니로부터 더 멀어질 수 있다. 그렇게 하느니 차라리 간병인을 쓰면서 가족 모두가 일상에 큰 지장이 없도록 하면서 어머니께 매일 병문안 오는 것이 좋겠다는 판단이었다. 그래서 간병비를 내가 내겠다고 하고 간병인을 쓰게 되었다.

간병인을 쓰기는 했지만, 간병인은 물론이고 병원 측의 의사와 간호사가 모두 친어머니, 친할머니처럼 잘 보살펴 주었다. 덕분에 어머니는 기적처럼 건강을 되찾았다. 나는 하루에 한 번씩 불시에 병원을 찾곤 했다. 아무래도 예고 없이 들르는 자식이 있으면 간병인도 자식들의 어머니 생각을 헤아려 더 잘해 주지 않을까 하는 생각에서였다. 갈 때마다 간병인에게 먹을 것을 후하게 챙겨 드리고 왔다. 시간도 정하지 않고 문득 찾아온 아들을 보면서 어머니도 기뻐하셨다. 뜻밖의 즐거움이 더욱 기쁜 것이 아니겠는가.

〈토요일은 가족들이 돌아가며 병실을 지키다〉

그런데 간병인이 내내 어머니를 보살필 수 있는 것은 아니었다. 간병인도 자신의 가족이 있기 때문에 토요일에는 집으로 간다. 그러면 그때는 환자 가족이 와서 환자를 지켜야 한다. 어머니의 경우 4인실의 병실에 있었는데, 그때 환자 옆에서 환자를 지키는 것은 아들과 며느리가 아니라 거의 대부분 딸들이었다. 90퍼센트가 그랬다.

우리 집은 좀 유난스럽게 보였을 것이다. 왜냐하면 덩치 큰 아들, 바로 내가 어머니 곁에 와 있었기 때문이다. 그런 경우는 나 혼자였다. 우리 집은 그렇게 내가 지키거나 내가 못 하면 셋째형님의 아들인 조카 동빈이가 지켰다. 또 우리 집 작은딸 유선이가 지키고 간병하며 함께 밤을 지샌 적도 있다. 이런 식으로 우리는 두 달 동안 어머니의 토요일 밤을 곁에서 함께했다. 이런 가족들의 보살핌으로 치료는 아주 완벽하게 이루어졌다.

병원비는 셋째형님께서 50퍼센트씩 부담하여 처리하자고 하여 그렇게 처리했다. 우리 집안에서 성격이 가장 원만한 분을 꼽자면 둘째형님이다. 하지만 내가 가장 친하게 지내는 형님은 셋째형님이다. 나와 5년 터울이지만, 셋째형님은 나를 친구처럼 격의 없이 대해 준다. 아울러 형님을 넘어 아버지 역할을 해 주기도 한다. 그래서 셋째형님과는 비밀이 없다. 사소한 것까지 모두 털어 놓고 대화하고 의논한다. 내가 어려운 위기에 놓일 때면 항상 앞장서서 도와주고 반대로 형님이 힘들 때면 내가 앞장서서 돕는다. 병원비도 혼자 부담하면 만만치 않은데, 항상 셋째형님이 그 짐의 반을 짊어져 주기 때문에 아우로서 그저 감사한 마음뿐이다. 그 밖에도 셋째형님에게서 물심양면으로 도움을 많이 받았다. 이 지면을 빌어 셋째형님에게 고맙다는 얘기를 남겨 놓고 싶다.

어쨌거나 아마 그때 병원으로 모시지 않았다면 어머니는 백수의 삶을 누리지 못하고 좀 더 일찍 하늘나라로 가셨을지도 모른다. 그때가 어머니 건강에서 처음 맞은 위기였다. 하지만 슬기롭게 극복한 것에 대해 그저 감사할 따름이다.

〈시력 문제로 눈 수술을 받다〉

그러나 그때로 모든 건강 문제가 깨끗이 해소된 것은 아니었다. 나이가 연로하시다 보니 크고 작은 문제들이 계속 이어졌다. 99세가 된 2009년에는 어머니를 모시고 모두가 대부도로 놀러간 적이 있었다. 그 모임은 원래 부부 동반 모임이었는데, 공교롭게도 아내가 학교에 있어야 하는 시간에 일정이 잡혔다. 그래서 나는 아내와 함께 가지 못하고 어머니를 모시고 갔다. 대체로 나에게 있어 부부동반 모임은 어머니를 모시고 가는 길로 바뀌는 경우가 많았다.

그런데 대부도의 바닷가에서 어머니가 회를 드시는데 젓가락질을 못 하시는 것이었다. 자꾸만 젓가락이 엉뚱한 곳을 집고 있었다. 나는 깜짝 놀랐다. 자세히 살펴보았더니 눈이 좋지 않아서 그런 것이었다. 그리고 보니 어머니가 급식 나눔을 할 때도 국수를 담다가 방향이 엉뚱한 곳으로 가곤 했던 일이 떠올랐다.

나는 어머니를 모시고 영등포에 있는 김안과라는 곳을 찾아갔다. 진단을 받았더니 무슨 각막증이라고 했다. 사실 어머니는 2009년 봄에 수술을 받았었다. 나는 그 수술로 이제 눈에는 문제가 없으려니 생각했는데 그렇지 않았다. 의사는 각막증 수술을 받아도 다른 이유로 시력이 안 좋아질 수 있다고 했다. 그리고 이대로 그냥 놔두면 실명될 수도 있다고 했다. 그럼 수술해야 하지 않겠냐고 물었더니 의사는 연세가 많은데 어떻게 수술을 하냐고 되물었다. 이미 수술을 받을 정도면 젊고 건강한 것이라는 얘기였다. 귀도 잘 안 들리셨다. 갑자기 큰 걱정이 밀려왔다.

할 수 있는 한 다해 보자는 마음으로 어머니를 모시고 다니면서 건강 검진을 받았다. 다행히 시력과 청력은 많이 약해지셨지만, 다행히 99세의 연세를 무색하게 만들며 70대의 건강 수치가 나왔다. 그래서 2009년 3월부터 2회로 나누어 수술 받을 수 있었다.

눈 치료는 무사히 끝났지만, 그날 나는 많이 울었다. 눈이 잘 보일 때 더 시력관리를 잘해 드렸어야 했다는 후회가 밀려왔다. 그러나 뒤늦은 후회는 아무 소용이 없었다. 연세가 많이 들면 더더욱 그런 후회는 소용없어지고 만다. 어머니는 젊었을 때는 아주 시력이 좋았었다. 그러나 그것을 믿고 그냥 지나갈 일이 아니다. 젊었을 때 점검해 드려야 나중에 후회할 일을 줄일 수 있다. 우리는 그런 관심을 쏟지는 못하고 말았다.

〈아파도 참고 내색이 없는 어머니〉

어머니의 건강에 큰 위협이 닥친 것은 그렇게 폐렴으로 사경을 헤맨 경우와 앞을 볼 수 없을 정도로 시력이 크게 나빠진 두 가지 경우였다. 폐렴 때는 죽음 일보 직전까지 갔다가 극적으로 회복되어 좋은 세상을 다시 살게 되셨다.

그 밖에 2008년에는 대상포진이란 병으로 고생하신 적이 있다. 의사는 이 병이 생각보다 위험한 병이라고 했다. 그대로 두면 세상을 뜰 수도 있다고 했다.

내가 어머니를 모시고 살고 있긴 하지만, 모시면서도 불효를 하고 있다는 것을 느낄 때가 많았다. 어머니는 물집이 생겨서 가려운데도 불구하고 말씀하지 않았고, 옷을 입고 있으니 우리는 그것을 알 수가 없었다. 어머니는 말하자면 가렵고 아픈 것을 그대로 참고 계셨던 것이다. 우연한 계기로 그것을 발견하고 깜짝 놀라 병원에 모시고 간 것만 해도 다행스러운 일이었다. 그때 나는 "굉장히 아팠을 텐데 왜 말을 하지 않았냐"고 어머니에게 좀 힐난을 했다. 그 당시 대상포진으로 두 달간 치료받았다.

내가 관심을 갖는다고 하는데도 알게 모르게 무심한 측면이 많았다. 우리는 손가락에 작은 가시 하나만 들어가도 아프다고 울고 뛰고 난리였는데, 어머니는 몸이 아프면서도 자식들에게 내색도 안 하고 꾹꾹 참으신다.

어머니를 모시고 살아가면서 내가 소홀했던 것을 반성하면 끝이 없다. 어머니가 머리가 아프다고 하신 적이 있는데, 병원에 모시고 가 살펴보니 귀에 고름이 차 있었다. 어머니는 자식에게 가급적 피해를 안 주려고 모든 고통을 참고 지내신다. 자식을 위하는 어머니의 사랑 앞에서 마음이 뜨거웠고 눈물을 참기 어려웠다. 어머니는 병원에서 주사기로 고름을 빼내는 치료를 받았다. 이런 일을 겪을 때마다 자식은 멀쩡하게 옆에 있어도 허수아비란 생각이 절로 들었다.

〈수시로 어머니 몸을 살피다〉

그때의 일을 계기로 그 후로는 목욕을 시켜 드리면서 어머니 몸을 수시로 살펴보게 되었다. 어디 몸에 이상이 없나 살펴보기 위해서였지만 아직 정신이 총명하던 때라 어머니는 절대로 아들 앞에서 옷을 벗으려 들지 않았다. 그러면 나는 이렇게 얘기했다.

"어머니, 저는 어머니 다리 밑에서 나온 사람입니다. 어머니에게서 나서 이렇게 자란 사람이에요. 벗지 못할 이유가 어디에 있겠어요.

어머니 몸에 이상이 없나 살펴보아야 제가 어머니를 더 잘 모실 수 있어요."

그렇게 어머니를 설득하여 팬티까지는 못 벗기지만 다른 것은 다 벗기고 목욕을 시켜드리면서 몸을 살펴보았다. 그런 식으로 나는 어머니 몸을 유심히 확인했다. 아마 어머니도 내가 자랄 때 내 몸을 유심히 관찰하며 내 건강을 챙겨 주셨을 것이다.

연세가 101세인데도 정신은 또렷해서 항상 어머니는 어떻게든 자식에게 피해를 저게 주려고 하셨고, 그러한 마음은 아픔과 고통을 참으려고 하는 노력으로 나타났다. 그런 모습이 존경스럽기도 하지만 때로는 안타까웠다. 또 제대로 어머니를 살피지 못한 내가 후회되기도 했다.

어머니는 시간이 흐를수록 청각과 시각이 점점 쇠퇴해 갔다. 그럴 때마다 청각과 시각이 정상일 때 자유롭게 더 많이 여행시켜 드리지 못한 것이 아쉽게만 느껴졌다. 그러나 한편으로 어머니는 참 위대하다는 것을 그 끝에서 더 여실하게 느끼기도 했다. 어머니는 보이지 않고 들리지 않아도 자식과 함께한다는 것만으로 행복해하시기 때문이었다. 모시고 살면서 반성하고, 잘못된 것은 고치고, 그러면서 좀 더 어머니께 잘할 수 있는 길을 찾아가기도 했지만, 그 끝에서 만나는 것은 언제나 어머니의 넓고 깊은 사랑이었다.

어머니에겐 아들보다 딸들이 잘해

● ● ●

어머니를 모시면서 느낀 것은 내가 막내가 아니라 차라리 장남이었으면 얼마나 좋았을까 하는 점이다.

우리나라의 풍토에서는 장남이 어머니를 모셨을 때 형제간의 우애가 더욱 두터워지고 좀 더 아름답게 살 수 있는 것 같다. 그러나 장남이 아니라 막내가 모시면 막내이다 보니 발언권이 약할 수밖에 없고 그러면 질서가 잘 잡히질 않는다.

내 개인적 욕심이 크면서도 한편으로 어느 집안에서나 큰아들이 가장 잘되는 것이 바람직하다는 아쉬움이 있다. 그것은 우리 집안의 경우에도 예외가 아니다. 장남이 잘되면 한 집안의 질서가 균형 있게 잡히는데, 우리 집은 그렇지 못했다. 항상 기대는 있었지만, 그 기대는 생각에 불과할 뿐 기대가 현실이 되지는 못했다.

아들을 넷이나 둔 어머니를 항상 부러워한 외숙모가 계셨다. 바로 2009년에 세상을 떠나신 큰외숙모이다. 외숙모는 3년 동안 병고에 시달리다 돌아가셨다.

우리 집안은 아들이 넷이었지만, 외숙모는 딸이 넷이었다. 살아있을 때 외숙모님은 아들 많다고 항상 어머니를 부러워했다. 하지만 나는 생각이 조금 다르다. 나는 조문을 간 자리에서 "외숙모님이 우리 어머니보다 더 행복하게 살다가 돌아가신 분"이라고 말했다.

그 이유는 외삼촌 댁은 네 명의 딸들이 모두 똘똘 뭉쳐 부모님을 모시는데 이견이 없었기 때문이었다. 딸 넷인 집안에서 딸들이 어머니에게 하는 것을 보면 우리 집안에서 따라갈 수가 없었다.

딸만 있는 집은 더더욱 잘하는 느낌이다. 그러나 아들 넷이 있는 집안은 완전히 각자 노는 경향이 있다. 그래서 어머니를 모시는 일도 합의가 잘 안 된다.

조문 때 누나들은 그 자리에서 '우리 고모는 막내아들을 잘 낳아서 그 아들이 어머니를 잘 모시게 되었다'는 말을 했다. 누나들의 고모는 바로 나의 어머니이다. 나는 그런 칭찬을 들을 때마다 부담되고, 솔직한 심정을 고백하자면 외숙모님 댁이 오히려 부럽기까지 했다. 어머니를 모시는 데 있어서는 그 딸들이 훨씬 앞서 있었기 때문이다. 그러나 비록 딸만은 못해도 내가 어머니 모시고 사는 것을 좋게 봐주는 눈길에는 마음이 훈훈했다.

항상 먹을 것을 챙겨 주신 외숙모님의 그 따뜻한 온정을 잊을 수 없어, 나도 매번 시골에 갈 때마다 큰외숙모님이 좋아하는 선물과 용돈을 준비해 드렸다. 외숙모님은 서울에 살고 있는 아들집으로 이사 왔다. 우리 부부는 어머니와 함께 외숙모님에게 시간을 내어 찾아뵈었다. 어린 시절 "배고프지" 하고 어머니 같은 마음으로 나를 챙겨 주신 고마움을 잊을 수 없어 외숙모님께 맛있는 것 사 드시라고 용돈을 챙겨 드릴 때면 언제나 행복했다.

아내 이야기, 어머니 이야기

● ● ◉ ◌

어머니 얘기를 하면 아내의 얘기도 빠뜨릴 수가 없다. 어머니는 나 혼자 모시는 것이 아니라 사실은 가족 모두가 모시는 것이기 때문이다.

내 아내를 소개하자면 아내는 제일 시집을 못 온 사람이다. 아내랑 30년 넘게 살아왔지만, 아내에게 잘해 준 기억이 하나도 없다는 뜻이다. 반대로 아내는 진짜 열심히 최선을 다해 내게 잘해 주었다.

언젠가 내가 나눔을 하는 노래 예술단 앞에서 아내를 소개하는 자리가 마련된 적이 있었다. 그때 나는 이런 얘기를 했다.

"내가 오늘은 좀 바보가 되려고 합니다. 바보가 되려 하니 바보 같은 소리를 하더라도 듣는 여러분께서 좀 이해해 주세요. 제 아내를 소개하자면 아내는 친구 같은 아내, 누나 같은 아내, 어머니 같은 아내라고 할 수 있습니다. 물론 아내 역할은 기본입니다. 그러고 보면 아내는 아내 역할에 더하여 친구, 누나, 어머니 역할까지 4중고의 짐

2007년 무궁화 대상 신사임당 상을 아내가 수상했을 때 어머니께서 축하해
주셨다.

을 짊어지고 저와 함께 살고 있습니다. 이 얘기는 제 아내가 얼마나
힘들게 살았는가를 말해 주는 답이기도 합니다."

아내는 저처럼 친구 같은 남편, 오빠 같은 남편, 아버지 같은 남편
을 원했을 것이다. 그러나 나는 언제나 아내에게 남편일 뿐이었다.

내 아내는 결혼생활을 하면서 시부모님과 형님들로부터 어떤 도움
도 받지 않고 혼자의 힘으로 열심히 살아온 사람이다. 막내며느리로
20년 넘게 시어머니를 모시고 살면서 힘든 일도 많았지만 모두 슬기
롭게 넘겼다.

〈가까이 모시는 사람을 오히려 잊곤 한다〉

조카인 큰형님 댁 아들도 문제가 되었다. 어머니에겐 큰손자였고,
옛날 분이신 만큼 장손이 집안의 대를 이어야 한다는 생각이 무척 강

하셨다. 그 때문에 내게 장조카가 되는 큰손자가 오면 그냥 홀딱 빠져 버리셨다. 그렇게 되면 지금 살고 있는 집의 가족에 대한 배려가 전혀 없어진다. 그것만으로도 며느리는 서운한 감정이 들게 마련이다. 그런데다 조카가 왔다고 이것저것 마구 시키곤 했다. 큰손자에게 맛난 음식 하나라도 더 해서 먹이려는 뜻에서였다. 어머니는 큰손자가 오면 며느리에게도 두 딸이 있다는 사실을 자꾸 잊으시곤 했다. 아내 역시 학교 갔다 와서 피곤한 터라 조카를 위해 특별히 음식을 장만하기가 힘든데다가 시어머니가 자신의 딸들보다 조카를 더 위한다는 느낌이 들면 더더욱 힘들어했다.

나는 아내의 그 심정이 이해되었다. 하지만 어머니의 생각을 한순간에 바꿀 수는 없는 노릇이었다. 나는 이 문제는 아내의 입장을 이해해주는 것으로 아내를 위로하는 수밖에 없었다. 아내 또한 그런 힘겨움을 잘 이겨냈다.

딸이나 다른 며느리가 제사 때 찾아와 어머니에게 용돈을 드리는 일은 좋은 일이지만, 그럴 때 어머니의 마음이 너무 한쪽으로 쏠리기도 했다. 그런 일이 생길 때면 어머니에 대한 아쉬움이 컸다. 내 바람은 어머니가 딸이나 다른 며느리가 돈을 주면 그것은 일단 받아 넣으시고 그 다음에는 이렇게 말씀해 주시는 것이었다.

"얘들아, 막내며느리가 날 모시고 사느라고 항상 힘이 많이 든다. 그러니까 오늘 제사 음식만큼은 가끔 한 번씩 오는 너희들이 가서 준비해라."

그러나 어머니는 그렇게 하지는 못했다. 그 점은 좀 아쉽다. 하지만 어쩌겠는가. 사람의 변화는 세상의 변화보다 훨씬 어려운 것을.

그렇지만 그 대목을 생각하면 잘 참아준 아내에게 더욱 고마워진다. 아내는 친구 같고, 누나 같고, 어머니 같은 세 가지 역할을 다하면서 슬기롭게 자기 상황을 극복했다.

〈어머니는 시어머니 이전에 할머니〉

아내에겐 사실 어머니를 극복할 수 있었던 나름대로의 비결이 있었다. 그것은 다름 아니라 어머니를 시어머니로 보지 않고 할머니로 보는 것이었다. 어머니가 연세를 많이 드셨기 때문에 사실 할머니로 보는 것이 맞기는 맞다. 그러나 시어머니로 보는 것과 할머니로 보는 것은 이해의 폭을 완전히 다르게 만든다. 할머니로 보면 모든 일을 적극적으로 이해하게 되는 측면이 있다.

나는 사람들에겐 어머니를 가리켜 나의 첫사랑이라고 말하곤 한다. 그럼 사람들은 아내가 서운해 하지 않냐고 걱정한다. 어머니랑 같이 다닐 때면 나도 모르게 어머니 손을 잡고 다니곤 했다. 그런데 어쩌다 아내의 곁에서 함께 걸어가게 되면 아내가 슬쩍 나를 어머니 곁으로 밀어 주었다.

"당신 첫사랑 여인하고 걸어가. 당신은 어머니와 결혼했잖어."

말은 그렇게 하지만, 나를 어머니께 밀어 주는 아내의 얼굴에는 농담기 어린 미소가 번져 있었다.

사실 이 세상 모든 남자들의 첫사랑은 어머니이다. 그러나 아내 또한 첫사랑을 자신의 몫으로 삼고 싶은 바람이 있을 것이다. 그 때문인지 가끔 "당신, 나보다 어머니를 더 사랑해?" 하고 묻기도 한다. 물론 나는 험험 두어 번의 헛기침으로 은근슬쩍 넘어가 버린다. 아내의 매력은 그렇게 내게 묻기도 하지만 어머니에게 위기가 닥치면 나보다 더 어머니를 받들었다는 것이다.

　나는 가끔 아내한테 싫은 소리를 들을 때가 있었다. 현관문을 열고 들어오다 거실에서 옷을 벗기도 전에 아내가 부엌에서 일을 하고 있는 소리가 들리면 나는 '어머니께 맛있는 것은 좀 차려 드렸는가, 어머니께 과일은 좀 드렸는가'라는 말을 던지곤 했다. 공교롭게도 그럴 때 아내는 어머니에게 과일을 내오려고 부엌에서 열심히 준비하고 있을 때가 많았다. 그럼 알아서 챙겨 주고 있는데 남편이 그런 소리를 하니까 내가 괜스레 미워져 "그렇게 걱정되시면 당신이 몸소 하시구려." 하면서 나에게 과일 접시랑 과일 깎는 칼을 내민다. 그러면 나는 또 속으로 '아차, 오늘도 내가 너무 빨랐구나.' 한다.

어머니는 국보, 아내는 보물

● ● ◦

어머니와 아내는 두 사람 모두 소중한 사람이다. 나에게 있어서도 마찬가지이다. 한 사람은 나를 키워 주신 분이고, 다른 한 사람은 내 인생의 반려자이다. 그런 점에서 우리 집엔 국보와 보물이 있다. 물론 어머니가 국보급이다. 그리고 아내는 보물급이다.

우리 집의 보물은 좀 특이하다. 대부분의 보물은 국보가 되어 등급을 한 등급 높이려고 한다. 아무래도 국보의 격이 좀 더 높게 느껴지기 때문이다. 그런데 사랑하는 내 아내는 국보가 되기를 싫어한다. 국보는 연세가 많았던 어머니였는데, 아무리 국보가 좋아도 나이를 먹는 것은 싫다는 것이다. 그러면서 아내는 국보가 아니라 보물로 머물고 싶다고 말한다. 아마도 세상에 국보가 되기 싫어하는 보물은 우리 집밖에 없을 것이다. 너무 양보심이 많은 보물인 셈이다.

둘 다 내게 소중하지만, 며느리가 시어머니를 모시고 살면 어느 정도의 갈등은 피할 수가 없다. 아마도 그것은 어느 집이나 마찬가지일 것이다. 그러니 어떻게 우리 집이라고 고부간의 갈등이 없었겠는가. 하지만 우리 집에서는 그럴 기미가 보이면 내가 선수를 치기도 했다. 가령, 어머니가 무엇인가를 잘못해서 아내가 짜증 일보 직전까지 가 있으면 내가 먼저 어머니께 화를 냈다. 내가 나서서 어머니께 마구 큰소리로 짜증을 내는 것이다. 그러면 아내의 짜증은 쏙 들어가 버리고 만다. 아내는 남편의 눈치를 보면서 사태를 수습하느라 정신이 없어진다.

"아니, 당신 왜 그래요? 어머님 연세가 몇인 줄이나 아세요? 102살이 가까운 분이에요. 지금 남의 나이를 살고 계신 분이라구요. 우리가 모시고 살면서 건강한 것만 해도 복으로 알아야 해요. 도대체 잘 아실 분이 왜 그러세요?"

결국 아내는 원래 자신이 하고 싶었던 얘기 까마득하게 잊어 버리고 오히려, 내가 아내에게 하고 싶었던 말을 나에게 하게 되는 것이다. 나는 이런 식으로 고부간의 갈등을 앞장서서 풀곤 했다. 이는 아이들 앞에서도 마찬가지였다. 어머니가 이건 아니다 싶은 길을 갈 때면 나는 아이와 아내 앞에서 본의 아니게 먼저 짜증을 내곤 했다. 그러면 그 순간, 내 딸이 되었건, 며느리가 되었건, 오히려 할머니와 시어머니 편이 되어 나한테 "왜 그러냐"고 나왔다. 물론 가족들도 다 알면서 그리 나왔을 것이라 생각된다. 우리 가족은 어머니를 위하는 데 있어서만큼은 너와 내가 따로 없었다.

〈모시는 며느리에게 잘하면 결국 부모님이 행복〉

아내와 내가 처음부터 어머니를 모시고 산 것은 아니었다. 처음에

어머니를 가운데 두고 찍은 가족사진. 단란한 가정을 이룬 것은 나의
큰 행복이다.

는 둘째형님이 부모님을 모셨다. 우리도 그때는 제사 때나 명절 때면
둘째형님 댁을 찾아가 부모님을 뵙곤 했다. 대개 그런 경우 부모님을
뵙는 자리가 마련되면 반가운 마음에 부모님에게 용돈을 드리고 오
게 된다.

그런데 우리는 방식을 좀 달리 했었다. 부모님을 모시고 있던 형님
내외를 생각한 것이다. 그것은 바로 부모님 몰래 형수님에게 부모님

모시고 사느라고 얼마나 고생이 많으냐며 성의껏 마련한 돈을 드리는 것이었다. 동시에 아내는 형님에게 그렇게 했다. 액수의 많고 적음을 떠나 그런 돈을 받으면 '우리 동생이 내가 부모님을 모시고 산다고 고마운 마음을 갖고 있구나' 하는 생각을 저절로 하게 된다. 그러면 더 힘이 나서 부모님에게 잘해 드릴 수밖에 없다.

나는 이 방법을 모든 분들에게 권하고 싶다. 다름 아니라 설날이나 추석 때, 아니면 집안의 행사 때, 그것이 동생이 되었건 형님이 되었건, 부모님이 아니라 부모님을 모시고 함께 살고 있는 아들과 며느리, 손자, 손녀에게 격려와 감사의 표시를 하거나 최고라고 칭찬하는 것이다. 부모님 손에 직접 쥐여 준 돈이 아무리 크다고 해도 그 적은 돈이 더 큰 효력을 발휘하게 되어 궁극적으로는 부모님의 행복이 되어 돌아가게 된다. 특히 이때 자기 형제들보다 결혼하여 들어온 사람들, 그러니까 형수나 제수, 올케에게 고마움을 표하면 가정의 화목을 지키는 데 더더욱 큰 도움이 된다. 자신의 어버이에게 잘하는 것도 중요하지만, 모시고 사는 형제들에게 잘하는 것도 그에 못지않게 중요하다는 생각이 든다. 특히 그 집의 며느리에 대해서는 특별히 신경 써 주는 것이 좋다. 그러한 고마움의 표시는 몇 배의 효력으로 나타나 부모님에게로 돌아가게 된다.

〈아쉬움으로 남은 정판심 교장 명패〉

아내를 생각하면 나에겐 아쉬운 실수 하나가 기억에 남아 있다. 그것은 내 실수이자 어머니의 실수이기도 하다.

시골에 어머니 앞으로 되어 있는 300평의 밭이 하나 있었다. 몇 년 전 셋째형님이 그 땅을 둘째형님에게 물려주면 어떻겠냐고 물어온 적이 있다. 나는 좋다고 동의했다. 어머니도 내가 얘기를 하니까 아무 생각 없이 그리하라고 동의해 주셨다. 그리하여 그 땅은 둘째형님 앞으로 이전되었다.

그러나 지나고 보니 그것이 내 실수였다는 생각이 들었다. 아내가 20여 년 넘게 어머니를 모시고 살고 있는데 그 생각을 하지 못한 것이다. 그때 어머니가 며느리에게 "네가 나를 모시고 사느라 얼마나 고생이 많으냐. 이것이 내가 갖고 있는 전 재산인데 너에게 주고 싶다."라고 빈말이라도 건넸다면 훨씬 좋지 않았을까 하는 생각이 든다. 그때 내가 옆에서 "당신, 어머니 모시고 사느라고 얼마나 고생이 많아. 그래서 어머니가 시골에 있는 밭 300평을 당신에게 상으로 준다고 하시네."라고 거들었다면 더 좋았을 것이다.

같이 살아온 세월로 미루어 아는데, 아내는 어머니가 준다고 그 땅에 욕심을 낼 만큼 성품이 좁은 사람이 아니다. 어머니가 하늘나라로 소풍을 떠나신 후에 나는 아내에게 물어보았다. "어머니께서 생존해 계실 때 시골에 있는 땅을 상으로 주셨다면 그 땅을 어떻게 했겠냐"고 말이다.

아내는 "그 땅을 팔아 아프리카 탄자니아의 쿤두치 채석장 땡볕 아래에서 굶주리며 돌을 깨는 어린이들을 위해 망고와 야자수 나무를 심어 함께 나누는, 행복나눔학교를 짓고 '초대 정판심 교장'이란 명패를 만들어, 어머니에게 선물로 드리고 싶었다"고 했다. 자신은 40년이 넘게 교단에서 학생과 학부형으로부터 사랑받았기 때문에 사랑을 돌려주어야 한다고 하면서, 만약 돈이 부족하다면 그동안 한푼 두푼 모아 둔 돈을 합쳐 어머니 이름으로 나눔을 했으며 좋았을 것이라고 말했다.

지인에게 들은 바로는, 탄자니아 쿤두치 지역에서는 물이 없어도 야자수나 망고나무가 잘 자란다는데, 한 가족이 서너 그루만 있으면 할아버지, 손자에 이르기까지 충분히 생활할 수 있는 좋은 재산 나무가 된다고 한다. 그런데 그 지역 사람들은 그런 경제 수종을 돈으로 사서 심을 수도 없고, 그럴 땅도 없다는 것이다. 그래서 어린이들이 초등학교도 다니지 못하고 오로지 의식주 해결을 위해 채석장에서 손톱이 빠지고 손가락이 부러져 조막손이 되도록 돌을 깨는 노동을 해야 한다는 것이다.

그런 측은한 사실을 들어서 알고 있기에, 아내의 그런 바람을 무심결에 넘길 수가 없었다. 아내에게는 그 땅보다는, 그들에게 희망을 나누어 주고자 하는 염원이 있었다. 그래서 우리 부부는 이들 고통받는 어린이들의 의식주 해결에 조금이라도 도움이 되기 위해 망고나무를 심어 '나눔행복마을'을 만들고, 벽돌 한 장 한 장 함께 쌓아 올려 '나눔행복학교'를 만들어야겠다는 계획을 실천에 옮기기로 결심했다.

딸과 어머니, 그 사이에서

● ● ● ❙❙

내 딸들과 어머니의 사이에 섰을 때 내가 가장 중요하게 여긴 일은 아버지로서 할머니가 세상에서 가장 훌륭한 분이란 사실을 교육시키는 것이었다.

나는 우리 딸들에게 아빠는 할머니의 다리 밑에서 나온 사람이라고 말하곤 했다. 그것은 나를 낳은 분이 할머니란 얘기였지만, 어렸을 적 우리는 무슨 잘못을 하면 다리 밑에서 주워 왔다는 소리를 많이 듣곤 했다. 그때는 사람을 왜 다리 밑에서 주워 왔을까 의아했었다. 하지만 나중에 알고 보니 그게 어머니 다리 밑에서 주워 왔다는 뜻이었다.

물론 지금은 수술해서 배꼽에서 나오기도 한다. 잘못했을 때 다리 밑에서 주워 왔다고 한 것은 다리 밑에서 나왔다는 사실을 감추고 주워 왔다고 하고 싶을 정도로 실망스럽다는 뜻의 다른 표현이 아니었나 싶다. 그래서 나는 '다리 밑에서 주워 왔다'가 아니라 '다리 밑에서 나왔다'는 표현은 어머니의 사랑을 받고 큰 자식으로 당당하게 말할 수 있는 표현이라고 생각했다.

나는 일단 딸들에게 그렇게 내가 할머니 다리 밑에서 나온 사람이란 것을 분명히 했다. 그리고 그 얘기를 통해 내 몸은 나의 것이기도 하지만, 할머니의 것이기도 하다는 것을 딸들에게 알려주었다. 딸들에게 자신을 키워 준 부모보다 더 훌륭한 사람이 어디에 있겠냐 싶었고, 그 부모를 낳아서 키워 준 것이 할머니란 것을 알려주면, 할머니는 그것만으로 자연스럽게 훌륭한 분으로 알게 되지 않을까 하는 것이 내 생각이었다. 물론 그것은 얘기로만 끝나지는 않았다.

〈용돈이 아이와 할머니 사이의 매개물〉

아이와 할머니 사이를 끈끈하게 이어줄 어떤 매개물을 만들어 놓을 필요가 있었다. 우리 집에서 그것은 아이들의 용돈이었다.

아이들이 학교 다닐 때 용돈을 달라고 하면 나는 "아빠는 돈이 없다."고 했다. 그럼 아이들은 묻는다. "아빠가 왜 돈이 없어? 아빠가 돈 벌어 오고 이 집도 아빠 집이잖아." 그러면 나는 "그렇다고 다 아빠의 것은 아니다." 하고 말한다. 이어 나는 "내 몸이 할머니 것이라서 아빠 것은 사실 모두 할머니 것"이라고 하면서 용돈은 할머니에게 타서 쓰라고 했다.

물론 아이들 용돈은 미리 어머니에게 맡겨 놓았다. 어머니는 한글을 모르기 때문에 큰딸 것은 동그라미를 크게 쳐서 표시하고, 작은 딸의 것은 작게 쳐 놓았다. 그렇게 구별하여 용돈 봉투 두 개를 만들고, 그것을 미리 어머니께 드린다. 아이들이 할머니를 찾아가면 할머니는 아이들을 격려해 주면서 봉투를 내민다.

이렇게 했더니 할머니와 손녀들의 관계가 더 좋아졌다. 무엇보다 할머니에게 손녀들이 용돈을 타서 쓰니까 자연스럽게 할머니에게 감사하는 마음을 갖게 되었다. 아울러 할머니에게 드실 것을 사다 드리는 효심을 보여 주기도 했다.

용돈을 한 달 치씩 주었기 때문에 가끔 쓰다 보면 예상치 못한 지출이 있는 경우가 있고, 그리하여 용돈이 부족할 때가 있었다. 그럴 때면 아이들은 할머니를 통해서 부족한 용돈을 해결하곤 했다. 아이들도 눈치는 있어서 용돈이 아빠한테서 나온다는 것을 알고 있었다. 그래서 아빠한테 용돈 좀 더 달라고 하면 안 되겠느냐고 할머니에게 부탁하는 것이었다. 그러면 어머니는 식사하는 자리에서 내게 "나 돈 좀 주거라." 하셨다. 이때 나는 무슨 돈이 필요하냐고 묻는다. 어머니는 시치미를 뚝 떼고 "내가 맛있는 것 좀 사 먹으려고 한다."고 하신다. 얼마가 필요하냐고 물으면 어머니의 대답은 항상 많이 필요하다는 것으로 되돌아왔다. 나는 모른 척 봉투에 돈을 담아 어머니께 건넨다. 그 봉투가 할머니 손으로 가자마자 손녀딸 둘은 할머니 방으로 건너가고 어머니 방에선 웃음소리가 새어 나왔다. 아이들은 할머니가 자신들의 부탁을 들어준 데 대한 고마움으로 그것이 과자가 되었건 무엇이 되었건 맛있는 것을 할머니에게 사다 드리곤 했다.

〈할머니는 더 좋은 신발을 신어야 한다〉

이러한 가정생활 때문인지는 몰라도 두 딸은 할머니에 대한 소중함을 잘 알고 있었다. 나는 그것을 용돈으로 맺어진 관계로는 보지 않는다. 아이들의 마음속에 할머니의 자리를 마련해 주고 싶었던 아버지의 마음을 딸들이 알아 준 결과이며, 그런 점에서 아버지의 뜻을 따라 주고 할머니를 존경하며 사랑했다고 본다. 그렇게 생각하면 우리 딸들에게도 고마움이 크다.

나는 언젠가 큰딸 유림이에게 무안을 당한 적도 있다. 벌써 18년 전의 일이다. 내가 어머니랑 운동을 원활하게 하기 위해 어머니 운동화를 시장에서 싼 것으로 산 적이 있었다. 내 것과 어머니 것, 모두 몇 천 원짜리로 사 가지고 들어왔다.

그때 운동화를 보더니 딸이 내게 이렇게 말했다.

"아빠는 젊으니까 싸구려를 신어도 되지만, 할머니는 연세가 드셨기 때문에 좋은 신발을 사 드려야 해요. 아들이란 사람이 그 정도의 관심도 없이 신발을 사면 되겠어요?"

큰딸 말은 할머니가 연세가 있으시니 신발은 정말 좋은 것을 신어야 발도 편안하고 다치지 않는다는 것이었다.

그때 나는 매우 무안하면서도 한편으로 할머니에 대한 딸들의 생각이 지극한 것에 말할 수 없이 기뻤다. 물론 나는 싸구려 신발을 그대로 신고 어머니 신발은 환불한 뒤 더 좋은 운동화를 사다 드렸다.

나는 우리 딸들을 사랑하며, 할머니를 챙겼던 딸들이 자랑스럽다.

세상에서 가장 행복한 5천 원의 밥값

● ● ●

신식과 구식이란 어떤 차이가 있는 것일까. 구식이 단순히 오래되고 낡은 것을 뜻하지는 않을 것이다. 구식이란 말에는 어느 정도 불합리한 구석이 있는데 그것을 개선하지 않고 있다는 뉘앙스가 풍기며, 신식이란 말은 구식이 가졌던 어떤 불합리를 개선하여 새로운 발전을 이루었다는 좋은 느낌이 들곤 한다.

그런 점에서 보면 어머니는 구식 어머니였다. 어머니를 그렇게 오래 모시고 살았지만, 어머니는 며느리에게 천 원 한 장을 쥐여 주는 일이 없었다. 처음에 어머니는 어쩌다 돈이 생기면 모두 큰손자에게 못 주어서 안달이셨다. 이른바 장손에 대한 과도한 편애였다. 모시고 사는 사람들은 서운할 수밖에 없다.

그런데 2005년 봄부터 어머니에게 변화가 생겼다. 어느 날 어머니가 내게 돈을 쥐여 준 것이었다. 아침에 나가는데 나를 부르더니 내 손에 5천 원짜리 한 장을 쥐여 주셨다. 그러면서 "밥 굶지 말고 이걸로 밥 사 먹고 다녀라."라고 말씀하셨다. 그렇게 해서 나는 어머니께 5천 원짜리 한 장을 받은 적이 있었다.

당시 5천 원이면 내게는 설렁탕 한 그릇을 먹을 수 있는 돈이었다. 그러나 그것으로 무엇을 사 먹을 수 있느냐를 떠나서 나는 그 돈을 받으면서 나같이 행복한 사람은 세상에 없을 것이라고 느꼈다. 이 나이에 배곯지 말라고 아침에 5천 원을 챙겨 주는 사람을 어디에서 만날 수 있겠는가. 나는 그 5천 원짜리가 가치로 따지면 수십억의 가치보다 더 클 것이라고 생각했고 그만큼 큰 기쁨을 느꼈다.

그런데 어머니의 변화는 그것으로 끝이 아니었다. 그때부터 어머니는 아들, 며느리가 주었건, 딸, 사위가 주었건, 돈이 들어오면 그것을 다 모아 놓았다가 나한테 돈을 주기 시작했다. 누가 어머니에게 10만 원을 주면 그것을 잘 가지고 있다가 이 아들에게 다시 주셨다. 그래서 나는 이것을 기회라고 생각하고 어느 날 어머니에게 이렇게 말했다.

"어머니, 돈을 모두 나한테 주지 말고 10만 원이면 3만 원은 며느리를 주세요. 그냥 돈만 쑥 내밀지 말고 '고생했다' 그러면서 주세요. 그리고 만 원은 큰손녀에게 주고, 또 만 원은 작은손녀에게, 나는 2만 원을 주세요. 그리고 어머니는 3만 원을 가지세요."

그랬더니 어머니는 자신이 2만 원을 가질 테니 나보고 3만 원을 가지라고 하셨다. 그때부터 용돈이 생기면 이런 식으로 나누고 주셨다. 그런데 어머니가 손녀딸들에게는 아무 조건 없이 내주는데, 며느리한테는 돈을 주면서도 "너 이 돈 갖고 있다가 내가 필요하면 다시 다오."라고 조건을 붙였다. 말하자면 며느리한테 주는 돈은 쓰라고 주는 돈이 아니라 그냥 보관용이었다. 그래서 보관용으로 주지 말고 그냥 쓰라고 주라고 했다. 그다음부터는 며느리에게도 그냥 아무 조건 없이 돈을 나누어 주셨다. 그러나 어머니가 아내에게 돈을 주면 아내는 "당신이 그렇게 하라고 했지요?" 하고 넌지시 물어오곤 했다. 물론 나는 단호하게 "무슨 소리야, 어머님이 당신이 좋아서 준 거야." 하고 말했었다.

그렇게 하여 우리 집에선 2만 원이 되었건, 3만 원이 되었건 어머니가 며느리에게도 가끔 돈을 주는 문화가 정착되었다. 어머니로서는 사실 큰 변화였다. 신식 어머니로의 변신이라고 해야 할 것이다. 그것은 단순히 돈이 아니라 하나의 정으로 오가게 되었고, 또 사랑의 매개체가 되어 주었다. 돈을 나누어 줄 때 그 비율은 내가 어머니에게 제안했던 대로 지켜졌다. 이 또한 우리가 어머니를 모시고 살아오면서 이룬 훈훈한 가족 풍경 가운데 하나였다.

신식 어머니로의 변신은 음식에서도 나타났다. 지금의 음식은 예전과 많이 다르고, 사실 옛날 분들에게 요즘 음식은 고역인 측면이 있다. 그러나 어머니는 손녀딸들이 좋아하는 피자 같은 음식도 싫어하지 않으셨다. 음식은 함께 먹는 것처럼 유대감이 좋아지는 경우도 없다. 아이들과 어머니의 관계가 좋아지는 데 크게 한 몫 한 것이 아이들 음식에 대한 어머니의 거부감 없는 기호이기도 했다. 어머니는 여러 면에서 신식 어머니로 변신했다.

어머니는 내 여행의 동반자

● ● ⦿

여행을 하다 보면 아내에게 미안한 생각이 가장 먼저 든다. 아내와 둘이는 제대로 여행을 못 가 봤기 때문이다. 하지만 어머니를 여행의 동반자 삼아 길을 나선 적은 여러 번 있었다.

언젠가 아내랑 피서를 가기로 일정을 잡은 적이 있었다. 그러나 교감 승진을 앞두고 있던 아내에게 갑자기 연수 일정이 잡히는 바람에 결국 그때의 여행 계획은 차질을 빚게 되었다. 그러나 여행을 취소하는 것은 불가능했다. 이미 예약해 두었기 때문이었다. 아내가 내놓은 해결책은 어머니랑 갔다 오라는 것이었다.

그때 어머니랑 단둘이 강원도에서 여름밤의 달빛을 즐기며 매우 낭만적인 시간을 보냈다.

어머니를 모시고 여행을 가면 아들을 더 사랑해서 그런지 보통 때보다 더 밝은 모습을 보여 주셨다. 아무래도 며느리와는 다소 간의 거리가 있는 것이 시어머니인가 보다. 그때면 며느리랑 있을 때도 기쁘고 즐거운 모습을 보여주면 더 좋을 텐데 하는 아쉬움이 남기도 했다.

〈여행 갔다 와서는 며느리 없어서 재미없었다고 한마디〉

여행을 갔다 와서는 어머니의 현명함을 깨닫곤 했다. 그것은 여행 뒤에 집에 돌아와서 며느리에게 건네는 한마디의 말에서 여지없이 드러났다. 어머니는 아내에게 넌지시 이렇게 말씀하셨다.

"난 네가 없으니까 재미가 없더라. 이 다음에 갈 때는 꼭 같이 가자."

나는 그 말을 듣고는 속으로 씨익 웃었다. 내가 볼 때는 며느리가 없으니까 더 재미나게 노시는 것 같았기 때문이었다. 그러나 살면서 자신을 적당히 감추고 말 한마디라도 듣기 좋게 건네는 것은 어머니가 깨달은 삶의 지혜일지도 모른다.

어머니 나이 98세이던 2008년에는 방학을 이용하여 아내가 베트남으로 봉사활동을 가게 되었다. 학교에서 계획한 봉사활동이었지만, 원래는 나도 아내와 함께할 계획이었다.

아내가 베트남에 가서 봉사활동을 하고 있는 동안 어머니와 나는 충남 태안의 만리포로 여행을 갔다. 기름 유출 사고로 오염되면서 한동안 뉴스에 많이 등장했던 곳이다. 여행을 떠나면서 많이 걱정했으나 막상 가보니 크게 오염되어 있지는 않았다. 우리가 도착한 곳은 만리포였지만, 조금 한적한 곳을 찾아 천리포로 들어갔다. 만리포에서 북쪽으로 조금 더 올라가면 그곳에 천리포가 있다.

그곳에서 숙소를 정하고 바닷가에 나가서 시간을 보냈다. 바다에

천리포 해수욕장에서 어머니와 함께한 보트놀이.

서 사람들이 보트를 타고 있었으며, 물이 얕아 안전해 보였다. 어머니도 타고 싶은 듯 보트 타는 사람들을 하염없이 바라보고 계셨다. 그래서 내가 "어머니도 한번 타 보세요." 했더니 두말 않고 물로 들어가셨다. 어머니와 둘이 보트를 타고 내가 보트를 저어 가며 우리 모자는 바다에서 물놀이를 했다. 나는 물을 보니 어지러웠지만, 어머니는 98세의 연세에도 그렇게 즐거워하실 수가 없었다.

나는 얕은 곳으로 가서 보트에 줄을 묶은 뒤 끌고 다녔다. 우리는 그렇게 때로 타기도 하고, 때로 끌기도 하면서 보트 놀이를 했다.

〈오이팩은 나이에 관계없는 여자들의 즐거움〉

저녁에 들어와 보니 햇볕이 워낙 강해 어머니 얼굴이 검게 타 있었다. 마침 숙소에 있던 감자가 눈에 띄었다. 그래서 그것을 얇게 잘라 마치 오이 마사지를 하듯이 얼굴에 팩을 해 드렸다. 얼굴의 열기를 진정시키기 위해서였다. 어머니의 얼굴에 기분 좋은 표정이 그대로 드러났다. 입이 귀 있는 곳까지 찢어질 정도로 웃음이 번졌다. 101살이 되어도 아름답고 싶은 것이 여자인가 보다.

그때 태안으로 어머니와 함께 여행을 갔다 온 뒤로 가끔 한 번씩 오이 마사지를 해 드렸다. 이게 아주 저렴하면서도 사람을 기분 좋게 해 준다. 오이는 그다지 비싸지도 않다. 그거 얇게 자르는 데 걸리는 시간은 5분도 안 된다. 그렇지만 그걸 잘라 어머니 얼굴에 얹어 드리면 기분이 말할 수 없이 좋아지셨다. 마사지를 하고 난 뒤에는 자신의 얼굴을 보고 또 보셨다. 한 달에 두 번 내지 세 번은 해 드렸다. 오이 마사지는 마사지라기보다 사실은 어머니를 즐겁게 해 드릴 수 있는 나름의 좋은 효도 방법이었다.

해돋이 명소 중의 하나인 여수의 향일암에도 어머니랑 둘이 간 적이 있다. 그곳은 대체로 가족과 함께 가는데, 가족이 바빠서 못갈 때는 내가 어머니를 모시고 갔다. 대개 사람들은 어머니를 보면 연세를 궁금해 하다가 연세를 듣고 나면 다들 깜짝깜짝 놀랐다.

향일암은 매년 어머니를 모시고 찾던 곳이라 정이 남다른 곳이다. 그런데 2009년 12월에 불이 나서 대웅전이 전소되었다는 소식을 들었다. 안타까운 마음이 컸으며, 빨리 복원되길 기원했다.

여수 향일암의 해돋이가 나에겐 특히 효험이 있지 않았나 싶다. 해돋이를 보면서 항상 어머니가 건강하게 사시길 빌었는데, 아무래도 하늘이 그 소원을 들어준 것 같다. 향일암은 단순히 여행하는 곳이 아니라 내게는 어머니의 건강을 확인해 주는 곳이기도 했다. 그곳을 무사히 올라가는 것을 보면서 나는 어머니 건강을 확인하게 되고, 그것은 내 기쁨이 되었다.

항상 해돋이를 볼 때마다 나의 첫 소원은 어머니가 건강하게 살도록 해 달라는 것이었다. 나는 그것을 어머니가 내게 물려주는 가장 큰 유산으로 생각했다.

어머니에게도 항상 그 말씀을 드렸다. 내게 유산을 많이 물려달라고. 그럼 어머니는 내가 무슨 돈이 있느냐고 반문하셨다. 그때마다 나는 어머니의 건강이 내게 가장 큰 유산이라고 말했다. 어머니의 건강으로 치면 나는 어머니의 살아생전 누구도 갖지 못한 큰 유산을 물려받았다. 그 행복한 유산은 100년이 넘도록 계속되었다.

나의 또 다른 어머니, 장모님

● ● ● ⸬

장모님은 아내의 어머니이지만, 내 어머니이기도 하다. 두 어머니를 모시는 데 있어 구분이 있을 수 없으므로 나는 기회가 될때마다 두 분을 모시고 함께 여행을 가곤 했다.

두 분을 모시고 떠난 여행 중에서는 중국 황산 여행을 첫손가락에 꼽을 수 있다. 그런데 두 분을 모시고 다니는 것은 좋은데, 두 분의 어머니를 한 자리에 모시면 한 가지 고충이 있었다.

두 분은 사돈지간이다. 보통 우리나라에서 사돈지간은 어려운 사이이지만, 두 분은 함께하면 어려운 사이라기보다 경쟁관계로 돌변하고 말았다. 때문에 서로 지지 않으려고 치열한 경쟁을 펼치셨다. 두 분도 눈치가 있어서 우리 앞에서는 아주 화합을 잘했다. 그러나 우리가 없으면 곧잘 알력관계를 드러내곤 했다.

황산에 올라 하룻밤을 자고 중국을 돌며 일주일 동안 여행을 할 때 우리와 함께 있는 자리의 두 어머니는 그렇게 아름다울 수가 없었다.

하지만 우리와 함께할 때도 식사 자리에서는 곧장 두 분이 경쟁체제로 돌입하곤 했다. 서로 많이 드시기 위해 경쟁을 벌이는 것이다. 당시 어머니는 95세였는데, 기름진 중국 음식을 경쟁적으로 많이 드시다 보니 그만 실수를 하고 말았다. 옷에다가 실례를 한 것이었다. 그날 밤 나는 어머니의 옷을 급하게 빨아야 했다. 어머니와 장모님이 서로 시샘하듯 경쟁하면서 맛있는 것을 많이 드시다가 생긴 해프닝이었다. 이런 일 때문에 가끔 두 분을 한자리에 모시는 것이 부담스러울 때도 있다.

한번은 두 분을 모시고 강원도로 여행간 적이 있었다. 메밀꽃으로 유명한 봉평을 비롯하여 백담사와 설악산 일대를 둘러보았다. 그런데 백담사에 도착하자 어머니가 97세의 나이에도 불구하고 걸어서 백담사까지 들어가겠다고 했다. 예전에 불교 신자였던 어머니는 절에 갈 때는 정성을 기울여야 기도가 효험이 있다면서 입구부터 백담사까지 걸어가겠다고 했다. 장모님은 처음에는 버스를 타고 가겠다고 했다. 그래서 나는 장모님을 버스에 태워 먼저 보내 드리고 어머니와 함께 천천히 걸어서 절로 들어갈 생각이었다. 하지만 어머니가 걸어가겠다고 하자 장모님의 질투가 발동했다. 장모님은 "나이를 훨씬 많이 드신 사돈 걸어가는데 젊은 내가 어떻게 버스를 탈 수 있겠냐"고 하셨다. 결국 두 분 모두 백담사까지 걸어서 올라갔다. 백담사 계곡이 매우 깊지만 아무도 두 분을 막을 수가 없었다. 두 분은 걷는 것도 서로 안 지려고 경쟁이었다. 내려오는 스님과 보살님들이 할머니의 모습을 보고 연세를 궁금해 했다. 97세라고 알려드렸더니 모두

어머니와 장모님을
모시고 함께 여행
을 가곤한다. 설악
산과 백담사에서.

놀라는 눈치였다. 두 분은 백담사 다리 앞에서 구경하고 있던 분들에게 열렬한 박수를 받았다.

행복은 멀리 있거나 거창한 것이 아니다. 두 분의 걸음걸이 하나하나가 다 예뻤고, 너무나 뻔한 시샘 투정 하나하나가 다 예뻤다. 그렇게 하는 것이 두 분을 모두 건강하게 한 것이기 때문이다. 이를 지켜보는 나는 늘 행복을 느꼈다.

두 분을 모시고 경남 거제의 외도 여행을 다녀온 적이 있다. 화려한 식물원으로 유명한 섬이다. 외도에서도 두 분은 예외 없이 그 경쟁 심리가 발동되었다. 사진 한 장이라도 더 찍고, 더 예쁘게 나오기 위한 경쟁이 벌어진 것이다. 그때 타고 간 유람선 선장이 어머니의 연세를 묻길래 97세라고 말해 주었다. 그랬더니 자신이 배를 탄 지 40년이 되었지만, 아들과 며느리가 97세의 어머니와 장모님을 모시고 온 것은 처음이라고 방송해 주었다.

〈자랑하다 밑천 떨어지면 지는 것〉

두 분을 모시고 여행을 다닐 때면 균형을 잘 맞추어야 했다. 한쪽 분만 무엇을 해 드리면 다른 한쪽 분이 삐치신다. 그래서 어느 한쪽을 잘해 주는 기미를 보이지 말고 균형을 잘 잡아야 한다. 말은 이렇지만 두 분의 비위를 똑같이 맞춘다는 것이 생각처럼 쉽지는 않다.

우리가 없을 때면 두 분이 특히 아슬아슬해지는 것은 서로 자랑으로 경쟁을 시작하기 때문이었다. 나는 우리 며느리가 외국 보내주었다, 나는 우리 아들이 이번에 뭘 해 주었다 등 자랑을 펼치신다. 그

어머님과 장모님을 모시고 거제도의 외도로 무박여행을 갔었다.

러다 자랑거리가 떨어지면 그 어머니가 슬슬 짜증을 내기 시작하셨다. 국내여행을 갈 때면 내가 꼭 두 분을 함께 모시고 다니는데 가장 큰 걱정이 바로 그 자랑 경쟁이었다. 서로 자랑으로 내기하다가 밑천이 떨어지면 꼭 경쟁에서 밀린 분이 짜증을 내기 때문이었다. 그 후유증은 꼼짝없이 우리가 감당해야 했다.

우리나라의 어머니들이 대부분 그렇듯이 장모님도 아들에 대한 애착이 강하다. 내 아내가 장모님의 큰딸이고, 작은딸, 그러니까 나의 처제는 미국으로 이민 가서 살고 있다. 그리고 손아래 처남이 둘 있다. 그런데 절에 가면 장모님은 불교 신자라 기왓장 시주를 할 때가 가끔 있다. 그러면 꼭 아들 둘은 기왓장에 이름을 써서 복을 빌어 준다. 그러나 딸은 열외이다. 물론 큰딸인 아내도 열외이다. 우리는 함께 여행을 하기 때문에 그때면 우리 이름은 우리가 써서 기왓장 불사를 한다. 그런데 이때면 나는 갑자기 미국에 살고 있는 처제가 마음에 걸리곤 했다.

미국에 살고 있는 작은 딸과 사위는 장모님을 미국으로 모시고 가서 좋은 구경을 시켜드리곤 하는데도 장모님은 기왓장 불사를 할 때면 딸들을 제외시켜 버린다. 그래서 한번은 내가 미국의 딸도 다 같은 자식인데 작은딸 이름도 올려달라고 넌지시 말을 건넨 적이 있었다. 그랬더니 장모님이 알았다며 그날은 내 말을 듣고 작은딸 이름으로 기왓장 불사를 해 준 적이 있다. 아들에 대한 애착이 강하긴 하지만, 그래도 장모님이 또 사위 말을 들어주긴 한다. 앞으로 장모님이 딸들을 조금 더 생각해 주었으면 하는 것이 나의 바람이기도 하다.

사돈 간이기는 하지만, 어머니와 장모님의 나이 차이가 16년이나 나기 때문에 장모님이 조금 양보해 주셨으면 하는 것이 나의 속마음이었다. 나는 장모님이 90세가 되면 장모님께도 나눔 활동의 기회를 마련해 드릴 생각이다. 또 때가 되면 내가 장모님을 모시고 다니며 여행도 많이 시켜 드릴 생각이다. 어머니께서 세상을 뜨신 뒤로 장모님은 내게는 더욱 남다른 분이 되셨다. 장모님께서 여생을 즐겁게 사셨으면 좋겠다.

어머니가 주신 행복

● ● ◦

내가 어머니를 모시고 살긴 했지만, 물론 나도 어머니에게 짜증 날 때가 있었다. 내가 신이 아닌 이상 어떻게 항상 좋을 수가 있겠는가. 그때마다 다행히 곧바로 반성하곤 했다. 아프지 않고 건강하게 살고 계신 것만 해도 나에겐 얼마나 큰 행복인가. 가령 어머니가 치매에 걸렸다거나 많이 아프셨다면 어떻게 되었겠는가? 본인도 괴롭지만 아마 모시고 사는 나도 말할 수 없이 힘들고 괴로웠을 것이다.

내 소망은 어머니가 돌아가셨을 때 웃으면서 보내드리는 것이었다. 어머니가 100살이 되었건 110살이 되었건 내가 자식으로 할 수 있는 도리를 다했을 때 비로소 그것이 가능하리란 것이 나의 생각이었다.

꼭 부모님이 돌아가시고 나면 서럽게 우는 사람들이 있다. 그러나 나는 어머니가 돌아가시면 울지 않기로 결심했다. 하지만 정작 어머니가 돌아가시면 어떻게 눈물이 나오지 않겠는가. 내 말의 속뜻은 어머니가 돌아가셨을 때 후회하는 자식이 되고 싶지 않다는 것이었다.

어머니의 죽음 앞에서 부끄러운 자식이 되고 싶지 않았다. 돌아가시면 "어머니 잘 가세요. 꼭 좋은 곳으로 소풍 가셔야 해요."라고 말하며 보내드리고 싶었다.

어머니를 모시고 살면서 자주 효자라는 말을 들었다. 내 아내는 효부라는 말을 듣곤 했다. 사실 듣기에 민망한 말이었다.

어느 날 어머니와 나눔 활동을 하던 노래예술단에 60이 넘은 가수분이 왔다. 좀 여유 있게 사는 분이었다. 그분은 내게 이런 말을 했다.

"다른 집은 부모가 자식을 억지 효자로 만들곤 하는데, 이 집은 아들이 부모를 존경하지 않을 수 없게 하네요."

어머니를 모시고 함께 나눔 활동을 하는 것을 보고 건넨 덕담이었지만, 내게는 부담스럽기만 했다.

어머니를 하늘나라로 소풍을 떠나보내 드린 후에, 내 두 딸은 마치 우리 부부가 어머니와 함께 살면서 해 드린 것처럼, 그대로 보고 배운 대로 우리 부부를 위로하고 어머니 빈자리를 메워 주려고 노력했다. 나는 그런 딸들이 고맙고 기특하기까지 하다. 나는 이런 가풍이 어머니께서 남기고 가신 큰 선물이라고 생각한다. 이것이 손주들에게까지 미쳐서 가족의 문화가 되었으면 한다. 굳이 가르치려 하지 않아도, 가족의 문화 속에 젖어서 그대로 행동하고 실천하는 행복한 문화를 만들어 가기를 기원하면서.

〈어머니 밥상〉

어머니께서 작고하신 이후로도 사람들은 어머니의 안부를 묻곤 한다. 대부분은 백발의 100수 할머니께서 건강하게 활동하시는 모습을 기억하기 때문이다. 나는 그럴 때마다 어머니께서 멀리 소풍을 떠나셨다고 말한다. 바로 돌아가셨다는 대답을 해주기 어렵기 때문인데, 사실은 어머니에 대한 그분들의 추억을 일거에 깨뜨릴 수 없기 때문이다.

결국 어머니의 작고 사실을 알게 된 그 분들은 그동안 어머니를 모시고 사느라고 고생이 많았다고 격려해주신 분들도 있다. 나는 그 분들의 격려가 과분했다. 나 자신이나 아내 모두 어머니를 모시고 산 것이 어려웠다는 생각은 해 본적이 없다. 오히려 어머니께서 살아계시는 동안 우리의 건강을 더 돌보아 주셨다고 생각한다.

어머니가 살아계실 때는 늘 규칙적으로 아침 저녁 식사를 어머니와 함께 했지만, 어머니께서 하늘나라로 소풍을 떠나는 후로는, 과일 쥬스 한 잔만이 아침 식사가 되고 라면 한 그릇이 저녁 식사가 된 경우가 다반사다. 어머니가 계실 때는 가족들이 오순도순 둘러앉아 어떤 음식이든 맛있게 먹었다. 사랑과 칭찬이 있고 서로를 돌봐주는 애틋한 정이 있어 모든 음식이 다 맛이 있었다.

가끔 생선 요리를 보면 문득 어릴 적 어머니의 사랑이 생각난다. 어머니는 혹여 생선가시가 자식 목에 걸릴까봐 정성껏 가시를 발라 주시고 막내아들 밥숟가락 위에 얹어 주시곤 하셨다. 살이 깨끗이 발라진 생선머리는 항상 어머니의 몫이었다.

이제 철없이 어머니의 사랑만 받아왔던 그 막내아들이 철이 들어가자 어머니께 받은 사랑을 돌려 드리고 싶어도, 세월은 이미 지나가버렸고 앞으로도 그 기회는 오지 않게 되었다. 어머니께서 김치, 동치미, 된장국으로 차려주신 풍성한 사랑의 밥상은 평생 잊을 수 없는 맛만 남긴 채 추억 속에 남고 말았다. 연어가 치어 때 떠난 고향 하천으로 되돌아오는 것처럼 단 한번만이라도 어머니와 함께 하는 밥상이 있으면 행복하 겠다.

〈딸을 키우면서 어머니의 정성을 알게 되다〉

효자, 효부라는 말이 있다는 사실 자체가 우리 사회의 부끄러움이라는 생각마저 들 때가 많다. 자식들이 부모에게 얼마나 못 했으면 다들 효자, 효부로 부모님 좀 잘 섬기라고 그런 말이 나왔을까 싶어진다. 자식들이 모두 다 잘했다면 자식들 가운데서 특히 부모님에게 잘하는 자식을 골라 효자, 효부로 부르지도 않았을 것이다. 그런 말이 나오고 효자, 효부상을 만들어 상을 주며 모범적인 사람으로 삼는 풍토는 그만큼 효자 효부가 귀하다는 시대상의 반영이 아닌가 생각된다.

그렇다고 내가 듣고 싶은 얘기가 없는 것은 아니다. 나는 아들과 며느리, 그리고 어머니가 너무 아름답다거나 사랑스럽다는 얘기라면 기꺼이 받아들이고 행복해할 준비가 되어 있다.

나는 효자, 효부를 떠나 자식으로 해야 할 도리를 다하는 것뿐이었다. 때문에 남들이 내게 그런 표현을 쓸 때는 부담스럽고 그런 소리는 안 했으면 좋겠다는 생각이 들곤 했다. 그러나 내가 군포 시민운동장에 가서 어머니와 함께 운동할 때나 어디 나들이를 나갔을 때면 저 집에 효부 났다는 얘기를 종종 듣는다. 그때마다 뒤통수가 부끄럽다.

우리 큰딸이 결혼을 하여 딸을 낳고 작은딸은 아들을 낳았다. 덕분에 나는 외손녀와 외손자를 모두 둔 행복한 할아버지가 되었다. 그런데 나는 딸과 외손녀, 외손자로부터 역으로 어머니의 사랑을 느낄 때가 많다. 나에겐 딸도 귀중하고 외손녀, 외손자도 말할 수 없이 예쁘고 귀엽다. 그때마다 어머니도 나를 저렇게 키웠을 것이란 생각이 든다. 내가 딸에게 기울였던 정성만큼 어머니도 나를 키울 때 많은 정성을 기울였을 것이다. 그러나 우리는 어머니에게 사랑받은 것은 다 잊어버리고 돌려 드릴 줄 모른다. 우리가 아무리 노력해도 어머니에게 받은 사랑의 만분의 1도 돌려 드리기 어려울 것이다. 딸과 외손녀, 외손자에 대한 우리의 사랑을 생각하면 그것으로 미루어 어머니의 우리들에 대한 사랑이 짐작된다. 어려운 시기를 헤쳐 왔으니 어머니의 사랑은 우리보다 훨씬 크고 높다.

나는 우리 사회가 효자 효부가 많이 나오는 사회가 아니라 그냥 자식들이 모두 자식 된 도리를 다하여 특별히 어느 집 자식을 효자, 효부라 부를 필요도 없는 사회가 되었으면 좋겠다. 물론 내 개인적인 생각이고 욕심이긴 하지만, 부디 그런 사회가 이루지길 바랄 뿐이다.

어머니는 방송 스타

어머니, 아홉 시 뉴스를 타다

● ● ●

어머니는 여러 차례 방송을 탔다. 연세가 많이 들어 보이면서도 정정하기 때문에 자연스럽게 사람들의 이목을 끌었다. 어머니가 옛날 분이라 카메라 앞에 서면 당혹스러워 하실 줄 알았는데, 오히려 방송을 즐기셨다. 방송에 나가고 난 뒤 사람들이 알아보고 인사를 하면 특히 좋아하셨다.

어머니를 모시고 여행을 산 곳이 여러 곳이 있는데 그중에 향일암이란 곳이 있다. 여수의 돌산에 있는 암자이다. 매년 해돋이를 위하여 많은 사람들이 찾는 관광지로 유명한 곳이다. 그곳에 갔을 때 공중파를 탄 인연이 있다.

어느 해인가 어머니를 모시고 그곳을 찾았을 때는 눈이 많이 와서, 올라가는 길이 빙판이었다. 때문에 많은 사람들이 올라가는 것을 포기할 정도로 걷기가 힘들었다. 그때 어머니의 연세는 95세였는데도 지팡이를 짚고 향일암을 올랐다. 내가 업고 올라가겠다고 등을 내

어머니와 함께 여수 향일암 해돋이를 보러갔을 때 KBS 1TV의 뉴스에 나오기도 했다.

밀어도 그냥 내 손의 부축만 받은 채 끝까지 혼자의 힘으로 꿋꿋하게 오르셨다. 결국 어머니는 향일암 정상에 오르셨고, 때마침 취재 중이던 KBS팀이 깜짝 놀라며 우리들에게 인터뷰를 요청했다.

일단 취재진은 백발 할머니인 어머니의 연세를 가장 궁금해했다.

나는 95세라고 대답했다. 모두가 깜짝 놀랐다. 그런데 정작 기자가 어머니에게 연세를 묻자 어머니는 65세라고 말했다. 청각이 좋지 않아 질문을 잘못 이해한 때문이었다. 주변 분들이 다들 웃었다.

나는 "실제 연세는 95세인데 어머니 나이에서 30은 빼버리고 65세처럼 사신다."고 말했다.

인터뷰한 내용은 방송으로 나갔다. 그 다음 날 아침에 여수 시내로 들어가 대중목욕탕을 찾았는데, 벌써 "어제 9시 뉴스에 나온 할머니 아니시냐?" 아울러 "아들하고 나왔죠." 하며 인사들을 하였다. KBS 1TV 아홉 시 뉴스에 몇 분 동안 인터뷰한 것이 방송되어 어머니 덕택에 나까지 졸지에 매스컴을 타게 된 것이었다.

〈방송국에서 받은 돈으로 중국 황산 여행〉

2006년에는 SBS 라디오에서 어머니를 주제로 설날 특집방송을 했다. 우리는 사실 그런 방송이 기획되어 있는 것도 모르고 있었다. 그런데 아내가 학교에 찾아오는 보험 설계사가 들고 온 책자의 내용이 좋아서 살펴보고 있었다. 그러다 아내는 그 책자의 뒤쪽에서 어머니라는 특집을 위해 사연을 공모하고 있는 것을 보게 되었고, 결국 그것을 내게 들고 오기에 이르렀다.

아내는 방송국에 글을 써서 응모해 보라고 했다. 나는 글재주가 없어서 못한다고 했다. 하지만 아내는 당신의 일기장에 있는 내용을 그냥 솔직하게 옮기기만 해도 얼마든지 채택될 것이라며 응원해 주었다. 그다음 날이 마감이었지만 마감 날 우체국 소인이 찍힌 것은 된다고 하여 부랴부랴 쓴 원고를 늦지 않게 발송했다.

그런데 운 좋게 그 원고가 채택되어 라디오 방송에 나가게 되었다. 응모한 원고가 방송을 탔고, 전화로 인터뷰도 했다. 원고료를 받은 것은 물론이다. 아울러 어머니가 드시기에 좋은 각종 식품들을 푸짐

어머니와 장모님과 함께한 중국 황산여행

어머니와 장모님과 함께 중국 황주에서 찍은 사진

하게 상품으로 받았다. 맛있는 떡과 과자 종류였다.

어머니에게 원고료와 상품을 보여 드렸더니 무척 좋아하셨다. 그때 어머니의 연세는 95세였으며 중국 황산에 가기로 계획되어 있었다. 방송사의 원고료는 중국 황산 갈 때 보태 쓰라고 준 돈이 되었다.

〈친절하고 배려심 많았던 방송국 사람들〉

KBS 1TV에서 방송한 〈카네이션 기행〉이란 프로그램에도 소개된 적이 있다. 장수와 건강 비결을 다루는 프로그램이었으며, 이틀이나 찍었다. 어머니가 건강하게 사시니까 가능한 일이라 생각되어 매우 뿌듯했다. 〈카네이션 기행〉에선 15분 정도 방영되었다. 그때 방송을 보신 분들이 많은 격려를 해주었고 건강 비결을 좀 더 자세히 물어보곤 했다.

중국에 가서 황산을 돌 때는 95세의 연세에 황산을 일주했다. 중국에서도 그 사실에 놀라 중국의 일부 방송사에서 방송했다는 얘기를 들었다. 항상 내가 어머니를 모시고 다니기 때문에 어머니가 방송에 나올 때면 나도 화면에 얼굴을 비칠 수 있는 기회를 얻곤 했다. 이는 내가 어머니를 모시고 살면서 누리는 큰 혜택이었다.

2006년에는 KBS 1TV 〈아침마당〉에 출연한 적이 있다. 어머니 연세 96세 때였으며, 부부탐구라는 코너였다. 원래 이 코너는 부부의 갈등을 다루면서 해결책을 찾아보는 코너였다. 그러나 매번 갈등을 겪고 있는 부부들만 출연하다 보니 이에 피곤을 느낀 시청자들 있었고, 그리하여 방송국 측에선 역경을 이겨낸 부부들을 초청하는 것으로 방향을 바꾸었다. 그 뒤로 이 코너에는 시각장애인으로 미국에서 역경을 딛고 크게 성공을 거둔 분이 아내와 함께 출연하는 등 훌륭한 부부들이 많이 나와 시청자들에게 감동을 주는 코너로 바뀌었다. 우리는 이 코너가 방향을 바꾸고 나서 첫 번째로 테이프를 끊은 부부였다. 나중에 이 코너에 훌륭한 부부들이 많이 나와 그때 우리가 이 코너에 나갈 자격이 있었는가 하는 생각마저 들곤 했다. 그때 방송에선 어머니를 모시고 사는 집안의 부부가 엮어 가고 있는 효도 얘기에 초점을 맞추고 있었지만, 어머니도 함께 출연하여 나와 아내의 옆자리에 앉으셨다.

방송에 나가면 방송국 사람들에 대한 느낌이 달라지곤 한다. 생방송이라 부담이 되었지만 작가와 PD들이 잘해 주어 편한 마음으로 방송할 수 있었다.

보통은 방송계 사람들이 권위의식을 갖고 있지 않을까 하는 편견을 갖고 있는 경우가 많은데, 내가 만난 사람들은 그런 편견과는 거리가 멀었다. 방송을 하면 사람들은 우리들의 얘기를 듣고 보게 되지만, 우리는 출연하는 몸이라 그곳 진행자들이나 방송국 사람들을 접하게 된다. 때문에 평상시 브라운관을 통해서만 보던 유명인들을 직접 눈앞에서 보는 즐거움이 있다. 방송 출연의 좋은 점 가운데 하나였다. 당시 진행은 이금희 씨와 손범수 씨가 하고 있었다.

그때 인상적이었던 것이 이금희 씨였다. 방송으로는 많이 보았지만 그렇게 가까이서 본 것은 처음이었다. 생방송이 끝나고 나자 그 바쁜 와중에 할머니 잘 가시라며 계단까지 나와 배웅해 주었다. '저렇게 사람들에게 아름다운 배려를 아끼지 않으니 이 프로그램에서

2006년 KBS 1TV의 아침마당에 출연했을 때 진행자들과 함께

이금희 씨의 장기 집권(?)이 가능한가 보다'는 생각이 들었다.

〈아침마당〉의 조현경 작가는 내 딸과 비슷한 또래였는데, 음치인 내게 기를 불어넣어 주며 격려를 아끼지 않았다. 내가 노래를 부를 때면 박자를 맞추어 주느라 많은 땀을 쏟아야 했던 분도 있다. 바로 작곡가 심수천 선생이다.

어머니와 함께 방송 출연을 하면 다들 잘해 주셨다. 아마 어머니가 방송 출연을 즐거워하신 것도 그곳 분들이 반겨 주었기 때문이 아닌가 싶다. 애써 주신 모든 분들에게 고마움을 표한다.

음치, 어머니의 희망을 위해
노래에 도전하다

●●●

　사실 나는 노래의 노 자도 입에 올리기 겸연쩍은 대책 없는 음치였다. 어느 정도였느냐 하면 군 복무를 할 때 노래를 못 불러 애로가 많았을 정도였다. 남자들은 군대 가면 신고식을 한다. 신고식 때 고참들은 꼭 노래를 한 발 장전시키라고 하고 발사를 시킨다. 생각나는 노래가 없던 나는 그때 산토끼를 불렀다. 그랬더니 고참들은 내 노래를 곧바로 중단시키고는 아는 노래가 그것밖에 없느냐며 다른 노래를 부르라고 했다. 내가 다른 노래라고 부른 것은 애국가였다. 산토끼와 애국가에 대한 대가는 박수와 환호가 아니라 기합으로 되돌아왔다.

　사실 노래를 배우고 싶었던 적이 있었다. 15년 전 우연히 고향 선배를 만났을 때 그런 마음이 들었다. 윤갑순 선배였는데 만나 보니 무척 젊게 살고 있었다. 그래서 그렇게 젊게 사는 비결이 무엇이냐고 물었더니 자신이 노래 봉사를 다니고 있다면서 그것이 바로 젊음의 비결이라고 알려주었다. 봉사단체인 한 노래예술단을 통하여 마장역이나 이수역, 장충단공원 같은 곳에서 공연한다고 했다. 솔깃하기는 했지만, 노래는 역시 나와는 거리가 멀었다.

군대에서 강제로 노래를 한 번 부르고 기합을 받은 것이 노래에 관한 기억의 전부였다. 군대를 제대한 뒤로 나는 가족 앞에서도 절대로 노래를 불러 본 적이 없었다. 그런데 바로 그런 내가 노래를 부르지 않으면 안 되는 사태가 벌어지고 말았다.

시작은 어머니로부터 비롯되었다. 어머니가 97세이던 가을 어느 일요일, 어머니 혼자 군포시민운동장에 운동하러 가셨다가 다쳐서 돌아오신 것이다. 어머니 말씀은 어느 유치원생이 모르고 어머니를 밀어서 당신이 그만 넘어졌다고 하셨다. 그 일로 어머니는 오른팔이 부러지는 사고를 당했다. 일요일이라 문을 연 병원이 없어서 하루를 참고 지낸 뒤 정형외과를 찾아갔다. 의사 선생은 연세가 있어 뼈가 잘 붙을지 모르겠다고 걱정했다.

〈어머니에게 출연 약속한 코너가 노래자랑 코너〉

깁스를 한 뒤에 집에 와서 어머니에게 말했다.

"어머니, 어머니가 빨리 나으면 내가 〈아침마당〉에 모시고 나가겠어요."

그렇게 자신 있게 말한 까닭은 2007년 늦봄에 KBS에서 전화가 온 일이 있었기 때문이었다. 전화를 건 이는 〈아침마당〉의 조현경 작가였다. 우리 가족을 〈아침마당〉에 초대하고 싶다는 것이었다. 내용이 무엇이냐고 물었더니 노래자랑이라고 했다. 예전의 방송 출연 당시 할머니를 모시고 살아가는 가족의 모습이 무척 아름다워 우리 가족을 다시 초대하고 싶다는 것이었다. 당시에는 '우리는 노래를 못하니까 노래 연습을 많이 하고 나서 이다음에 나가겠다'고 하고 전화를 끊었다.

그런데 깁스를 하고 온 어머니를 보자 그때의 기억이 퍼뜩 떠올랐다. 내가 비록 전화 통화를 할 때 노래연습을 많이 한 뒤에 나가겠다고는 했지만, 그때 작가는 전화 말미에 "언제든 노래연습이 되면 연락하라"고 했었다. 나는 방송 출연이 어머니에게 좋은 희망이 되겠다 싶었다. 그러나 그것은 노래자랑 코너라 어떻게든 노래를 불러야 한다. 내게 있어 그것은 완전히 발등에 떨어진 불이었다.

이유는 단 한 가지, 바로 내가 못 말리는 음치였기 때문이었다. 그러니 그런 내가 노래자랑 코너에 나간다는 것은 어머니에게 희망을 주고 즐거움을 드리겠다는 마음이 없었다면 꿈에도 생각하기 어려운 일이었다. 어머니에게 방송 출연시켜 드리겠다고 큰소리를 쳐 놓고 보니 이제 마음은 점점 다급해졌다.

〈한 가지 노래를 만 번 연습하고 퇴짜 맞다〉

급한 마음에 이리저리 궁리하다가 결국 아는 후배에게 사정을 말하고 아는 사람 가운데서 노래 지도해 줄 수 있는 사람이 없느냐고 물었다. 다행히 후배는 작곡가 한 분을 소개해 주었다.

나를 맞아준 작곡가는 먼저 노래를 한번 불러 보라고 했다. 노래를 다 듣고 난 작곡가의 말은 희망이 아니라 노래를 배워 보겠다고 이제 막 고개 내민 사람의 싹을 그대로 싹둑 잘라버리는 것이었다.

"아이구, 선배님은 발끝부터 머리까지 모두가 환자입니다. 가사도 전달이 잘 안되고 모든 것이 다 엉망입니다. 저는 도저히 고칠 자신이 없어요. 그러니 가서 준비를 좀 한 다음에 다시 오세요."

그 작곡가는 지금 상태로 노래를 배우려고 하면 너무 돈이 많이 드니까 가사가 짧은 노래를 골라 그 노래를 만 번 정도 부른 뒤에 다시 자신을 찾아오라고 했다. 아니면 아예 음치학원을 찾아가는 것이 빠르겠다고 했다. 그 작곡가의 말을 요약하자면, 일단 만 번을 부르고 와야 그때 자신이 한번 검토해 볼 수 있겠다는 것이다.

그래도 그 말 한마디에 의지를 내려놓을 내가 아니었다. 나만 걸려 있으면 모르겠지만, 어머니 희망이 내 노래에 걸려 있다고 생각하니 덜컥 포기하고 내려놓기가 어려웠다. 결국 나는 인터넷에 들어가 노래를 뒤졌고, 마침내 나훈아의 〈사랑〉이란 노래를 발견했다. 노래의 가사가 무척 좋았다.

노래를 듣고 따라 부르기 위해 MP3 플레이어도 하나 샀다. 가사를 외우고 들으면서 열심히 따라 불렀다. 그러나 못 부르는 노래는 주변 사람들에게 고역이 된다. 나도 그 정도의 눈치는 있어서 집에서도 내 노래는 소음이 된다는 것을 잘 알고 있었다. 그래서 적당한 다른 장소를 찾게 되었고 그때 가장 애용했던 장소가 관악산이었다. 관악산이 넓다 보니 나만 다닐 수 있는 등산로를 찾을 수 있었고, 특히 내가 좋아한 코스는 사람들이 다니지 않는 한적한 등산로였다.

정말이지 만 번을 불렀다. 노래가 몸에 밸 정도로 불렀다고 해야 할 것이다. 그러고는 다시 후배가 소개시켜 주었던 작곡가를 찾아갔다. 그러나 만 번의 수련을 거친 내 노래를 듣고 난 뒤 작곡가가 보인 첫 반응은 한숨을 길게 내 쉰 것이었다. 작곡가는 그게 정말 만 번 부른 게 맞느냐고 되물으며 나를 또다시 절망에 빠뜨렸다. 두 손 두 발을 다 든 작곡가에게 계속 매달릴 수는 없는 노릇이었다. 결국 다른 길을 모색해야 했다.

〈결국 음치 학원에 다녀〉

후배 작곡가에게서 퇴짜를 맞은 뒤 오직 노래를 배워서 어머니에게 희망을 주어야 한다는 일념 하나로 내가 찾아간 곳은 음치교정 학원이었다. 경기도 안양의 남부시장 2층에 있는 곳이었으며, 학원 이름은 음치탈출이었다. 그리고 그곳에서 음치교정 치료를 받게 되었다. 음치 수업은 한 달 받았다. 한 달에 여덟 번 지도해 주었다. 그곳의 이주홍 원장은 나중에 이렇게 말했다.

"선생님은 음치가 분명한데 그것도 아주 상태가 심각한 음치여서 보통 이 정도면 노래를 배우겠다는 생각 자체를 할 수가 없습니다. 그런데도 노래를 배우시려고 하는 것을 보면 그 의지는 참 대단합니다. 선생님은 노래를 배워야겠다는 굳은 신념이 없으면 도저히 노래를 배울 수 없는 분입니다. 신념으로 노래를 배웠다는 측면에선 아주 놀랍습니다."

그래도 음치 학원의 원장은 내가 목소리는 괜찮다고 했다. 목소리까지 나쁘면 도저히 불가능한데 다행히 목소리가 좋아 희망을 걸어 볼 수 있었다는 것이었다. 나는 그곳에서 〈사랑〉이란 노래를 어느 정도 형식적으로 익힐 수 있었다.

내가 노래를 배우겠다고 쫓아다닌 것도 놀라운 일이었지만, 더욱 놀라운 것은 어머니였다. 방송 출연 얘기가 정말 희망이 되었는지 어머니는 63일 만에 팔이 완치되었다. 〈아침마당〉에 나간다는 말이 정말 회복에 큰 역할을 했나 싶었다.

　사실 그전에도 〈아침마당〉에 나갔다가 제주도에 다녀오는 즐거운 여행 기회를 가질 수 있었다. 또 김범수 아나운서와 손숙 씨가 진행하는 SBS 라디오 프로그램에 우리 사연이 소개되어 중국도 한 번 갔다 왔다. 그래서 어머니는 방송에 나간다고 하면 항상 즐거워하셨다. 방송에 나가면 해외여행도 할 수 있고 또 국내여행의 기회도 생긴다는 생각을 갖고 있었다. 아마도 그런 즐거운 기분 때문에 63일 만에 팔이 완치된 것으로 여겨진다.

〈다시는 어디 가서 노래 부르지 마시오〉

　노래를 배운 뒤, 나는 KBS 〈아침마당〉의 조현경 작가에게 연락했다. 원래는 노래 실력과 관계없이 화목한 가정의 좋은 사례를 보여주는 예로 출연해 달라고 했었으나 시간이 좀 흐르자 말이 달라져 있었다. 일단 예심을 보라는 것이었다.

　솔직히 고백하자면 나는 예심만으로도 얼마든지 만족할 수 있었다. 어머니는 예심과 본심을 잘 구별하지 못하기 때문에 그냥 예심에 어머니를 모시고 가는 것만으로 어머니를 크게 즐겁게 해 줄 수 있다는 것이 나의 계산이었다. 나는 어머니와 아내, 딸과 함께 예심을 받으러 갔다. 그때 예심 때 나는 98송이의 장미를 준비하여 어머니께 드렸다. 방송국에선 예심인데 왜 꽃을 가져왔느냐고 물었다. 그래서 나는 사정을 얘기하면서 예심이라도 방송국에 왔으니까 어머니께 꽃을 드리고 방송에 나갔다고 하면 이것으로 만족할 수 있다고 했다. 말하자면 하얀 거짓말을 좀 한 셈이었다.

그러나 아무리 예심이라고 해도 음치에게 많은 사람들 앞에서 노래 부른다는 것 자체가 엄청난 압박이었다. 사실 나도 양심은 있는 사람이어서 노래를 부른 뒤에 좋은 소리를 듣지 못할 것은 알고 있었지만, 어머니를 모시고 방송국을 간다는 생각이 앞서 그 밖의 다른 것에 대해선 앞뒤를 재지 못했다. 그렇게 나는 예심에 참가하여 노래를 부르게 되었다. 하지만 온통 노래를 잘 부르는 사람들만 모아 놓은 것 같은 자리라서 나는 더더욱 주눅이 들었다.

그 자리에선 작곡가 심수천 선생이 심사를 보고 있었다. 내 노래를 듣고 난 뒤 그분의 첫마디는 "이후로 어디 가서 절대로 그 노래는 부르지 마시오."였다. 도저히 안 된다는 것이었다.

내가 50년 넘게 살면서 유일하게 처음으로 마음먹고 배운 노래가 나훈아의 〈사랑〉이었다. 나는 어머니에게도 바치고, 아내에게도 바치자는 심정으로 마치 어린아이처럼 동심에 부풀어 노래를 배웠는데, 돌아온 심사평은 혹독하기 이를 데 없었다. 하지만 한편으로 얼마나 못 불렀으면 그렇게 말씀하실까 싶었다.

〈탈락한 나를 아내가 구제〉

심수천 선생은 한참을 고민하더니 같이 간 우리 가족 중에서 딸아이에게 노래를 한번 불러 보라고 시켰다.

그때 딸이 부른 노래가 〈서울 탱고〉라는 가수 방실이의 노래였다. 마침 그 노래를 아는지 아내도 옆에서 그 노래를 따라 불렀다. 둘이 노래하는 것을 본 심수천 선생은 어느 정도 하모니를 이루니까 교장 선생(당시 아내는 초등학교의 교장 선생님이었다)과 딸을 한 팀으로 묶어 둘만 무대에 올린 뒤 어머니 손을 잡고 노래를 부르게 하자고 했다. 나는 졸지에 열외가 되고 말았다.

그런데 의외로 아내가 강경하게 나왔다.

"우리 가족은 어머니하고 아들이 주인공입니다. 제 남편이 못 나가면 저희는 이 프로그램에 출연을 못합니다."

아내의 말은 우리 가족은 남편의 어머니에 대한 사랑 때문에 이 자리에 나온 건데 남편까지 포함하여 다 함께 〈사랑〉을 부르지 않으면 가족이 방송에 출연하는 것이 아무 의미가 없다는 것이었다. 아내는 내가 제외되면 방송 출연은 불가라고 일방적으로 통고해 버렸다.

결국 〈아침마당〉의 조현경 작가가 중재에 나서 우리는 나까지 포함한 가족 팀으로 본선에 나가게 되었다. 조 작가는 우리들의 출연을 허락하면서 "선생님, 열심히 해서 〈사랑〉을 부르세요."라는 말과 함께 많은 격려를 해주었다. 덕분에 심수천 선생도 마음을 바꾸어 이왕에 나올 거 남은 기간에 열심히 하고 나오라고 격려해 주었다. 그렇지만 걱정이 태산이었다. 못 부르는 노래로 시청자들의 심기를 불편하게 하면 어쩌나 하는 우려 때문이었다.

그리하여 나는 세상에 태어나서 처음으로 많은 사람들의 격려 속에서, 대중 앞에서, 그것도 생방송으로 진행되는 노래자랑 코너에서 노래를 부르게 되었다. 그 뒤에도 노래 배우기는 계속 이어져서 이제 내가 연습하여 익힌 노래가 네 곡 정도가 된다. 모두 만 번씩 불러서 아예 몸에 새겨 놓았다. 정말 놀라운 음치인생 탈출기였다.

음치, 〈아침마당〉의 노래자랑에서 1등을 먹다

● ● ●

사실 노래 실력으로 보면 도저히 명함을 들이밀 수 없는 자리였지만, 가정의 화목에 주목한 방송국 사람들 덕분에 우리는 〈아침마당〉의 노래자랑 코너에 나갈 수 있었다. 그때 어머니의 연세가 98세였다. 우리는 팀명을 '98송이 장미꽃팀'으로 정했다.

아마도 친구들은 물론이고 가족들까지도 내 노래를 끝까지 들어본 것은 그때가 처음이시 않았을까 싶다. 물론 준비한 것만으로 치면 사실 나도 무대에 설 만한 충분한 자격이 있었다. 왜냐하면 그 자리에서 노래를 불러 어머니를 즐겁게 해 주겠다는 일념으로 〈사랑〉이란 노래를 만 번이나 불렀기 때문이다. 아니, 생각해 보면 1만5 천 번 정도는 불렀지 않았나 싶다.

그렇지만 막상 무대에 서고 보니 완전히 음정 따로 박자 따로 였다. 그런데 예상치 못한 일이 벌어졌다. 그 못 부르는 노래를 앞에 두고 눈앞의 관객들이 아예 배꼽을 뽑아 놓고 웃는 사태가 벌어진 것이다.

나중에 알고 보니 우리 가족의 노래를 지켜본 사람들은 두 부류로 나뉘었다. 그중 하나는 우리를 모르는 사람들로, 그런 분들은 음치인 나를 두고 무척 재미있어 했다. '고음불가'라는 제목으로 인기를 끈 음치개그가 있다고 들었는데, 그런 개그의 성공이 다 이유가 있었던 셈이다. 모르는 분들은 배꼽 빠졌다는 말로 내가 노래를 부르는 동안 아주 즐거운 시간을 가졌다는 뜻을 전했다.

그러나 나를 아는 사람들의 얘기는 전혀 달랐다. 아는 사람들은 노래 솜씨가 너무 뛰어나서 숨이 멈추는 줄 알았다고 농담을 했다. 말하자면 정반대의 농담이었다. 이러다 생방송을 다 망치는 것은 아닌가 염려되어 숨이 멎을 정도였다는 얘기였다. 아는 사람들은 조마조마한 심정으로 내 노래를 지켜보았다.

〈선생님 동네는 노래방도 없나요?〉

그날 이용식 선생도 모든 방법을 다 동원해서 나를 도와주려고 노력했지만, 노래가 하도 엉뚱하게 흘러가니까 결국은 아예 포기하고 말았다. 나중에 노래가 끝나고 나서 이용식 선생이 내게 한 말은 "아니, 선생님 사는 동네는 노래방도 없습니까?"라는 것이었다. 아마 그때 우리에게 신경을 쓰느라고 너무 땀을 많이 흘려 몸무게가 1~2킬로그램은 빠지지 않았을까 싶다. 그러나 노래를 부르는 그 당시에는 눈앞에 아무것도 보이지 않았다. 나중에 녹화한 것을 틀어 보고서야 이용식 선생이 고생을 많이 했다는 것을 알 수 있었다.

심사위원인 심수천 선생의 평은 이러했다.

"'98송이 장미꽃팀'은 음정 박자가 따로 놀긴 했지만, 노래의 가사가 아름다웠고 노래를 부를 때 서로 사랑하며 행복하게 살아가는 가족의 모습이 그대로 노래에 담겼습니다. 바로 이러한 가족이 제일 좋은 가족입니다. 또 이런 가족이 부르는 노래가 세상에서 가장 좋은 노래입니다.”

심 선생의 평은 내게는 큰 위로가 아닐 수 없었다. 그뿐만이 아니다. 그 자리에 나와 있던 최윤희 선생은 '정말 꽃보다 아름다운 어머니가 오셨다'며 듣기만 해도 마음이 행복해지는 찬사를 보내 주었다.

노래자랑은 우승자를 심사위원들이 결정하는 것이 아니고 시청자들이 전화를 건 뒤 번호를 눌러서 결정한다. 노래로만 보면 맡아 놓은 꼴등이었지만, 현장에 있던 많은 분들의 성원과 시청자들의 열화와 같은 지지로 우리 가족은 운 좋게 1승을 할 수 있었다. 알고 보면 어머님 모시고 외국여행이라도 한번 다녀오라는 격려 차원의 선택이었을 것이다. 아울러 내게 있어 그때의 1승은 앞으로 어머니를 더 잘 모시라는 세상 사람들의 부탁이었다.

〈어머니가 챙겨준 선물〉

〈아침마당〉의 노래자랑은 1승을 거두면 자동으로 2승에 도전할 수 있도록 되어 있다. 2승 때는 내가 알고 있는 후배 중에서 노래방을 하고 있는 후배가 도움을 주었다. 내가 노래방 가서 연습해야 한다는 얘기를 듣고는 “형님, 그럼 저희 노래방에 와서 마음껏 연습하세요.”라고 하면서 연습 무대를 내주었다. 방송을 보지 못했는지 그 후배는 내게 무슨 노래를 불렀냐고 물었다. 그래서 〈사랑〉이라고 했더니 어머니를 모시고 나가니까 〈사랑〉보다 남진의 〈어머니〉란 노래가 좋을 것 같다며 새로운 노래를 추천해 주었다. 사실 〈어머니〉이란 노래도 그때 그 후배가 알려 주어서 처음 알게 되었다. 물론 〈사랑〉이란 노래도 대단히 인기 있는 노래였지만, 내가 음악에 관심이 없었던 관계로 내게는 홀대받았던 것이다.

그리하여 두 번째 나갔을 때는 〈어머니〉란 노래를 불렀다. 당연히 떨어졌다. 친구들은 '어떻게 처음 노래보다 더 못 부르냐'고 나를 놀렸다. 나는 '처음 노래는 만 번을 부르고 나갔으니 웬만큼 부르지만, 두 번째 노래는 연습을 그만큼 못 했으니 당연한 것'이라고 둘러댔다.

사실은 1승도 노래 실력으로 챙긴 것이 아니었기 때문에 그저 어머니 모시고 한 번 더 방송에 나가 즐거운 시간을 가질 수 있었던 것이 만족스러웠다. 음치가 챙긴 뜻밖의 1승, 그것은 사실 어머니가 챙겨 준 1승이었다.

그런데 그 뒤로도 방송에 나간 적이 또 있었다. 그것도 또 노래자랑 코너였다. 노래를 잘하는 사람들만 모아 무대를 꾸민 특집이었는데, 할머니가 나오면 항상 시청자들에게 즐거움을 선물한다며 우리를 초대해 주었다. 음치와 노래라는 기이한 인연은 계속되었다.

99송이 장미꽃팀으로 다시 노래를 부르다

● ● ● ◎

어머니와 우리 가족의 노래는 두 번으로 끝나질 않았다. 2009년 10월 24일에도 KBS 〈아침마당〉은 토요일날 마련된 특집 노래자랑 코너에 우리 가족을 불러 주었다.

보통 때는 항상 예심을 거친다. 하지만 예심이 있다면 우리 가족은 나를 포함시켜서는 그 예심의 장벽을 넘을 수가 없다. 내가 포함되면 노래에 도움이 되기보나 오히려 노래를 망쳐 놓기 때문이다. 그러나 이번 방송은 특집이라 초대로 이루어졌고 우리 가족도 그 초대가족 명단에 들어 있었다.

이번에 방송에 나온 분들은 주로 〈아침마당〉에 출연하여 노래를 부른 뒤 노래로 성공하신 분들이었다. 그 때문에 이제는 가수가 되어 전문적으로 활동하게 된 분도 나왔고, 중학생이지만 판을 낸 경우도 있었다. 스승을 찾기 위해 이 코너에 나와 노래를 불렀던 따뜻한 사연의 주인공도 있었다.

노래 실력으로만 보면 원래 음치에다 박치를 겸하는 나 때문에 우리 가족이 절대 낄 수 있는 자리가 아니었다. 하지만 〈아침마당〉에선 노래에 개의치 않고 우리 가족을 챙겨 주었다. 우선은 노모를 모시고 사는 집안 풍경이 아름답다는 것이 그 이유였다. 아울러 〈아침마당〉에 출연하여 받았던 상금과 출연료에 조금 더 보태어 캄보디아에 가서 우물을 파주고 왔다는 사연의 주인공이 된 것 또한 특집에 출연하게 된 계기가 되었다.

막상 출연하고 보니까 미안한 마음이 슬쩍 고개를 들었다. 모두가 노래를 잘하는 분들이었기 때문이다. 우리는 음치 대회에 나가면 일등 할 사람들이라 가수들 사이에 서 있기가 못내 민망했다. 그러나 어쩌겠는가. 어머니가 워낙 방송을 좋아해서 나는 그냥 눈 딱 감고 어머니에게 행복한 시간을 선물하고자 그 무대에 섰다.

〈아름다운 가족의 모습으로 예쁘게 봐 주시다〉

내가 부른 노래는 〈어머니〉란 노래였다. 아내와 어머니, 그리고 나 이렇게 셋이서 불렀다. 그런데 이 노래가 화음이 엇갈리다 보니 3중창이 되어 버렸다. 하나처럼 하모니를 잘 맞춘 3중창이 아니라 엉망이 되어 버린 3중창이었다. 우선 박자를 무시하고 앞서나간 내가 1중창이었고, 아내와 어머니는 그 뒤를 따르는 2중창, 마지막으로 나를 도와주려고 함께 불러 준 분들의 노래가 3중창이 되어 버렸다. 하도 노래가 엉망이니까 그 자리에 있던 이용식 선생과 가수 소명씨가 우리를 도우려고 나섰기 때문이었다.

그렇게 3중창으로 불렀으니 우리 가족이 음치가족인 것은 분명했다. 그러니 방송을 보면서 무슨 노래를 저렇게 부르는 사람들이 방송엘 다 나왔냐고 혀를 차는 사람들도 있었을 것이다. 하지만 시청자들 가운데는 그것을 아름답게 살아가는 모습의 하나로 봐 준 분들이 많았다. 우리의 노래는 잠시 뒷전으로 밀어 놓고 우리가 어머니의 손을 잡고 노래 부르는 그 모습 하나만으로 부모님을 생각하며 감명을 받았다는 분들이 많았다.

사실 그때 출연하면서 노래 부르는 자리에는 제발 우리들을 초대하지 말았으면 싶었다. 왜냐하면 민폐를 끼치는 듯한 느낌이 들었기 때문이다. 군 복무나 사회생활을 할 때 노래에 대해선 빵점이었던 사람이니 그런 느낌은 당연했다.

하지만 또 한편으로 내가 노래에 대해 자신 있는 측면이 있기도 하다. 잘 부르는 노래보다 더 아름다운 음치가 있다는 것이 내 생각이기 때문이다. 나는 사실 음치이기 때문에 노래를 가수처럼 잘 부를 수는 없다. 그렇지만 노래를 부를 때 어머니에 대한 마음만큼은 어느 가수의 자식 못지않게 가지려고 노력한다. 나는 그런 마음이면 음치도 아름다운 음치가 될 수 있지 않을까 하고 스스로를 자위해 보곤 한다.

〈이번에도 음치가 우승〉

이번 방송에서는 짧은 시간이었지만, 캄보디아에 다녀오면서 겪었던 사연이 잠시 소개되었다. 그리고 방송사 게시판을 통하여 몇 분이 올려놓은 글을 보았다. 그중에는 어머니와 함께 캄보디아로 나눔을 갔을 때 만났던 분도 있었다. 호텔에서 잠을 자고 나왔을 때 만

KBS 1TV (아침마당). 토요일날 마련된 특집 노래 자랑 코너에
음치 가족이 우승할 수 있었던 것은 어머님과 함께 노래하러 나온
모습을 인상 깊게 봐준 시청자들 덕분이다.

난 여성분이었다.

대개 바깥에서 만나는 분들 가운데 어머니에게 연세도 물어보고 말도 나누며 자상하게 대해 주는 분들은 여성분들이었다. 어머니를 모시고 살고 있거나 어머니가 병고에 시달리고 있는 경우, 또는 어머니가 돌아가신 경우에 어머니 생각이 나서 더욱 잘해 주시는 것 같았다. 그런 분들은 어머니에 대한 애착이 크다. 캄보디아에서 만난 한 분은 여행에서 몇 시간 동안 어머니를 잘 챙겨 주셨다. 멀리 이국땅에서 인연을 맺은 그분은 한국에 돌아 와 방송에서 우리를 보고 게시판에 글을 남겨 격려의 말을 잊지 않았다. 그분의 어머님은 대학병원에 입원하여 장기 치료를 받고 있다고 들었다. 병고에 시달리고 있는 그분의 어머니가 하루빨리 쾌유되기를 빈다.

일본에 사는 한 교포분도 글을 올려 주었다. 그분은 99송이 장미꽃 팀이 1등한 것을 보고 감격하여 울었다고 했다. 사실 이번에도 우리가 우승했다. 이번 방송은 특집이었기 때문에 1승이 아니라 곧바로 우승이었다. 그 때문에 이번 특집은 노래를 잘한 사람에게 우승을 안겨 준 것이 아니라 못 부른 사람에게 우승을 선물한 모양새가 되고 말았다. 모두가 가수였던 출연자들이 양보해 준 덕분이다.

이번 특집에서 작곡가 심수천 선생은 '99송이 장미꽃팀'은 음정 박자가 필요 없으며 중요하지도 않다고 말해 주었다. 그러면서 이 팀에서 가장 중요한 것은 효심이라고 했다. 아마 가수가 우리처럼 노래를 불렀으면 크게 혼을 냈을 분이지만, 우리가 음치 가족임에도 불구하고 세상에 노래보다 더 소중한 것이 있다는 것을 이해해 주면서 우리들의 노래를 너그럽게 받아 주었다.

그날 초대 가수로 나온 소명씨도 인상적이었다. 중절모를 벗고 어머니 앞에 큰절을 올렸기 때문이다. 방송 중이다 보니 모자를 벗기가 쉽지 않았을 텐데, 쓰고 있던 중절모를 벗고 어머니에게 큰 절을 하는 모습이 고마우면서도 큰 용기로 보였다. 그날 얘기를 들으니 가수 소명도 일찍 부모님을 여의었다고 했다. 가수 소명씨의 뭉클함이 가슴에 와 닿았다. 어머니는 내 어머니이긴 하지만, 그렇게 많은 사람들에게 어머니의 기억을 불러일으키는 모두의 어머니이기도 하다.

어머니를 모시고 사는 우리 가족을 따뜻하게 봐 주는 분들 덕분에 행복한 방송 경험이 되었다.아울러 KBS 1TV〈아침마당〉의 PD님과 작가님을 비롯하여 촬영, 조명 등 모든 관계자 분들께 감사의 인사를 드린다.

〈인간극장〉의 전파를 타다

●●●

　종로에서 김밥 나눔을 하는 어머니의 모습을 보고 누군가 제보를 한 것이 계기가 되어 어머니는 KBS 〈인간극장〉의 전파를 타게 되었다.

　제작진 말에 따르면 우리의 얘기를 〈인간극장〉에 제보한 분은 우리가 캄보디아 여행에서 만났던 박재영이란 분이었다. 우연찮게도 박재영 씨는 조카의 결혼을 앞두고 종로에 있는 귀금속 상가를 찾았다가 김밥나눔을 하는 우리를 보게 되었다. 제보하면서 박재영 씨는 어머니를 가리켜 '둥굴레꽃 할머니'라 불렀다. 연유를 들어 보니 "둥굴레가 차로 마시면 고소한 숭늉 맛을 선물하고, 뿌리와 잎, 줄기를 약재로 쓰면 허약한 체질을 개선해 주는 식물이다." 고 했다. 무엇 하나 버릴 것이 없는 소중한 식물 둥굴레처럼 어머니 또한 외롭고 쓸쓸하며 마음이 허약한 모든 분들에게 따뜻한 한 잔의 차이자 희망이 되고 있는 분이란 얘기였다. 나는 다른 무엇보다 어머니를 그렇게 따뜻하게 바라봐 준 그분의 시선이 고마웠다.

KBS 1TV 인간
극장 '어머니 나의
어머니'의 한 장
면. 어머니와 증외
손녀가 함께 즐거
운 시간을 보내고
있다.

사실 방송 제의가 왔을 때 두 번에 걸쳐 정중하게 거절했다. 우리가 출연할 만한 자격이 되는가 싶었기 때문이다. 그러나 담당 서현호 PD 님과 윤은영 작가님 우리를 이해시키고 설득하기 위해 애를 많이 쓰는 바람에 결국 동의하기에 이르렀다. 그리하여 어머니의 얘기는 〈인간극장〉에서 소개되었다.

어머니의 얘기는 12월 28일부터 1월 1일까지 2009년 연말특집 2010년 초를 장식하며 〈어머니! 나의 어머니〉란 제목으로 무려 5일 동안 방송되었다. 아마 이렇게 오랫동안 방송을 탄 것은 그때가 처음이었던 것 같다.

청소하고 빨래하는 집안의 사소한 일상적 풍경에서부터 종로에서 김밥 나눔을 하는 모습에 이르기까지 어머니의 모든 것이 방송되었다.

중간에 약간의 위기도 있었다. 어머니를 모시고 우물 기증을 한 캄보디아를 다시 찾았는데 어머니가 그곳 주민들과의 재회가 너무 반가워 무리하다 보니 몸살 증세가 나타난 것이었다. 다른 무엇보다 어머니의 건강이 최우선이었기 때문에 나머지 일정을 취소하고 귀국해야 했다. 돌아와서는 집에서 가까운 원광대병원에 입원했으나 별 탈은 아니라는 소견이 나왔다. 한숨 돌린 순간이었다.

〈댓글로 많이 격려해 주다〉

시청자들이 특히 재미났다고 한 부분은 장모님이 집에 놀러 온 부분이었다. 두 분은 사돈지간이지만 만나면 팽팽한 긴장감을 풍기며 경쟁 관계로 돌입하곤 했는데, 시청자들에겐 그게 재미나게 보였나 보다. 내가 사실 두 분의 어머니를 모시고 여행을 많이 다녔는데 그

때도 두 분은 성격이 잘 맞지 않으셨다.

나이가 드시다 보니 두 분 모두 어린이가 되어 드시는 것에서부터 입는 것 등 모든 것에서 경쟁적이 되곤 했다. 사돈끼리 마음이 맞아 한 팀을 이루면 좋을 텐데 두 분이 경쟁하다 보니 우리는 어느 한 분의 마음을 상하게 할 수가 없어 자꾸만 눈치를 보게 되었다. 그 때문에 두 분이 한 자리에 계시면 우리는 사실 힘이 많이 들었다. 드시는 것에서부터 두 분을 위해 마련한 선물까지 모든 것을 똑같이 챙겨 드려야 뒤탈이 없기 때문이었다. 이번 방송에서도 두 분 사이에 그런 팽팽한 긴장이 조성된 순간이 있었다. 그러나 시청자들은 그런 두 분의 사이를 오히려 재미있어 했다.

프로그램이 방송되고 나서 시청자 게시판에 올라온 견해를 읽어 보았더니 대부분은 우리 가족을 격려해 준 내용이었지만, 아울러 몇 가지 나를 질타하는 내용도 있었다. 특히 어머니를 모시고 살면서 이렇게 지극하게 효를 다하면 어머니에겐 좋지만, 아내가 소외감을 느낄 수 있다는 내용이 있었다. 나로 하여금 뒤를 돌아보지 않을 수 없게 하는 얘기였다. 사실 백 번 맞는 말이다. 나는 그 점에서 많이 소홀히 한 구석이 있다. 그 따끔한 한마디로 아내의 수고를 돌아보는 계기가 되었고, 아내에게 더욱 감사하는 마음을 갖게 되었다. 아내와는 아직 살아갈 날들이 많으니 두고두고 갚으려고 한다.

반대로 딸과 함께 시장을 보는 장면에서는 많은 사람들이 호의적 시선을 보내 주었다. 내가 비록 나이를 많이 먹은 옛날 사람이긴 하지만, 그런 측면에서 요즘 사람들을 이해하는 데 뒤지지 않는 신식 아빠로 보인 것 같다. 사실 아내에겐 그다지 잘하지 못했지만, 아빠로서는 잘하고 있지 않나 생각하고 있으며, 아내에게 잃은 점수를 딸들에게 잘해 줌으로써 만회한 측면도 없지 않은 것 같다. 아내는 딸들에게 잘해 주면 마치 자신에게 잘해 주는 것처럼 흐뭇해하기 때문이다.

댓글 중에서 특히 내 눈을 잡아끈 것이 하나 있었다. 그분은 "만질 수 있어서, 안아드릴 수 있어서, 함께 운동할 수 있어서, 바라보고 웃을 수 있어서 부럽습니다"라며 내 어머니 얘기에서 자신의 어머니를 떠올리고 있었다. 계속 읽어 보니 3년 전에 어머니가 돌아가신 분이었다. 그분은 방송을 보며 "어머니가 미치도록 그립고, 감동으로 가슴이 먹먹하다."고 했다. 댓글을 읽고 있는 동안 내 가슴도 먹먹했다.

〈방송 나가고 어머니 인기가 높아지다〉

방송의 위력은 대단해서 길거리를 지나다 알아보는 분들도 생겼다. 몸가짐이 조심스럽고 어머니에게 더욱 잘해야겠다는 생각하게 되었다.

방송이 나가고 난 뒤 2010년 1월 3일 김밥 나눔을 나갔더니 어머니를 보고 싶어 종묘 공원을 찾은 분들이 있었다. 주로 80세 정도의 할머니들이었다. 격려도 해 주고 자신들이 도울 일은 없는지 물었다. 어머니가 할머니들에게 좋은 희망이 된 것 같아 나도 어머니의 인기에 가슴이 뿌듯했다.

집에서 방송만 볼 때와 달리 직접 주인공이 되고 보니 프로그램을 만드는 사람들이 쏟는 수고가 말할 수 없이 크다는 것을 실감할 수 있었다. 우리는 그냥 있는 그대로 일상을 보여 주면 되었지만, 그 일상을 찍는 사람들은 밥 먹을 시간도 없어 빵과 같은 간단한 간식으로 끼니를 때울 때가 많았다. 그때 방송에 나가면서 애써 준 분들이 많다. 유은영 작가와 서현호 PD, 강효현 촬영감독에게 감사의 말을 전하고 싶다.

방송이 나간 뒤로 가끔 그때의 방송이 담긴 DVD를 어머니께 틀어 드리곤 했다. 그러면 어머니는 오늘도 자신이 방송에 나간 것처럼 여기며 즐거워하셨다.

돌아보면 2009년은 어머니로선 가장 행복한 한 해가 아니었나 싶다. 99세의 나이로 멀리 캄보디아를 찾아 나눔과 소풍을 겸해 행복한 시간을 가질 수 있었다. 또 그때 캄보디아에 여행 왔던 한국분이 종로에서 김밥 나눔을 하는 어머니를 보고 방송국에 제보하여 다큐멘터리의 주인공이 되기도 했다.

2009년 12월 11일도 잊을 수 없는 날이다. 그날 오후 KBS 2TV에서 취재기자와 카메라기자가 집으로 찾아왔다. 깜짝 놀라 연유를 물어보니 100세 된 어머니의 배려와 나눔에 대해 취재 온 것이었다. 기자들은 캄보디아에 가게 된 사연에 대해서도 물어보았다. 이때의 인터뷰는 KBS 2TV의 저녁 〈8시 뉴스〉에서 방송되었다.

2009년에는 어머니와 더불어 아내의 기사도 언론에 소개되었다. 12월 26일 자 〈동아일보〉를 살펴보고 있는데 서울 잠원초등학교의 박연수 교장이란 이름이 내 시선을 잡아끌었다. 바로 내 아내이다.

아내 얘기라 유심히 읽어 봤더니, 동료 교장들과 함께 베트남으로 자원 봉사를 다녀온 뒤 시어머님의 백수를 기념하는 가족들의 해외 여행 대신 물 부족 국가의 우물 파주기로 나눔을 실천에 옮기고 있다는 내용이었다. 우연히 접한 기사라 깜짝 놀랐다. 아내에게 전화했더니 아내는 그런 기사가 나온 줄도 모르고 있었다. 신문을 찾아보라고 했더니 지금 바깥에 있어 신문을 구하기 어려우니 나보고 잘 챙겨가지고 들어오라고 했다. 우리에겐 봉사가 아니라 작은 나눔에 불과한 일이었는데 그것을 세상 사람들이 이쁘게 봐 주고 있다. 또 우리가 절약하여 나누어 쓴 것인데 그것을 배려와 나눔이라고 극찬해 주어 고맙기 이를 데 없었다. 우리는 그것을 앞으로 더 잘하라는 격려로 받아들이기로 했다.

방송이나 언론에 소개되는 것이 중요한 일은 아니다. 하지만 어머

KBS 2TV '저녁8시 뉴스'에서 어머니의 백수 기부 실천에 대한 방송이 나왔다.

니는 방송에 나와 많은 사람들의 격려와 성원을 받으면 더욱 힘이 나시는 것 같았다. 그러면 어머니가 더욱 행복해지는 것 같아 나도 덩달아 기분이 좋아지곤 했다. 또 어머니의 나눔이 더 많은 사람들을 나눔의 길로 불러들였을 것으로 생각한다. 그렇게 생각하면 어머니의 삶이 더욱 뜻깊게 느껴진다. 어머니의 삶을 예쁘게 봐 주시며 격려해 주고 성원해 주는 모든 분들에게 감사의 말을 전하고 싶다.

20여 년 넘게 어머니를 모시고 살았다. 우리나라에서는 10년 세월이면 세상이 변한다고 하니까 어머니를 모시고 사는 동안 세상이 두 번은 변했음 직한 세월이다. 그 세월 동안 어머니를 모시면서 오히려 어머니에게서 많은 것을 받았다. 어머니가 그동안 건강했던 것은 어머니가 내게 준 가장 큰 선물이다. 또 여러 번에 걸쳐 방송에 나가 즐거운 시간을 가질 수 있었던 것도 어머니가 안겨 준 큰 선물이었다.

우리나라에서는 말년 복이 최고라는 말이 있는데, 그렇게 보면 어머니는 인생 말년에 어느 정도 큰 복을 누리셨다. 자식인 나로서는 다행스럽고 고마운 일이 아닐 수 없었다. 아울러 앞으로도 더욱 길고 오랫동안 더 많은 배려와 나눔을 실천하고 싶은 것이 나와 우리 가족들의 소망이다. 많은 분들이 이 소망에 동참할 수 있다면 더더욱 바랄 것이 없을 것이다.

지구촌으로 퍼진 어머니의 나눔

• • •

방송 출연이 캄보디아의 우물 나눔으로 이어지다

●●●

어머니의 방송 출연은 나중에 캄보디아에서 우물을 파주는 우물 나눔으로 이어지는 토대가 되었다. 방송 출연으로 받은 적지 않은 상금이 그 실마리가 되었다. 나는 어머니께 그동안 방송국에서 받았던 돈을 기부하자고 말씀드렸고, 어머니는 선선히 동의해 주셨다.

우선 2008년 3월 8일, 〈아침마당〉의 노래자랑 코너에 나가 어머니 덕택에 1승을 했을 때 상금으로 150만 원을 받았다. 물론 상금은 현금이 아니라 백화점 상품권이었다. 나는 그 상품권을 쓰지 않고 일단 잘 보관해 두었다.

1승을 거두고 나자 2008년 3월 15일, 2승에 도전하게 되었다. 두 번째 도전에서는 탈락이었다. 어머니를 더 잘 모시라는 뜻으로 건넨 시청자들의 선물이 1승이었으니 그것은 당연한 결과였다. 그런데 2승 도전에서 실패했는데도 70만 원의 상금을 받게 되었다. 방송 출연으로 받게 된 상금이 220만 원으로 불어났다.

그러다 어느 날 다시 방송사에서 연락이 왔다. 2승 통과를 못하고 떨어진 사람들을 한데 모아 특집을 한다는 것이었다. 노래 실력으로 이룬 1승이 아니었기에 좀 겸연쩍기는 했지만, 어머니가 워낙 방송 출연을 좋아해서 2008년 8월 2일 다시 또 방송에 나갔다. 그때 받은 출연료는 30만 원이었다. 이제 〈아침마당〉의 토요일 프로그램에 나가서 받은 상금의 액수는 250만 원으로 불어났다.

그 전에 가장 먼저 출연했던 2006년 3월 12일의 〈아침마당〉에서는 60분 동안 방송을 타고 2박 3일 제주도 여행권과 비행기 삯, 신라호텔 숙박권을 얻었다. 또 상품권도 50만 원어치를 받았다. 그리고 2009년 10월 24일 〈아침마당〉의 토요일 특집에서 우승하여 상금 150만 원을 받았다.

우선 나는 내가 보관하고 있던 상품권을 모두 현금으로 바꾸기로 했다. 그때 내가 도움을 청한 사람이 사업을 하고 있던 내 친구들이었다. 나는 김종한, 나종철 그리고 후배인 조철현을 찾아가 나를 위해 상품권을 좀 사 달라고 부탁했다. 그랬더니 그 친구들이나 후배는 느닷없는 부탁에 깜짝 놀라면서 도대체 상품권을 사 달라니 그게 무슨 소리냐고 되물었다. 나는 요즘 가정 형편이 안 좋아서 상품권을 팔아서 생활비로 써야겠다고 농담을 했다. 이내 그 말이 농담인 것을 알아챈 친구는 피식 웃으면서 얼마어치냐고 물었다.

〈아침마당〉에서 받은 것에 더하여 내가 보관하고 있던 상품권을 모두 합하면 약 450만 원어치 정도가 되었다. 나는 액수를 일러 주면서 그동안 방송 출연으로 받은 것들이라는 이야기와 함께 상품권에 얽힌 사연도 함께 들려주었다. 물론 이 상품권을 돈으로 교환하여 좀 더 뜻있는 곳에 쓰고 싶다는 내 뜻도 함께 밝혔다. 그랬더니 후배와 친구들은 내 부탁을 선뜻 들어주며 그 상품권을 모두 사 주었다.

내가 상품권을 현금으로 교환해서 뜻있는 곳에 쓰자고 마음먹은 것은 KBS의 〈아침마당〉이나 다른 방송에서 뽑혀 방송에 출연하거나 소개되고 뜻하지 않게 많은 상금을 받게 되었지만, 그 돈이 김영재 개인이 쓰라고 준 것은 아니라는 생각이 들었기 때문이었다. 그래서 나는 김영재가 어머니를 모시고 살기 때문에 김영재에게 1등을 주면 상금으로 받은 돈을 뜻있는 곳에 쓸 것이 아닌가 하는 마음에 시청자들이 나를 1등으로 뽑아준 것이라고 생각하게 되었다.

그리하여 나는 그동안 받은 상금에 모자라는 부분은 나와 가족들이 개인적으로 보태어 캄보디아에 가서 우물을 파주고 오기로 결심했다. 사실 알고 보면 어머니의 방송 출연으로 뜻하지 않게 계속 방송에 나가게 되었고, 그 덕택에 많은 돈이 생겨 이를 좀 더 뜻있는 곳에 쓰고자 생각한 끝에 식수시설이 열악한 캄보디아의 우물 나눔이라는 생각에 이르게 된 것이니, 이 또한 시작과 마무리는 알고 보면 어머니였다.

캄보디아에서 펼친 다섯 개의 우물 나눔

● ● ▮

어머니는 100년의 세월을 살아오면서 건강을 누리는 한편으로 많은 사람들로부터 사랑받았다. 나는 어머니가 1세기에 걸쳐 사시며 받은 사랑을 다시 돌려주어야 하지 않겠느냐는 생각이 들었다.

본래 백수 잔치는 100살에 해 드리는 것이 아니라 99세에 해 드린다. 그렇지만 잔치는 우리만의 즐거움으로 끝나고 만다. 나는 잔치를 하지 않고 잔치할 돈으로 건강하게 사신 것에 대한 고마움을 물이 없어 곤란을 겪고 있는 캄보디아의 어린이들을 위해 우물을 파주는 것으로 대신하기로 마음먹었다.

우물은 모두 다섯 개를 파기로 계획을 세웠다. 구체적인 계획은 봉사단체인 굿네이버스를 통해 도움을 받았다. 돈은 2009년 봄에 캄보디아로 송금했다. 사실 우리는 굿네이버스를 통해 베트남에도 기부하고 있다. 그래서 2008년에는 굿네이버스의 도움으로 베트남 오지를 돌아보기도 했다. 원래는 캄보디아가 아니라 베트남을 도와주고 싶었기 때문이었다. 그러나 막상 베트남에 가서 보니 캄보디아가 더 어렵게 보였다. 그래서 조금이라도 더 어려운 나라를 도와주는 것이 뜻이 있지 않겠나 싶어 최종적으로 캄보디아로 정했다. 캄보디아 오지의 어린이들이 식수난으로 고통받고 있다는 얘기를 접할 기회가 있었다. 그것 또한 내 결심을 굳히는 또 하나의 계기가 되었다.

우리가 파 준 다섯 개의 우물에는 다 나름대로 뜻이 있다.

첫 번째 우물은 어머니의 이름으로 샘이 솟는다. 다시 말하여 우리는 가장 먼저 이 나눔의 시작이 된 어머님의 이름으로 우물을 하나 팠다. 그 우물은 말하자면 어머니의 백수기념 우물이다. 어머니가 오래도록 건강하셨으니 이 우물의 물을 마시고 자라난 캄보디아 어린이들도 건강할 것이다.

다섯 개의 우물에는 각각 수혜자를 두는데, 이 우물의 수혜자는 사고로 오른쪽 다리를 잃은 우훈 로우룽이란 분이다. 42살의 로우룽은 세 아이를 둔 집안의 가장이다.

두 번째 우물은 손주 정보현과 김태영의 몫으로 삼았다. 큰딸과 작은딸이 결혼해서 아이들을 낳음으로써 우리는 손주를 얻었다. 우리는 손주들 돌잔치를 하는 것보다 우물 하나를 기증하는 것으로 돌잔치를 대신하기로 했다. 그리고 그 우물에는 이다음에 커서 지구촌 모든 사람들에게 기회가 생기는 대로 나눔도 하고 자기 일도 열심히 하라는 희망을 담기로 했다.

어려운 시절을 넘기고 오늘에 이른 내 입장에서 보면 대한민국과 같이 살기 좋은 나라에서 태어난 것도 우리 손주들에게는 이미 큰 축복이다. 축복은 받은 만큼 그 축복을 나누면 더 큰 축복을 함께 누릴 수 있다. 아이가 커서 엄마아빠와 손잡고 와서 그 우물을 보며 할아버지의 뜻을 되새길 기회가 생긴다면 아마도 상당히 뜻깊을 것이다. 내친 김에 손주 자랑 좀 하자면 우리 손주들은 이름도 예쁘다. 이미 밝혔듯이 그 이름이 정보현과 김태영이다. 보현이의 이름은 친할머니가 지어 주었다. 태영이의 이름은 외할머니가 지어 주었다.

이 우물의 수혜자는 테울 메리라는 60세의 할머니이다. 아들 넷을 두었고, 손녀도 둘이라고 한다.

세 번째 우물은 내 아내의 이름으로 헌정했다. 나는 4남 1녀 중 막내아들이다. 우리 집은 막내인 내가 어머니를 모시고 살면서, 막내 며느리가 시어머니를 모시고 산 세월이 20년이 넘는다. 그런데 이 며느리는 전업주부가 아니다. 아마 우리 집안에서 가장 바쁜 사람을 꼽으라면 아내를 꼽아야 할 것이다. 아내는 산본에서 서울 강남으로 출퇴근한다. 그곳에 있는 한 초등학교가 아내의 직장이었다. 직장생활에서도 최선을 다하여 여자로서는 드물게 교장까지 승진했다. 생활이 바쁠 수밖에 없었다. 그런데도 아내는 며느리의 역할을 다하며 시어머니를 모셨다. 내 아내이긴 하지만, 내가 볼 때 아내는 대단한 사람이다. 아내 이름으로 우물을 파 준 것은 아내에게 대한 내 사랑의 표시이기도 하다. 아마 그 우물에서는 사람들이 사랑으로 목을 축이는 달콤한 느낌을 갖게 될지도 모른다.

네 번째 우물은 딸과 사위의 몫으로 삼도록 했다. 나는 딸만 둘을 두었다. 딸은 나에게 공주였다. 시집가기 전의 얘기이다. 딸들이 시집가기 전에는 공주처럼 사랑해주고 싶어서 딸을 모두 공주라 불렀다. 그러나 지금은 그 공주들이 시집을 가 버려 큰딸이나 작은딸 모두 공주에서 졸업해 버렸다. 그렇긴 해도 여전히 둘은 나에게 공주처럼 예쁘다. 딸들이 결혼하면서 나에겐 사위가 생겼다. 우물을 파줄 때 나는 딸들과 사위들에게 너희들도 참여하자고 했다. 그리고 너희들은 능력이 있으니까 너희들 돈으로 하라고 했다.

이 우물의 수혜자는 릭촘이란 분이다. 캄보디아 막흔 마을에서 살고 있는 60세의 할머니이다. 딸 둘을 두었으며, 첫째 딸의 아이들 세 명을 돌보며 살고 있다.

이렇게 참여를 하고 보니 어머니부터 손주들까지 4대가 1대에 하나씩 우물을 파 준 셈이 되었다. 어머니가 1대이고, 아내가 2대, 딸과 사위가 3대, 그리고 손주들이 4대로 그 뒤를 이은 것이다. 앞으로도 이 기부가 5, 6대로 계속 이어질 수 있었으면 하는 희망도 가져 본다.

마지막으로 다섯 번째의 우물은 대한민국 KBS의 〈아침마당〉 이름으로 팠다. 〈아침마당〉은 KBS의 장수 프로그램으로 역사가 아주 깊다. 이는 관계된 작가와 PD분들이 시청자들로부터 많은 사랑을 받아왔다는 증거이기도 하다.

아울러 어머니와 나는 〈아침마당〉에 출연하면서 이런 우물 나눔의 기회도 갖게 되었다. 나로서는 어떤 방식으로든 그 고마움을 표하고 싶었다. 그래서 앞으로 더 좋은 프로그램을 만들어 달라는 부탁과 함께 나의 개인적 고마움을 담아서 우물을 팠다.

KBS의 우물은 속 속혼이란 분이 관리한다. 34세의 젊은 사람이며, 30살 된 심 소폴이란 이름의 아내랑 함께 살고 있다. 아이는 둘을 두었다.

나는 이러한 우물 나눔이 한편으로 보자면 좋은 민간외교가 되었다고 본다. 그리고 이런 기회에 우리들이 가서 나눔을 실천함으로써 대한민국이라는 나라의 브랜드 가치가 높아지는 부수적 효과도 많이 있었을 것으로 본다.

캄보디아 돕기는 한 번에 그치지 않고 1년이나 2년에 한 번 정도씩 계속하며 앞으로는 우리 손주들의 손을 잡고 나갈 생각이다. 나누고 나눔하는 삶을 아이들에게 가르치는 것만큼 좋은 교육도 없을 것이다.

어머니와 함께 간 캄보디아 소풍

2009년 10월 1일부터 5일까지 캄보디아에 다녀왔다. 물론 어머니도 함께였다. 원래는 아내도 같이 가기로 계획을 잡고 두 달 전에 추석 연휴 기간의 비행기 표를 예약해 두었다. 그런데, 갑자기 신종 플루의 여파로 학교의 교사들과 책임자들은 외국에 나가는 것이 금지되어 버렸다. 할 수 없이 이번에도 어머니와 함께 두 사람이 출발하게 되었다.

일정을 10월 추석 연휴로 잡은 것은 이때가 우물 파기에 적기라고 했기 때문이었다. 캄보디아는 우기와 건기가 있다. 우기는 4~9월경이다. 건기는 10월부터 다음 해 3, 4월까지이다. 건기에 파면 50~100미터쯤 깊게 팔 수 있다고 했다. 그래서 건기에 파서 오래도록 마르지 않는 샘을 선물하고 싶었다.

인천공항에서 캄보디아까지 가는 데는 여섯 시간 정도가 소요되었다. 캄보디아에 도착해서 공항 근처에서 하룻밤을 묵고 우리가 최종

어머니의 백수를 맞이하여 캄보디아 뱅몽지역에 우물을 기증하였다.

적으로 가려는 뱅몽이라는 곳으로 출발했다. 그 지역으로 가면 오지가 나온다고 들었다. 뱅몽에 도착해 보니 그곳에서도 100세가 다 된 할머니가 나눔 활동을 온다고 하니까 어떻게 그런 일이 가능하냐며 믿기지 않아 했다. 아울러 그곳 사람들도 할머니를 염려하여 너무 오지가 아닌 곳에다 우물을 파 놓고 우리들을 기다리고 있었다.

돈은 1년 전에 미리 송금하여 우물을 원활하게 팔 수 있도록 했고, 우리는 우물의 기공식에 참가하여 그곳의 사람들과 함께 기쁨을 나누고 싶었다. 현장에 가 보니 우리가 계획했던 다섯 개의 우물 중 네 개는 완성되어 있었고, 어머니의 이름으로 판 것은 물이 안 나와서 다른 곳으로 옮겨 다시 시추하고 있었다. 그 때문에 어머니의 이름으로 된 우물은 맨 마지막으로 파게 되었다. 우리는 뱅몽에서 우물을 오픈하는 것까지만 보았다.

가는 김에 둘러보았더니 우리나라 사람이 운영하는 무상 유치원이 있었다. 해외에서 나눔을 펼치고 있는 우리나라 사람들을 보니 같은 국민으로서 매우 뿌듯했다. 우리들이 우물을 파 준 다섯 곳을 모두 둘러보았다. 경제 상황으로만 보면 대한민국의 50년대나 60년대 풍경이었다. 경제적으로는 낙후되어 있었지만, 예전의 우리들이 그랬듯이 사람들이 순박했으며 때가 덜 묻은 모습이 보기 좋았다.

우리도 현지 주민들의 마을을 방문하여 나눔의 시간을 마련했다. 떠나기 전에 무엇을 가져갔으면 좋겠냐고 미리 물어보았더니 한국의 비누와 치약, 칫솔을 가져오면 좋겠다고 했다. 본래 통보받기로는 우물 하나에 다섯에서 일곱 정도 가구가 사용하는 것으로 통보를 받았는데, 가 보니까 예상 외로 숫자가 많았다. 그래서 선물을 나누어 줄 때 모자라지 않을까 걱정되었다. 다행히 좀 여유 있게 가져간 덕분에 사람들에게 부족하지 않게 나누어 줄 수 있었다.

〈어머니는 선물 할머니〉

아이들을 위한 것으로는 공책과 연필, 맛있는 사탕을 비롯하여 주로 먹을 것을 준비했다. 어린이들이 제일 좋아하는 것은 역시 먹는 것이 아닐까 싶었기 때문이다. 그리고 이를 미래의 기둥이 될 그곳의 어린이들에게 나누어 주었다. 공책과 연필, 사탕은 원래 아이들 선물이었지만, 어르신들도 사탕을 받으려고 줄을 서곤 했다.

어머니는 99세의 연세에도 모두에게 선물을 나누어 주며 일일이 악수했다. 멀리 이국땅에서 어머니는 선물 보따리를 들고 온 산타 할머니가 되었다.

캄보디아의 오지를 돌면서 가장 눈에 띈 것은 두 가지이다. 하나는 그 지역에 지뢰가 너무 많다는 것이었다. 때문에 지뢰를 밟아서 다리가 잘리는 바람에 의족을 한 분들이 자주 눈에 띄었다. 전쟁의 아픔을 실감하는 순간이었다. 가족 중 누군가 그런 화를 당하면 가족 전체가 살아가기가 더욱 어렵게 된다. 본인이 힘겨운 것은 더 말할 것도 없다.

또 태국과 캄보디아의 국경 근처에서 하룻밤을 자기도 했는데, 국경을 넘어 남의 나라로 일하러 가는 사람들의 행렬을 보니 우리나라 6·25 전쟁 때의 피란 행렬이 연상되었다. 캄보디아 사람들이 주로 태국 쪽으로 일하러 가는데, 그냥 보기에도 빈곤해 보였다. 그 빈곤은 알고 보면 전쟁이 낳은 빈곤이다. 그 때문에 평화의 소중함이 뼈저리게 느껴졌다. 절대로 전쟁은 없어야 한다. 우리의 남북문제도 절대적으로 평화롭게 해결해야 한다는 생각이 많이 들었다.

〈우리나라에 감사한 마음을 갖다〉

내가 본 캄보디아는 넓은 평야지대로 이루어진 나라였다. 차로 몇 시간을 달려도 산이 보이질 않았다. 마치 전부 평지인 나라가 아닐까 하는 생각마저 들었다. 실제로 평야 지대가 대한민국의 두 배에 달한 다고 한다. 그런데도 기후가 좋질 않아 사는 것이 어려웠고 우리나라 의 60년대 수준이기 때문에 보건위생 상태가 엄청나게 취약했다. 또 내전으로 폐허가 돼 버린 곳도 많았다. 캄보디아의 열악한 상황은 자 꾸만 나로 하여금 내가 살고 있는 나라에 감사한 마음을 갖지 않을 수 없도록 만들었다.

우리는 이번 캄보디아 소풍에서 호텔의 특실에 묵었다. 사람들에 따라선 나눔 활동을 하러 간 사람들이 너무 호사스럽게 지내다 온 것 이 아니냐며 오해할 수도 있는 대목이다. 그러나 여기엔 따뜻한 사연 이 있다.

평소 존경하던 김덕룡 대표를 만나 함께 식사를 할 기회가 있었다. 김덕룡 대표는 평상시 효 사상을 강조하며 이를 투철하게 실천해 온 분으로 나는 그분에게서 충효 사상에 대해 많은 가르침을 받고 있었 다. 식사 자리에서 내가 어머니를 모시고 캄보디아를 가게 되었다는 얘기를 들으시고 김덕룡 대표는 캄보디아에서 사업을 하고 있는 한 한국인을 소개시켜 주었다. 바로 캄보디아에서 우리가 묵었던 시엠 립 드래곤 호텔의 대표인 손동수 회장이다. 손 회장은 있는 동안 편안히 있으라며 우리에게 특실을 내주었다. 우리가 특실에 묵게 된 것은 바로 그러한 연유에서였다. 덕분에 캄보디아에서 머물 때 먹고 자는 문제에 대해선 부담 없이 지낼 수 있었다. 좋은 인연을 연결시켜 준 김덕룡 대표와 후의를 베풀어 준 손 회장에게 감사드린다.

항상 무슨 일이 있을 때마다 뒤를 돌봐 주고 후원해 주는 셋째형님 또한 캄보디아로 가는 길에 많은 도움을 주었다. 내가 어머니를 모시고 살면서 나눔을 다녔지만, 사실은 셋째 복만 형님의 후원이 뒤를 받쳐 주고 있어 든든했다. 다시 한 번 셋째형님께 감사드린다. 나와 어머니의 나눔은 이렇게 많은 분들의 도움과 후원 속에 이루어지고 있었다.

역사를 들추어 보니 캄보디아도 우리 한국에 쌀을 지원해 준 적이 있다고 한다. 한국전쟁 당시 우리에게 쌀을 보내 주었다는 것이다. 그러니까 어느 시기에는 잘 살아서 우리에게 쌀을 원조할 수 있을 정도였는데, 지금은 내전으로 상황이 역전된 셈이다. 그런 나라에서 어머니의 손을 잡고 이곳저곳을 돌면서 나눔을 실천하고 있는 순간들은 말할 수 없는 행복이었다. 그곳에 머무르고 있는 내내 원조를 받는 나라에서 원조를 주는 나라가 된 기쁨이 말할 수 없이 컸다.

99세의 연륜은 캄보디아에서도 통한다

●●●

2009년 10월 초에 떠난 캄보디아 여행에선 어머니와 함께 같은 침대를 썼다. 사흘 동안을 어머니와 함께 잠을 자고, 어머니와 함께 아침을 맞았다. 물론 널찍한 더블 침대였다.

그때의 경험을 통하여 나는 새삼스럽게 어렸을 적 동심의 세계로 돌아갈 수 있었다. 내가 어릴 때는 어머니가 이불을 덮어서 재워 주고 먹을 것에서 입을 것까지 모든 것을 챙겨 주며 나를 키웠을 것이다. 그런데 이번에는 반대로 내가 어머니를 모두 다 챙겨 주어야 했다. 어머니가 감기에 걸리지나 않을까 걱정해야 했고, 세안 도구며 칫솔을 하나하나 챙겨 드려야 했다.

참으로 느낌이 남달랐다.

'어린이로 태어나서 어른이 되고, 그다음에는 다시 어린이로 되돌아가는구나.'

저절로 그런 생각이 들었다.

이번에는 어머니도 많은 변화를 보여 주었다. 평소에는 함께 여행을 다녀도 목욕탕에서 옷을 잘 벗지 않는다. 그러나 이번에는 그 지역이 더워서 그런지는 몰라도 아들 앞에서도 잘 벗고 목욕을 했다. 그래서 내가 부담 없이 목욕시켜 드릴 수 있었다. 건강의 이상 유무를 확인하기 위해선 그렇게 할 수밖에 없었다.

잠을 잘 때는 장거리 여행이기 때문에 혹시라도 숨소리가 가빠지는 않은지 살펴보지 않을 수가 없었다. 자다가 일어나 어머니 숨소리에 귀를 기울이며 그것으로 건강 체크를 대신하곤 했다. 집에서 가족이 돌아가며 해 드리던 안마는 내 독점이 되었다. 하루를 보내고 난 뒤 끝이나 아침에 일어났을 때 어깨를 주물러 드리면 아주 시원해했다.

그동안 못했던 것을 사흘 동안 함께 자면서 다 해 드리고 싶었다. 그래서 내 작은 정성을 기울여 최선을 다했다. 그 때문인지 내가 갔다 온 소풍 중에서 가장 뜻 깊은 소풍이 되었다. 어머니에게 정성을 다하면 그것은 내게도 큰 만족이 된다.

〈어머니, 아들 등에 업혀 어린이가 되다〉

사실 염려가 없었던 것은 아니다. 99세인데 비행기를 타고 무사히 갈 수 있을지, 또 차를 타고 이동해야 하는데 그 먼 거리를 다 소화할 수 있을지, 오지에서도 걸어 다녀야 하는데 어머니 체력으로 감당할 수 있을지 등 모든 것이 걱정이었다. 가족들에게는 아무 걱정 말라고 큰소리를 치고 출발했지만, 모시고 가는 나는 사실 걱정되었다. 그러나 생각 외로 어머니가 일정을 잘 소화했다. 거의 모든 곳을 다 걸어 다녔다.

태국과의 국경지대인 캄보디아에 갔을 때 앙코르와트 유적도 함께 돌아보았다.

다만 캄보디아 뱅몽은 오지로 비가 너무 많이 와서 길이 온통 진흙밭이 되는 바람에 내가 30분 정도 어머니를 업고 걸은 일이 있다. 어머니를 업고 걷고 있자니 등의 어머니가 어린이 같았다. 그 어린이는 까마득한 세월을 거슬러 올라 어머니의 등에 업혀 자랐던 나의 어린 시절을 회상시켜 주곤 했다. 어머니를 업었는데 정작 그 끝에서 내가 본 것은 어머니의 등에 업힌 어린 날의 나, 바로 어린영재였다. 우리 어머니는 그렇게 나를 몇 년 동안 업어서 키웠을 것이다. 갑자기 자탄이 밀려왔다. 어머니는 수많은 시간 나를 업어서 키웠는데, 내가 캄보디아에서 어머니를 업어드리는 시간은 단 30분에 불과하다니. 그런 점에서는 어머니를 업고 가면서 내 자신이 부끄러웠다. 몇 년의 세월을 어머니 등에 업혀 살았으면서도 그 사랑을 갚을 기회는 30분 정도밖에 주어지질 않았다. 진흙 길이라 어머니가 내 등에 업혔지 잘 마른 맨땅이었다면 또 어머니는 내 등을 마다했을 것이다. 자식이 어떻게든 은혜를 갚아 보려고 해도 어머니는 그저 자식의 힘든 걸음만 생각한다.

〈달콤한 사탕 할머니〉

99세의 연륜은 놀라운 것이어서 언어가 통하지 않는데도 어머니는 그 지역 사람들하고 그렇게 잘 어울릴 수가 없었다. 눈빛만 가지고도 서로가 통했다. 그런 점에서 깜짝 놀랐다.

캄보디아 사람들의 착한 마음씨도 보통 이상이었다. 어머니가 가니까 그곳의 아주머니들이 모여서 어머니 어깨도 주물러 드리고 발도 주물러 주었다.

아울러 꼬마 어린이들도 어머니를 한국말로 "할머니"라 부르며 무척 따랐다. 어머니에겐 아이들이 좋아할 만한 강력한 무기가 있었다. 그것은 바로 어머니가 항상 들고 다녔던 사탕 봉지이다. 어머니는 캄보디아에서 달콤한 사탕 할머니였다.

아이들 중에서 샌디란 이름의 중학교 2학년 아이가 생각난다. 체구를 비교해 보면 대한민국 사람들이 더 크고 미남미녀이다. 그곳 사람들은 경제적으로 어려워서 그런지 체격이 조금 작았다. 그런데 그 샌디란 여자아이는 중학교 2학년인데도 체구가 크고 얼굴도 예쁘게 생겼다. 어머니가 나눔 활동을 다닐 때 샌디가 모시고 다니며 수행비서 역할을 했다. 그래서 그 아이는 좀 더 특별히 챙겨 주고 싶었다.

나는 샌디에게 커서 무엇이 되고 싶으냐고 물었다. 자신은 미용사가 되고 싶다고 했다. 그래서 그럼 열심히 한국 말을 배우라고 했다. 그러면 내가 한국에서 미용기술을 배울 수 있도록 한국으로 초청하겠다고 약속했다.

캄보디아는 미용기술이 우리나라의 60년대 수준이다. 또 학원이 없어서 미용을 배울 수 있는 어떤 체계적인 길을 찾기도 어렵다. 나는 샌디에게 한국에 오면 1년 동안 미용 기술을 배울 수 있도록 경제적 지원해 주겠다고 했다. 대신 한국 말을 해야 도와줄 수 있으니 열심히 배우라고 했다.

〈나눔하는 대한민국 사람들이 뿌듯〉

오니란 이름의 아이도 기억에 남는다. 한때 몸이 아주 많이 아픈 아이였다고 한다. 나이는 여섯 살이나 일곱 살 정도로 생각된다. 그 아이는 누군가 버리려고 하는 것을 한국 사람이 데려다 키웠다고 한다. 덕분에 아이는 아주 좋은 환경에서 자랐다. 지금은 건강하고 성격도 좋았다. 그런 일들 때문에 한국 사람들이 자원봉사와 같은 것을 통하여 많은 도움을 주고 있는 지역은 한국 사람들에 대한 이미지가 아주 좋았다. 정부가 못하는 부분을 민간외교가 담당해 줌으로써 우리 대한민국의 저력과 브랜드를 높이고 있다는 생각이 들었다.

캄보디아 소풍에서 대한민국에 대한 뿌듯함을 얻게 된 한편으로 내가 우리나라 국민의 한 사람으로서 제대로 하고 있는지도 반성하게 되었다. 어머니와 함께 나눔을 하러 간 길이었지만, 정작 나눔이 아니라 배움을 얻은 느낌이었다. 그중 가장 큰 배움은 역시 대한민국같이 살기 좋은 나라가 없다는 것을 확인한 것이었다.

어머니 100세 때, 함께 아프리카에
가고 싶었다

● ● ●

어머니가 백수 때, 내가 어머니와 함께 해보고 싶었던 일이 있었
다. 그것은 어머니를 모시고 아프리카를 가보는 것이었다. 100세의
나이에 아프리카에 가 본 사람은 별로 없을 것이다. 캄보디아에 갔을
때 물어보니 90살 되는 분은 한 번 왔다갔다고 했다. 그런데 우리 어
머니처럼 많이 걷지는 못했다고 한다. 100세를 눈앞에 두고 99세에
오신 분은 어머니가 처음이라고 했다. 나는 100세라는 어머니의 나
이로 아프리카 방문 기록을 세워 드리고 싶었다.

캄보디아에서 어머니는 아주 즐거워하고 기뻐했다. 자신이 살았던
1920년대나 30년대로 시간여행을 온 것 같은 느낌이 드는 듯한 눈치
였다. 그곳의 아이들을 보면서 어렵게 우리를 키웠던 옛 시절을 반추
해 보는 듯했다. 그러면서 어머니는 캄보디아에서 이제는 아득해져
버린 자신의 젊은 시절에 대한 감회에 젖어드는 듯했다.

사실 어머니가 세상에 태어나서 캄보디아에서처럼 남들에게 많이

어머니 101번째 생신을 축하하며 업어드렸다.

베푼 것은 그때가 처음이었다. 가는 곳마다 생필품을 나누어 주면서 그것을 고맙게 받아 가는 사람들을 보고 매우 즐거워 하셨다. 날씨가 우리의 여름 날씨와 비슷한데다가 습도가 매우 높아 힘들 만도 했지만, 나눔 자체를 매우 즐거워하면서 그런 힘든 순간을 잘 넘겼다.

　나이가 들면 대부분의 연로한 분들이 어디 다니는 것을 싫어하신다. 그러나 어머니는 달랐다. 즐겁게 나눔 활동을 하면서 모든 일정을 씩씩하게 소화해냈다.

어머니는 자식을 사랑하고, 나는 또 자식으로 어머니를 사랑하며 사랑의 상승작용을 일으킨 덕이 아닐까 싶다.

국내에서 누리던 나눔의 기쁨을 캄보디아로 가져가 나눔의 즐거움을 세계화한 어머니는 캄보디아에 있는 동안 내게 나눔을 통한 나눔이 얼마나 행복한 것인가를 다시 한 번 가르쳐 주며 무사히 일정을 마무리했다.

어머니가 남겨 준 값진 유산, 가보로 내려오는 나눔

• • •

어머니, 한센인들과 인연을 맺다

● ● ● ◉

소록도!

전설 속의 귀한 동물인 하얀 사슴이 산다는 아름다운 섬이다.

하지만 이름과 달리 그 섬은 한때 천형의 땅이었다. 그곳에 갇혀 살아야 했던 사람들은 문둥병이라 불리던 나환자들이었다. 지금은 그 병을 일러 나병이라 부르지 않는다. 나병이란 용어에 깃들어 있는 환자들에 대한 편견과 차별을 없애기 위하여 2000년 8월 1일부터 전염병예방법에 따라 한센병이라 부르고 있다. 일제 강점기에 바로 그 한센병 환우들을 강제수용하기 위한 시설을 지은 곳이 소록도이다. 한동안 그곳은 한센인들이 살고 있다는 이유만으로 사회와 격리된 이방인의 땅이었다.

나에게 소록도는 어머니가 한센인들과 인연을 맺고 마지막 나눔을 펼친 잊을 수 없는 섬이다. 우리 집에선 몇 해 전부터 매년 봄방학, 여름방학, 겨울방학, 그리고 5월 가정의 달에 소록도를 찾아 호떡과 책 읽기 나눔을 펼치고 있다. 매번 아내가 그 길에 함께 해주고 있으며, 우리에겐 즐거운 소풍길이기도 했다.

〈101세의 연세로 소록도를 찾다〉

어머니가 소록도를 마지막으로 찾은 것은 101세 때였다. 섬에 들어서면 해변 입구의 해송들이 어머니를 반겨 주었다. 한때는 배를 타야 들어갈 수 있는 고립된 섬이었으나 지금은 다리로 육지와 이어져 곧바로 섬으로 들어갈 수 있다.

101세의 어머니가 한센인 마을을 찾아왔다는 소식이 전해지면서 한센인들이 하나둘 모여들었다. 어떤 분은 걸어서 오고, 조금 거리가 멀다 싶은 곳에 계신 분들은 스쿠터를 타고 왔다. 한센인들 중엔 마음의 상처를 안고 사시는 분들도 있다. 어떤 한센인은 한센인이란 이유만으로 가족으로부터 외면받았기에 어머니 곁에 모여 함께 시간을 보낸다.

한센인과 어머니를 이어 주는 것이 호떡 나눔이긴 하지만, 실제로 한센인들이 원하는 것은 호떡이 아니라 섬에 찾아와 시간을 함께 보내며 어머니가 나누어 주는 정이다. 그곳에서 한센인들에게 둘러싸인 어머니는 어느 순간부터 나의 어머니가 아니라 만인의 어머니가 되어 계셨다. 한센인들은 어머니에게서 자신들의 어머니를 회상하며 따뜻한 가족애를 느끼는 듯했다.

어머니의 그런 모습을 보고 있노라면 나도 어느새 어머니에게 동화되곤 했다. 그래서 호떡을 나눠줄 때에는 그분들의 누나가 되고 형님이 되며 친구가 되어 이런저런 말을 나눈다. 한센인들이 진정으로 바

MBC 나누면 행복 : 소록도 한센인 마을에서 100세 어머니, 아내와 함께 호떡 나눔활동.

소록도 한센인 김용덕 어머님은 시각장애와 손과 발이 없는 몸이 불편하신 분이라 내가 호떡 드시는 것을 도와드렸다.

라는 것이 바로 그것일지도 모른다. 한 인간으로서 사람들의 관심 속에 소통하며 나누며 동등하게 살아가고 싶은 것, 그리고 그들을 아무 편견 없이 사회의 일원으로 받아 주는 사람들과 함께하는 것이 그들의 소박한 희망이고 꿈일 것이다. 나는 어머니에게서 그들의 꿈을 들여다보는 시선을 얻을 수 있었다.

어머니와 함께 소록도를 방문하면서 한센인들과 맺은 인연으로 소록도에 대해선 제법 많은 것을 알게 되었다. 우선 소록도에는 일곱 개의 마을이 있다. 우리의 호떡 나눔 겸 소풍은 그중 중앙리 마을에서 마치 축제처럼 시작되었다. 그 행복한 소풍 길에서 많은 분들을 만났다. 손과 발이 없는데다 시각장애까지 갖고 있었던 김용덕 어머니와 문채호 아버지가 가장 먼저 떠오른다. 녹생리와 신생리에서 만난 지적장애자 김영덕 씨와 김영길 씨도 잊을 수가 없다. 모두가 어머니가 구운 호떡을 맛나게 먹어 주었다. 지적장애자 김영길씨는 호떡에 대한 보답이라며 신나게 하모니카 연주를 들려주었다. 일주일 동안 일곱 마을을 모두 돌았으며, 행복한 호떡 소풍에서 어머니와 우리에게 즐거운 추억을 남겨 준 소록도 명가수 장인심 누나는 성격이 너무 좋아 결국 누이로 삼기에 이르렀다.

한센인들과 함께하며 즐겁고 행복했던 어머니는 101세 때의 소록도 소풍을 마지막으로 2011년 12월 7일 하늘나라로 떠나셨다. 하지만 어머니가 한센인들과 맺은 인연은 소록도에 만개한 붉은 동백꽃보다 더 아름다운 추억으로 남았다. 지금도 방문할 때마다 한센인들은 "정판심 할머니 참 고왔었는데……" 하면서 어머니에 대한 추억을 일으켜 슬쩍 내 손을 잡아 주신다.

소록도는 아픔이 서린 땅이다. 자신도 한센병 환자였던 소록도의 시인 한하운이 쓴 〈전라도길 – 소록도 가는 길에〉이라는 시에는 그 아픔이 잘 드러나 있다.

가도 가도 붉은 황톳길
숨막히는 더위뿐이더라.

낯선 친구 만나면
우리 문둥이끼리 반갑다.

천안 삼거리를 지나도
쑤세미 같은 해는 서산에 남는데

가도 가도 붉은 황톳길
숨막히는 더위 속으로 절름거리며
가는 길……

신을 벗으면
버드나무 밑에서 지까다비를 벗으면
발가락이 또 한 개 없다.

앞으로 남은 두 개의 발가락이 잘릴 때까지
가도 가도 천리, 먼 전라도길.

그 아픔을 누가 달랠 수 있으랴. 아픈 몸으로 길을 걸어 천형의 땅 소록도까지 가는 길의 고행을 담은 이 시를 읽어 주자 어머니는 눈시울을 붉혔었다. 하지만 그들과 함께 시간을 보내며 호떡이라도 하나 나누었던 것이 그들에게 작은 위안이 되었을지도 모른다. 호떡이 단순히 먹을 것이 아니라 사랑과 배려의 다른 이름이 될 수 있기 때문이다. 그러면 호떡 하나에서도 정이 넘치게 된다. 우리가 꿈꾸는 세상은 바로 그런 세상이 되어야 할 것이다. 어머니는 소록도에서 바로 그것을 보여 주셨다. 나에겐 소중한 경험이었다.

〈나눔은 소통하는 것〉

그런 측면에서 보면 내가 소록도에서 하는 나눔은 한센인들을 위한 나눔일 뿐만 아니라 나를 위한 것이기도 하다. 팔다리가 모두 없는 어르신들을 보면서 내게 주어진 멀쩡한 팔다리가 무엇을 하라고 주어진 것일까를 생각해 보게 되기 때문이다. 그리고 그런 생각을 하다 보면 혹시 나의 열 손가락과 열 개의 발가락이 모두 내 것이 아니라 다른 분들을 도우며 살라고 신이 내게 준 선물 같은 것이 아닐까 하는 생각에 이르곤 한다.

다른 사람을 돕는 것이 행복을 증진시키는 이유는 자신보다 더 불행한 사람들에게 노출되는 경우가 많다는 점도 크게 작용한다고 본다. 자신보다 못한 사람을 보고 우월감을 갖기 때문이란 얘기가 아니다. 불행한 삶을 살고 계신 분들을 보고 자신의 모든 것에 대해 감사의 마음을 갖게 된다는 뜻이다. 손가락이나 발가락처럼 평소에 당연한 것으로 여겼던 것도 감사의 대상이 되고 만다. 이렇게 하여 궁극적으로 세상의 모든 일에 감사의 마음을 갖게 된다. 나눔은 남들의 결핍된 부분을 나누면서 나의 현재를 감사하게 만든다.

〈호떡 나눔의 연유〉

많은 나눔 가운데 하필 호떡 나눔을 하게 되었느냐고 의아하게 여기는 분들이 더러 있다.

어린 시절 어머니를 따라 시골 장터에 간 적이 있었다. 그날 어머니는 호떡을 한 개 사 주셨다. 당시 우리 집은 살림이 넉넉하지 않아 어머니와 내가 각자 호떡 하나씩을 먹을 수 있는 형편이 못 되었다. 호떡은 내 손에만 들리게 되었다. 나는 그 하나를 어머니와 나누어 먹으려 했으나 어머니는 한 입만 드시고 나머지를 모두 내게 내미셨다. 물론 그 날의 호떡은 잊을 수 없는 맛이 되었다.

성인이 되어 어느 날 집으로 돌아오던 퇴근길이었다. 길의 어디에선가 구수한 냄새가 풍겼다. 때는 추운 겨울이었는데 어떤 아주머니께서 호떡을 구워 팔고 있었다. 갑자기 오래전 장터에서 내게 호떡을 사 주셨던 어머니 생각이 났다. 집으로 향하는 내 손에는 그 집의 호떡이 한 봉지 들려 있었다.

그 날 밤, 어머니는 호떡을 앉은자리에서 세 개나 맛있게 드셨다. 그것을 지켜본 며느리도 그 뒤로는 시장에 가게 되면 가끔씩 어머니께 호떡을 사다 드리곤 했다. 어머니는 호떡이 먹고 싶어도 집안 형편이 어려워 못 먹었던 추억 때문인지 유난히 호떡을 좋아하셨다. 그 후 어머니는 먹고 싶어도 못 먹는 사람들이 분명히 있을 테니 호떡으로 나눔 활동을 해 보는 게 어떻겠느냐고 제안하셨다. 그래서 생각하게 된 것이 소록도였다.

호떡 나눔의 자리는 아울러 책 읽기의 소풍 자리이기도 했다. 아내가 교직에 있다 보니 직업병이라고나 할까, 시력을 잃어버린 분들이나 문맹인 어르신들께 책을 읽어 주고 싶다고 했다. 그리하여 아내는 짧은 시간에 이야기 하나를 담아낼 수 있는 책을 고르게 되었고, 우리의 호떡 나눔 자리는 동시에 책 읽기 소풍의 자리를 겸하게 되었다.

남과 더불어 사는 능력을 평가한 자리에서 우리나라 청소년들이 세계 최하위 수준이라는 기사를 접한 적이 있었다. 경쟁 위주의 입시 교육이 청소년들의 시험성적은 향상시켰을지 몰라도 더불어 살아갈 품성에는 부정적 결과를 가져온 것이 분명해 보인다. 혼자서는 살아갈 수 없는 것이 세상이란 점을 생각하면 참으로 안타까운 일이 아닐 수 없다.

이제는 더불어 사는 능력을 키워야 하는 시대이다. 다른 사람과 내가 함께 잘되도록 서로 도와주고 노력하는 능력, 다시 말해 공존지수 (Network Quotient)를 중요하게 여기는 사회적 분위기가 절실한 때이다.

또한 미래 사회에선 관계 자산(Relation Capital)이 성공의 키워드가 될 것이란 주장이 대두되고 있다. 관계자산이란 타인 또는 외부와의 신뢰를 바탕으로 관계를 형성하여 긍정적으로 마련한 인적 자산을 일컫는 말이다. 즉, 자신의 이익, 성공, 승리를 위하여 상대와의 관계를 이용하는 것이 아니라, 공동체 모두의 동시 발전을 위하여 서로 협력하고 연대하며 상생하는 길을 모색할 때 더욱 풍요로워지며, 이렇게 형성된 관계 자산이 더불어 사는 삶의 원동력이 되어야 한다는 말은 이 시대를 살아가는 사람이라면 누구나 가슴에 새겨둘 만하다.

나는 어머니가 호떡 나눔으로 소록도와의 인연을 열어줌으로써 나에게 소중한 관계 자산을 하나 남겨 준 것이 아닌가 싶기도 하다. 그저 어머니께 감사한 일이다. 어머니 덕택에 소외되고 어려운 이웃과 더불어 살아야 할 미래의 세상에 나도 힘을 보탤 수 있게 되었다.

〈외증조 할머니가 열어 놓은 나눔을 증손자가 이어 받다〉

그 자산은 내게서 끝나지 않고 어머니가 세상을 떠나신 후 나의 외손자에게까지 이어졌다. 어느 날 작은딸과 함께 세 살 된 외손자 태영이의 손을 잡고 소록도로 호떡 나눔을 갈 기회가 생겼기 때문이다. 외손자 태영이는 종이컵에 담은 호떡을 한센인 할머니와 할아버지에게 전해 주는 역할을 하였다. 걸음걸이는 아직 서툴렀지만, 할머니들이 부르면 아무 거리낌 없이 아장아장 걸어가 호떡을 전해 주고 할머니 품에 앉아서 재롱을 부리기까지 했다. 여기서는 어머니가 내 어머니가 아니라 모두의 어머니가 되더니 태영이는 그곳에서 내 외손자가 아니라 모든 어르신들의 손자가 되어 즐거움을 선물하고 있었다. 어르신들은 소록도 생활을 하면서 처음으로 아기를 봤다며 말할 수 없이 즐거워하셨다. 소록도를 떠올릴 때마다 즐거워하시던 그 모습이 눈에 선하다. 우리 가족이 소록도를 방문했을 때 가장 인기 있고 사랑받은 사람은 바로 101세의 어머니와 27개월 된 외손자 김태영이었다.

MBC '나누면 행복'에 27개월인 외손자 태영이가 호떡배달을 하며 4대가 함께하는 나눔 활동이 방송되었다.

아프리카 속담 중에 '빨리 가고 싶다면 혼자 가라, 그러나 멀리 가고 싶다면 함께 가라'는 말이 있다. 혼자만의 성공보다 공존을 위한 고민이 실제로는 우리들이 오랫동안 더불어 살 수 있는 사회를 열어 준다는 뜻일 것이다. 소록도에 가서 호떡을 굽고 그것을 사람들과 나눌 때 아마도 그 길이 조금 더 가까이 열리지 않을까 싶다. 의외로 우리가 바라는 세상은 멀리 있지 않다. 나눔은 마음속에서 우러나기만 하면 101세의 나이만으로도 얼마든지 할 수 있는 것이며, 어머니는 진정한 배려가 바로 나눔이란 것을 소록도에서 보여 주셨다. 어머니가 만들어 주신 더불어서 함께 살아가는 아름다운 그 길을 오랫동안 걸어가고 싶다.

머릿속에서 지워지지 않는 소록도에서의 추억이 2013년 7월 24일 MBC 〈나누면 행복〉 제142회 '나눔&피플' 코너에서 "가보로 내려오는 나눔"이란 제목으로 방영되었다. 하늘나라로 소풍 가신 어머니와 함께 4대 가족이 소록도에서 한센인들과 정을 나누고 행복을 나눴던 기록이었다.

그때 어머니는 하늘나라로 소풍을 가셨기에, 그 전에 방문했을 때의 소중한 추억들이 빛바랜 스틸사진으로 비춰졌지만, 101세 어머니를 기억하시는 한센인들은 한결같이 어머니를 그리워하고 사랑해 주셨다. 시각장애 김용덕 어머님은 목소리만 듣고도 신기하게 '김영재 선생'이라고 맞추셨다. 문채호 아버님, 하모니카 김영길 씨, 소록도 명가수 장인심 누나, 그 모두가 어머니를 그리워하셨다. 그러면서도 아장아장 걸으며 호떡을 전달해 드리고 착하게 인사하며 귀엽게 품에 안기는 태영이를 친손주인 양 예뻐하시고, 대를 이어 나눔을 위해 찾아오는 우리를 뜨겁게 안아 주셨다. 어머니의 유산인 나눔은 우리 가족의 가보가 되어 손주, 증손주 모두에게도 기쁨으로 전승될 것이다.

결핵 환우를 위해 홍보대사가 되다

● ● ●

　나는 국립 목포결핵병원의 홍보대사이다.　내게는 목포결핵병원이 하는 일을 널리 알려야 할 책임과 의무가 있다. 나는 내 이름으로 책을 내는 이 좋은 기회에 목포결핵병원에 대해 알리고 내가 어떻게 하여 홍보대사가 되었는지도 알려드리고 싶다.

　사람들은 목포결핵병원에 대한 나눔의 손길을 부탁하면 의아해한다. 그러면서 그곳이 나라에서 운영하는 병원이 아니냐고 되묻는다. 맞는 얘기이다. 하지만 우리들이 알아두어야 할 점이 있다. 바로 결핵환자는 잘 먹어야 한다는 점이다. 그래야 병이 빨리 낫는다. 하지만 정부가 지원하는 정도의 식사로는 병이 빨리 나을 수가 없다.

　식사 예산을 대폭 늘려서 충분한 영양을 공급함으로써 빨리 병을 낫게 하는 것이 환자와 정부 모두에게 좋은 일이다. 환자는 병이 나아서 좋고, 정부는 전염병인 결핵의 확산 위험을 막을 수 있어서 좋다.

〈결핵병원에 대한 나눔은 왜 필요한가?〉

환우들을 잘 먹여야 한다는 것이 그들에 대한 나눔이 필요한 이유 중 하나이긴 하지만, 사실 그보다 더 중요한 문제가 있다. 이는 가슴 아픈 일이기도 하다. 국립 목포결핵병원 환우들은 기본적으로 모든 것이 부족하다. 안타까운 점은 가족이 없는 사람들이 많다.

나눔이 필요한 것은 바로 그러한 분이다. 나는 여러 군데 전화를 걸어 나눔의 기회를 알려 주었다.

그중 한 분은 전북지역의 한 대학 총장님이었다. 나는 전화를 걸어 대뜸 "형님, 내가 형님 보러 내려가면 밥을 얼마나 사 주실 거요?"라고 물었다. 그러자 24만 원어치라는 답이 돌아왔다. 왜 20만 원도, 30만 원도 아닌 24만 원인지 알 수가 없었다. 총장님의 답은 마치 선문답 같았다. 나는 총장님께 이렇게 말씀드렸다.

"총장님을 뵙게 되면 제가 콩나물국밥 한 그릇 대접하겠습니다. 대신 제게 밥 살 돈 24만 원을 결핵 환우들을 위해 나눔 활동에 참여해 주세요."

그러나 총장님은 껄껄껄 웃으시더니 30만 원을 기부하여 나눔 활동에 동참했다. 그 총장님은 전북 예원대의 이선구 총장님이다. 아마도 총장님이 말한 24만 원은 총장님 특유의 유머였나 보다.

나는 이런 식으로 친한 사람에게 '내게 밥 살 돈으로 나눔에 참여하라'고 말하곤 했다. 그랬더니 동참하는 사람들이 심심찮게 나왔다. 딸아이의 결혼식을 간소하게 하고 축의금 일부를 쪼개 결핵 환우들과 함께 나눌 수 있는 돈 300만 원에 달하는 액수가 모였다. 그냥 돈만 기부하면 그것으로 일이 끝날 것 같아 행사 하나를 더 준비했다.

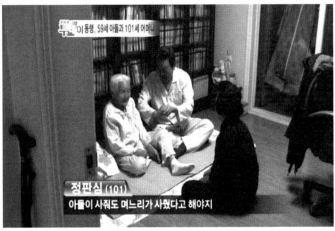

'SBS 생방송 투데이' 101세 어머니의 출연료와 어머니의 비상금을 보태어
나눔 기부 활동

〈위문 공연으로 노래를 선물하다〉

환우들은 병원에 갇혀 지내기 때문에 무척 갑갑하다. 또 가족과의 인연이나 연락이 끊긴 분들이 많아 찾아오는 사람들도 없이 지내는 경우가 많다. 그분들을 위해 무엇을 하면 좋을까 하다 위문 공연이 즐거움을 줄 수 있다는 생각이 들었다. 그래서 서울대중예술단의 악단과 가수 일곱 분에게 공연을 부탁했다.

대부분 무명 가수들이었지만 그래도 가수인 만큼 노래 실력만큼은 보장할 수 있었다. 가수들은 개런티를 받지 않았다. 일종의 재능기부였다. 돈을 못 드리는 것이 미안해서 목포에 내려갈 때 101세의 어머니가 집에서 정성스럽게 준비한 음식을 차 속에서 함께 드시면서 아울러 어머니도 SBS 〈생방송 투데이〉에 출연하여 받은 출연료에 어머니의 비상금을 보태어 나눔 활동비로 내놓았다. 또 남대문시장에서 도매업을 하는 김규순 사장님이 환우들을 위해 많은 선물을 준비해 주었다.

이렇듯 많은 분들의 도움으로 위문공연은 성공리에 치러졌다. 노래 한 곡 한 곡을 부를 때마다 열광하며 함께 따라 부르는 환우들의 모습을 보니 그동안 공연을 주선하면서 쌓였던 피로가 일시에 모두 날아가는 느낌이었다.

이 일을 계기로 나는 결국 국립 목포결핵병원의 홍보대사를 맡게 되었다. 그리고 해마다 공연을 주선하고 있으며, 그 일에 큰 보람을 느끼고 있다.

결핵이 없는 행복한 세상이 되기를 바란다.

〈나를 감동시킨 결핵 병원의 공무원〉

결핵병원과 인연을 맺으면서 여러 공무원들과 좋은 인연을 맺었다. 그들은 친절과 책임감이 있는 업무 추진은 기본이었다. 나를 감동시킨 것은 인간적인으로 깊은 인상을 심어 주었기 때문이다. 이런 공무원들을 뵐 수 있었던 것은 나에게 또 다른 행운이었다. 그중에서 한 분만 소개하겠다. 보건복지부 서기관인데 자원해서 목포결핵병원으로 왔다는 것이다. 제주도 출신으로 목포와는 아무 연고가 없는데도 결핵병원에서 근무하면서 결핵 환우을 돕고 싶어 온 것이다.

병원에서의 직책은 과장이었다. 단순히 사무만 보는 것이 아니라 환우들에게 마음의 위안이 되겠지 싶어 꽃도 가꾸고 벽화도 그리고 있었다. 또 음악도 들려주고 조경도 열심히 하고 있었다. 추리닝 차림으로 매일 꽃밭을 가꾸는 공무원은 처음 보았다.

이분 덕분에 환우들 처우도 많이 좋아졌다고 한다. 그리고 누가 가도 이분은 결핵병원에 대해 친절하게 설명해 준다. 나도 처음에는 우연히 소록도의 한센인 마을을 찾아가 호떡으로 나눔 활동을 하다가 국립소록도병원에서 근무하고 있는 최정은씨의 소개로 결핵병원을 찾게 되었고, 그때 이분의 친절한 설명에 팬이 되어 나눔을 주선하게 되었다. 그리고 그 인연은 위문공연까지 이어지게 되었다. 그분이 바로 김권철 과장이다. 이 분의 가치관에 감동해서 나는 결핵 환우들에 위해 나눔을 더 많이 해야 겠다는 생각을 갖게 되었다. 홍보대사를 위촉받았을 때 그 요청을 수락하게 된 것도 이분 때문이라도 더 열심히 나눔도 하고 홍보활동을 해야겠다는 생각에서였다.

한 사람의 열정이 여러 사람을 감동시킨다. 처음에는 그가 혼자 꾼 꿈이었지만, 그의 열정으로 여러 사람의 꿈이 되었고, 여러 사람이 함께 꾸는 꿈은 꿈이 아니라 현실로 나타나게 한 것이다.

백한 번째 소풍 선물

●●●

2011년 12월 4일 저녁 식사를 마친 어머니는 무슨 예감을 하셨는지 나에게 어머니가 보관해 둔 옷장 속의 속옷을 가져오라 하셨다.

속옷을 가져다 드리니 두 개의 속옷 주머니 속에 넣어 두었던 돈을 꺼내셨다. 무슨 돈이냐고 했더니 저승길 갈 때 쓰려고 따로 챙겨 둔 노잣돈이라고 하셨다. 순간 울컥한 마음이었다.

어머니는 그 돈을 내주며 캄보디아 어린이들에게 공책, 연필, 생활용품을 사 주라고 했다. 모두 107만 원이었다. 그것이 전부가 아니었다. 어머니는 또 다른 주머니를 뒤지더니 이번에는 95만 원을 꺼내셨다. 이 돈은 소록도의 한센인 김용덕, 문채호, 김영덕, 김영길, 장인심 등 50여 명에게 옷을 사 주라고 하셨다.

그리고는 어머니가 입고 계신 속옷의 주머니에서 이번에는 돈 35만 원을 꺼내 이 돈은 막내며느리에게 주라고 하셨다. 그리고 자신이 죽으면 꽃 조화보다는 쌀 조화를 부탁한다고 하셨다. 그 쌀 조화를 군포성당과 독거노인 분들에게 기부하라는 말씀이 덧붙여졌다.

　모든 돈을 나누어 주신 어머니는 '이것이 내가 주는 백한 번째 선물'이라고 하셨다. 어머니는 하늘나라로 소풍을 떠나기 전에 그렇게 내게 선물을 남겼다. 그것은 그냥 선물이 아니라 이 세상 사람들에게 놓고 가는 어머니의 따뜻한 마음이었다.
　어떤 이는 그 선물에서 사랑을 느끼게 될 것이며, 어떤 이는 그 선물로 인해 희망을 갖게 될 것이 틀림없었다.

　2011년 12월 7일 아침 6시 30분, 방문을 열고 어머니를 쳐다보니 어머니의 눈동자가 이상했다. 어머니를 불러도 대답을 못 하시더니 가만히 눈을 떴다가 나를 물끄러미 쳐다보시고는 다시 평온하게 눈을 감으셨다. 당신의 방에서 영원한 소풍을 떠나신 것이다. 어머니는 평소 주무시다가 운명하고 싶다며 항상 그것을 소망 삼아 기도했었다. 기도가 이루어진 것일까. 어머니는 평소 기도대로 일생을 편안하게 마감하시고 일곱 색깔 무지개를 타고 하늘나라로 소풍을 떠나셨다.
　나는 군포 원광대병원 장례식장으로 어머니를 모시기 전에 어머니를 따뜻한 물을 받아 온몸을 수건으로 닦아 드렸다. 어머니 몸에 멍자국을 보는 순간 내 부족함에 하염없이 눈물을 흘렸다. 장례식장에서 입관 직전에 어머니의 마지막 가시는 길을 지켜보았다. 어머니 얼굴은 순간 발그스레하게 그렇게 아름다울 수 없었다.
　어머니의 장례미사는 군포성당 이중교 야고보 보좌신부님께서 장

1997년도 산본성당에서 어머님은 손녀와 함께 세례를 받았다.

엄하고 엄숙하게 집전해 주셨다. 어머니의 살아 생전 업적을 세세히 말씀해 주실 때는 너무 가슴이 아려서 눈물을 감출 길이 없었다.

그렇게 어머니는 하늘나라로 소풍을 떠나셨다.

〈어머니의 선물을 들고 캄보디아를 찾다〉

살아계실 때 어머니는 많은 나눔 활동을 하셨다.

그중의 하나를 꼽아 보면 칼바람이 부는 추운 겨울이면 매년 설날 서울 종묘공원의 독거노인, 다문화 가정, 노숙자분들에게 떡국을 마련해 주셨던 것이다. 이는 2006년부터 시작된 봉사였다. 아내와 내가 힘을 보탠 것은 물론이다. 특히 2010년에는 어머니의 백수를 맞아 새해에는 모든 분들이 건강하고 천사처럼 행복하라는 뜻에서 천사 명(1004명)에게 떡국 및 곰탕을 대접했다. 그때 단성사 극장 대표를 찾아가 단성사 극장 앞의 전기와 수도를 사용할 수 있는지 물었더니 선선히 협조해 주었다. 그리하여 3일 동안 약 4,700명에게 떡국과 곰탕을 100세 어머니의 이름으로 나누어 드릴 수 있었다. 그것은 정성과 사랑으로 나누는 희망 나눔의 축제 같기도 했다. 어머니의 사랑을 싣고 희망을 나눈 그 자리는 내게 큰 행복을 주었다.

어머니가 세상을 뜨면서 마지막으로 부탁한 것도 결국은 나눔이었다. 어머니가 열어 놓은 그 나눔의 문은 어머니가 이 세상을 떠나신 뒤에도 계속되고 있다.

어머니와 함께, 아내와 함께 2011년 12월 겨울방학에 라오스 나눔 활동을 가기로 했으나, 어머니가 갑자기 혼자만의 영원한 소풍을 떠나신 바람에 라오스 계획이 취소됐다.

그 무렵 밥퍼로 유명한 다일공동체 최일도 목사님을 우연히 만나게 되었다.

연합뉴스 보도 : 백수를 기념하여 종로 단성사 앞에서 3일 동안 4천여명에게 떡국 및 곰탕 나눔활동

밥퍼 최일도 목사님과 함께 서울과 캄보디아에서 나눔활동을 했다.

　최일도 목사님이 캄보디아로 나눔 활동을 가신다고 해서, 나는 어머니가 내게 남겨 준 선물을 가지고 동행하여 이전에 방문했던 캄보디아를 다시 찾아 오지의 우물기증 마을에서 아이들에게 공책, 연필, 생활필수품 등을 전달했다. 또 캄보디아 현지에 세운 다일공동체에서 최 목사와 함께 "밥퍼, 빵퍼" 나눔 활동을 했다. 캄보디아 다일공동체는 가난한 아이들에게 최고의 놀이터였고, 밥퍼센터는 어머니 품과 같은 편안한 곳이었다.

　"밥퍼. 빵퍼" 센터를 찾아오는 아이들의 순박한 웃음과 해맑은 눈동자를 잊을 수가 없다. 나는 옷을 걷어붙이고 밥 배식을 했다. 이 아이들이 건강하게 꿈과 희망을 펼칠 수 있도록 사랑 나눔을 배식했다. 한 아이가 어린 동생을 먹이기 위해, 또 병마와 싸우고 계신 할머니를 위해 비닐봉지에 밥과 반찬을 담는 눈물겨운 장면을 보면서, 살아 계셨다면 라오스 오지에서 어머니와 함께 쓸 돈을 어머니 뜻을 새겨 캄보디아 아이들을 위해 천사 기부(1004만 원을 기부하여 붙여진 명칭)를 하게 되었다. 어머니께서 나에게 가르쳐 주신 배려와 나눔으로 캄보디아 아이들에게 심은 희망의 씨앗이 꼭 싹을 틔워 이 아이들의 꿈이 무럭무럭 자라나길 기도했다.

〈어머니의 백한 번째 선물〉

어머니의 마지막 선물로, 소록도 한센인들에게도 옷을 전달했다. 캄보디아와 소록도를 방문했을 때 모두가 "왜 할머니는 함께 오시지 않았어요?"라고 물었다. 내가 "하늘나라로 혼자 소풍을 떠났다"고 했더니 "더 오래 사셔야 하는데 돌아가셨다"며 모두가 슬퍼했다. 사람들이 울며 어머니를 위해 기도하겠다고 했을 때는 내 눈에서도 눈물을 주체하기가 어려웠다.

종로공원에서 김밥 한 줄과 계란 한 개, 그리고 국수 한 그릇의 나눔 활동을 하면서 만난 어르신이 우연히 다시 만났을 때도 가장 먼저 물어온 것은 어머니의 안부였다. 그때도 어머니는 하늘나라로 소풍을 갔다고 했더니 어르신의 눈에 눈물이 잡혔다. 어르신 역시 어머니가 더 오래 사셨으면 좋았을걸 하면서 안타까워했다.

캄보디아의 오지에서, 소록도의 한센인 마을에서, 또 종묘공원에서 101세의 어머니가 하늘나라로 소풍 가신 것을 슬퍼하며 눈물로 안타까워하는 사람들이 있다는 것을 보면 어머니는 참 행복한 분이다.

하늘나라로 떠나신 어머니를 우리 가족들은 슬퍼하기보다 자연의 순리로 받아들였다. 찾아오는 조문객들 역시 어머니의 돌아가심을 웃음으로 배웅했다.

〈나눔이 집안의 유산으로 계속되다〉

어머니는 하늘나라로 떠났지만, 어머니의 나눔은 이제 집안 유산으로 남아 이곳저곳에서의 나눔으로 계속되었다.

먼저 경기도 광주 퇴촌리 나눔의 집에 거주하고 있는 위안부 할머니들에게 호떡 소풍을 간 적이 있다. 당시 할머니들 중 강일출 할머니는 일본군이 저지른 만행에 대해 이야기를 소상히 들려주었다. 화가 나면서도 한편으로 슬픈 이야기였다. 할머니가 드시는 호떡은 할머니의 슬픈 삶이 서린 슬픈 호떡이 되었다.

나눔의 집 전시관에는 일본이 일제 강점기에 저지른 갖가지 만행이 전시되어 있었다. 할머니들은 말할 수 없이 큰 피해를 받은 여성들이었다. 꽃다운 어린 나이에 성 노예로 끌려간 대한민국의 꽃이었다.

위안부 어머니들의 쉼터 나눔의 집에서 호떡 나눔활동

안양의 집에서 호떡 나눔 활동

위안부여성 전시관을 보면서 할머니 한 분 한 분의 인생에 얼마나 크고 아픈 상처가 남았는지를 알게 되었다. 그러나 위안부 할머니들은 매주 수요일 일본대사관 앞에서 벌이는 수요시위를 통해 일본의 만행을 전 세계에 일깨우고 있었으며, 그런 끈질긴 저항을 통해 할머니 정신이 무궁화로 피어나고 있었다. 아마도 어머니가 살아계셨다면 할머니들의 손을 꼭 잡고 위로를 드렸을 것이다.

경기도 안양시 석수동에는 '안양의집'이란 곳이 있다. 유치원, 초·중·고등학생 등 120명이 이곳에서 살고 있다. 자라는 청소년들이란 점에서 이들은 모두 희망의 꽃들이다. 옛날에는 고아원이라고 했으나 지금은 '안양의집'으로 불린다. 부모님과 떨어져 살고 있는 아이들에게 정에 넘치는 누군가의 손길이 많이 필요해 보였다.

우리 가족은 작은 정성을 모아 이곳으로 호떡 나눔 활동을 벌이러

갔다. 아이들은 호떡을 너무 좋아해서 네다섯 개씩 맛있게 먹으며 즐거워했다. 호떡 소풍을 마치고 돌아오니 마음이 참으로 행복했다. 호떡을 먹을 때처럼 항상 아이들이 밝은 표정을 잃지 않으며 따뜻하고 밝은 세상에서 희망과 꿈을 이루기를 기원해 본다.

〈캄보디아 막혼 마을 사람들의 온정〉

'저희 동네는 물이 부족한 오지인데, 할머니께서 100세 연세로 우리 마을에 두 번씩이나 오셔서 우물도 파 주셨습니다. 그리고 학용품이 부족한 아이들을 위해 공책과 연필을 마련해 주셨고, 집집마다 비누, 칫솔, 치약, 사탕을 나눠 주셨습니다. 선물을 받고 얼마나 기뻤는지 몰라요.

마을 사람들이 평생 동안 깨끗한 물을 마실 수 있게 해 준 할머니가 돌아가셨다는 이야기를 전해 듣고 너무 슬펐습니다. 할머니가 보고 싶은 마음에 마을 사람들이 모여 많이 울었습니다. 할머니께서 아드님 부부를 통해 보내 주신 마지막 선물을 받고 저희 캄보디아 마을 사람들을 매우 슬퍼했습니다.

할머니 보고 싶어요. 사랑해요!'

캄보디아 사람들에게서 정성어린 편지를 받았다. 어머니는 참으로 값진 유산을 물려주셨다. 그것은 바로 나눔이다. 아마 하늘나라에서도 '마음을 나누어야 할 곳이 없나' 살펴보고 계실지도 모르겠다. 그리고 지상에서 어머니의 자리는 비어 있지만, 우리 가족이 나눔 활동을 펼칠 때마다 그 자리에 어머니는 함께 계시다. 어머니의 유산을 물려받은 것은 나였지만, 이 유산은 다시 내 아이들과 손주들에게 건네질 것이며, 길고 오랫동안 계속될 것이다. 나눔으로 남은 유산은 세대를 거쳐 계속 이어지고 확장되며, 그 유산은 우리의 미래를 모두가 함께 더불어 사는 행복하고 아름다운 세상으로 열어줄 것이다.

〈나눔은 돈이 많아야 하는 것이 아니다〉

우리나라는 아직 개인이나 가족 차원의 나눔 활동이 활발하지는 않다. 나눔과 봉사는 대개의 경우 공공단체나 기업, 시민단체를 중심으로 이루어지거나 그런 곳의 지원을 받는 경우가 대부분이다. 사정이 이렇다 보니 우리 가족이 나눔 활동을 할 때도 어디서 지원을 받아서 하는 것이냐는 질문을 많이 받는다. 지원받는 곳이 없다고 하면 "돈이 많으신가 봐요?"라는 또 다른 질문이 날아오곤 한다.

우리 가족이 중산층의 생활을 하고 있는 것은 맞지만, 그렇다고 아주 부자라고는 할 수 없다. 그럼에도 불구하고 우리 가족이 배려와 나눔 활동을 할 수 있는 것은 생활비를 절약하는 것만으로 어느 정도의 나눔은 충분히 가능하기 때문이다. 예를 들어 김밥과 계란 나눔 정도는 마음만 먹으면 중산층 가정에서는 언제든지 가능하다.

중요한 것은 나눔과 기부에 초점을 맞추어 생각을 전환해 보는 것이다. 생각을 전환하면 그에 맞추어 생활도 바뀐다. 가령 우리나라에서 5월은 가정의 달이다. 가정의 달은 가족 간에 사랑뿐만 아니라 돈이 오고 가는 달이기도 하다. 가령 5월 5일 어린이날, 다섯 살인 외손녀 보현이와 세 살인 외손자 태영이에게 용돈을 준 적이 있다.

그런데 큰딸과 작은딸이 나눔 활동에 기부하겠다며 그 돈을 다시 가져왔다. 그래서 그 돈은 소록도에서 나눔 활동에 쓰였다.

나눔은 미래의 좋은 사회를 위한 일종의 저축

● ● ⅲ

　나눔이라는 것은 일종의 저축이라고 생각한다. 기부한 만큼 외손녀, 외손자가 당장 손에 쥔 돈은 줄어들겠지만, 나중에 현재의 기부를 내 자손들이 '더불어 살아가는 행복한 사회'로 되돌려 받게 된다. 미래의 좋은 사회를 위한 저축이 바로 나눔인 것이다.

　나와 아내는 딸들에게 어버이날에 선물을 사지 말고 그 돈으로 기부하라고 하며, 어머니도 아들과 며느리가 준 용돈을 모은 뒤에 그 돈을 기부했었다. 이렇게 5월이면 어김없이 돌아오는 어린이날과 어버이날에 기부로 그 날을 기념했더니 상당한 액수가 모였다. 우리 가족은 그렇게 마련된 비용으로 일가친척과 자식이 없는 분들에게 하루만이라도 가족의 마음을 전하려 애쓰고 있다.

　이렇게 하여 우리는 5월에 우리가 계획한 하모니카 3개와 50여 분에게 줄 모자와 옷을 살 수 있는 돈을 모을 수 있었다. 하지만 실제로 구매한 것은 그보다 훨씬 더 많아 60여 분에게 나누어 줄 모자와 옷

소록도 한센인 김영길씨와 김영덕씨에게 어머니가 하모니카와 옷을 선물해주고 답례로 하모니카 연주를 들으며 보내는 시간이다.

을 마련할 수 있었다. 그 연유는 함께 나눔 활동을 하고 있는 지인인 김규순 사장이 도매상을 소개해 주며 우리 가족 얘기를 했기 때문이었다. 나눔은 이렇게 예상치 않게 또 다른 분들의 동참을 부른다.

소록도에서 제일 인기가 높았던 것은 모자였다. 모자는 햇볕을 막아주는 데 그치지 않고 사람의 모습을 바꾸어 준다. 사람들은 모자를 쓰고 난 뒤에 모자 하나 쓴 것만으로 변화된 느낌의 자신들 모습에 즐거워했다.

기부는 꼭 현금으로 해야 하는 것은 아니다. 좋은 사람을 소개시켜 주는 것, 좋은 용도에 쓴다는 것에 동참하는 심정으로 이윤을 줄여서 파는 것도 사실은 모두 기부이다. 소록도의 한센인들이 만난 것은 우리 가족이었지만, 사실 우리가 그곳에 갔을 때 김규순 씨도, 또 옷가게 사장님도 함께 가신 것이나 다름없다. 이 자리를 빌려 김규순 씨와 옷가게 사장님께 감사의 말씀을 전한다.

생각을 전환하면 나눔의 기반을 마련할 수 있다

집안에서 생활비를 절약하고 용돈을 아껴 나눔에 필요한 돈을 모으는 방법이 있는가 하면 사회적으로는 체면 때문에 낭비되는 돈을 나눔으로 돌리는 방법이 있다. 우리 사회에서는 체면 때문에 알게 모르게 낭비되는 돈이 상당한 수준에 이르고 있다.

예를 들어 나이가 어느 정도 들면 밥을 한 끼 먹는데도 돈이 많이 들 수 있다. 체면을 생각하거나 신세 진 사람에게 음식을 대접하는 자리라면 더욱 그렇다. 가령 두 사람이 "점심에 냉면이나 한 그릇 먹지요."라고 해도 실제로는 4, 5만 원 정도가 나올 수 있다. 그럴듯한 냉면전문점에 가면 냉면 한 그릇에 만 원 정도 한다. 여기에 냉면 먹기 전에 고기나 한 점 하자고 수육을 시키면 4, 5만 원은 쉽게 나간다.

나는 그런 돈이 아까웠다. 아무리 체면을 차려야 하는 자리라고 해도, 또 아무리 신세 진 사람에게 대접해야 하는 자리라고 해도 한 사람당 만 원 이상의 식사는 하지 않으려고 노력하고 있다. 가급적 내가 지키려고 하는 음식 값은 5천 원 정도이다. 음식점이 허름하거나 불편한 위치에 있는 것을 감내한다면 그 가격에 먹을 수 있는 곳은 얼마든지 있다.

물론 식사 중에 함께 자리한 분에게 이런 얘기를 한다.

"형님! 형님이라면 제가 오늘 5만 원 이상 식사를 모시는 게 예의인데 오늘 식사비는 만 원밖에 들지 않았네요. 나머지 4만 원은 제가 나눔 활동에 쓰겠습니다. 오늘 형님은 제 나눔 활동에 4만 원을 기부하신 겁니다."

이렇게 말하면 대개의 경우 흔쾌히 웃으며 그렇게 하라고 한다. 나는 그런 돈은 그분 이름으로 나눔 활동에 기부를 하고 있다.

반대로 내가 대접을 받는 자리도 있다. 그런 경우 허물없는 사이라면 나는 이렇게 묻는다.

"형님, 오늘 저를 위해 얼마나 쓰실 건가요?"

"우리 영재 한 끼 대접하는데 10만 원은 써야지."

"그럼 형님, 저랑 해장국이나 한 그릇 잡수시고, 남은 돈은 기부해 주세요."

나는 이것 또한 절약이라고 본다. 누군가를 대접해야 할 다른 사람의 돈을 절약시켜 주고, 그 차액을 기부 받아 다른 곳에 쓰는 것이기 때문이다. 상대는 대접은 대접대로 하고 동시에 기부까지 하게 되는 것이다. 우리 가족이 펼치고 있는 나눔 활동의 기반은 가족들이 나름대로 절약한 돈과 다른 사람을 절약시킨 돈으로 이루어지고 있다. 이런 식으로 체면 때문에 낭비되고 신세를 갚는 데 들어가는 돈을 절약하여 제대로 한 번 모아 봤더니, 한 달 동안 엄청나게 큰 금액에 이르러 내 스스로도 깜짝 놀란 적이 있다.

나눔이란 돈이 많아야 할 수 있는 것이 아니다. 생각을 바꾸면 생활이 바뀌고, 생활을 바꾸면 나눔에 필요한 돈을 모을 수 있다. 아울러 이러한 절약이 나눔 활동을 하기 위한 것이라고 설명하면 대부분 적극적으로 협조를 아끼지 않는다.

나는 쓰레기소각장 범대위 의장 때부터 수리산과는 남다른 인연이 있다. 군포 시민들과 함께 정당한 시민의 권리를 주장하고 투쟁한 곳도 수리산이고, 지명 수배되어 체포 직전 엄동설한에 긴급히 피신해 간 곳도 수리산이며, KBS 1TV에서 방송한 〈카네이션 기행〉 프로그램에서 어머니 손을 잡고 함께 추억을 만들며 걸었던 곳도 수리산이다. 어머니와 함께 따뜻한 봄 5월에 걷는 수리산의 하늘은 맑았고 아카시아꽃과 밤꽃 향기가 가득했다. 또 10월의 가을 수리산은 아름답고 예쁜 어머니 얼굴에는 한 잎 두 잎 오색단풍이 아름답게 물들어 갔다. 수리산을 거닐 때면 어머니에 대한 향수가 내 마음속에 추억을 불러일으켜 그리움만 가득하다. 늘 어머니와 함께 산보를 즐겼던 우리 동네 수리산, 그 수리산에도 둘레길이 있다. 그런데 그 둘레길이 몇 해 전부터 아름다워지기 시작했다. 지난 몇 년 동안 자비를 들여 꽃을 심고 가꿔 시민들에게 아름다움을 제공한 곽창근 씨 덕이다. 곽창근 씨는 수리산 둘레길을 찾아오신 모든 분들에게 꽃길처럼 행복하고 아름다운 나눔을 선물하고 있다. 직접 손에 쥐여 주는 것만이 나눔이 아니라는 것을 잘 실천하고 계신 분이다.

내 직업은 좋은 남편

● ● ◐

나는 마지막으로 아내 얘기를 하려 한다. 어디선가 감명 받은 얘기로 시작하고 싶다.

어떤 강연회에서 강사가 연단 위에 커다란 유리병을 하나 올려놓았다. 옆에는 큰 돌덩어리가 쌓여 있었다. 강사는 병 안에 돌덩어리를 집어 넣었다. 예닐곱 개 정도의 들어가자 유리병이 가득 찼다. 강사는 청중에게 물었다.

"이제 병이 가득 찼나요?"

청중들은 '그렇다'고 답했다.

그러자 강사는 작은 돌이 들어 있는 상자를 가져오더니 병 안에 들이부었다. 작은 돌들은 커다란 돌의 사이로 쏙쏙 들어갔다. 강사가 청중에게 다시 물었다.

"이제 병이 가득 찼나요?"

청중들은 이번에는 "아니요"라고 외쳤다. 이제 다음에 벌어질 일을 짐작할 수 있었기 때문이다. 그다음에는 모래가 들어갔고, 마지막으로 물이 들어갔다. 물을 끝으로 병은 정말로 가득 찼다.

강사가 다시 한 번 청중에게 물었다.

"이걸 보고 우리들이 깨달을 수 있는 것이 있다면 그것은 무엇일까요?"

누군가 웃으면서 '우리의 인생에는 항상 어느 정도의 여지가 있다'라고 답했다.

강사는 웃으며 말했다.

"그럴 수도 있습니다. 하지만 제가 말하고 싶은 요점은 따로 있습니다. 그것은 바로 큰 돌을 맨 처음에 넣어야 한다는 것입니다. 모래를 먼저 채웠다면 큰 돌은 나중에는 절대로 넣을 수 없었을 테니까요."

부자가 되면 행복해질 것이라고 생각하는 사람들이 많다. 실제로 돈이 많으면 생활이 편해지고 쾌적하며 윤택해진다. 하지만 행복은 시장에서 돈으로 사고파는 물건에서 얻어지는 것이 아니다. 그러므로 돈이 많다고 행복해질 수는 없다.

행복은 오히려 돈으로 살 수 없는 것에서 나올 때가 많다. 우리들에게 행복을 가져다 주는 것을 손에 꼽아 보면 만족스러운 인간관계, 좋은 친구들, 확실한 경력, 단란한 가정, 하고 싶은 것을 마음껏 즐기며 살아가는 삶 등이 있을 수 있다.

내가 이 얘기를 장황하게 한 것은 행복은 어쩌면 삶이라는 유리병 안에 무엇부터 넣는지에 따라 결정되는 것 같다고 생각했기 때문이다. 그렇다면 내 인생에 제일 먼저 넣어야 할 큰 돌은 무엇일까. 가족일 것이다. 그다음 작은 돌은 사람들과의 소중한 인연이 될 것이며, 모래는 내가 하는 일, 그리고 물은 돈이 아닐까 싶다.

〈아내는 내게 가장 소중한 존재〉

큰 돌에 해당하는 가족을 내 유리병 안에 가장 먼저 집어넣을 수 있었던 것은 아내를 만났기 때문이다. 아내는 자상하고 이해심이 깊으며 인내심도 강하다. 그런 아내를 만난 덕분에 나는 30년 이상 소중한 사랑을 이어올 수 있었으며, 어머니를 모시고 살 수 있었던 것도 아내의 동의와 협조가 없었다면 불가능했을 일이다. 또한 아내와의 사랑으로 예쁜 두 딸의 아빠가 될 수 있었으며, 형제들과의 우애도 깊어졌다.

내 인생을 생각할 때면 내게 있어 아내는 말할 수 없이 소중한 존재이다. 그리고 아내와의 만남은 내게는 영원히 풀리지 않는 내 인생의 미스터리 중 하나이다.

나는 출생신고가 실제보다 늦어져 군대 또한 늦게 가게 되었다. 내가 아내를 만난 것은 군 복무 중이었다. 아는 지인이 좋은 사람이 있으니 휴가를 나왔을 때 소개해 주겠다고 했다. 그래서 첫 휴가 때 그 여성을 만나게 되었다.

처음 만났을 때의 인상을 잊을 수가 없다. 다소곳한 얼굴과 표정이 가장 먼저 시선을 잡아끌었고 눈이 빛나는 아름다운 여성이었다. 장미처럼 화려하지는 않았지만 물망초 같은 기품 있는 미모를 지닌 여성이었다.

그 여성은 교편을 잡고 있는 병아리 선생님이라고 자신을 소개했다. 그 순간 나는 만남을 주선한 사람이 나에 대해 거짓말을 했거나 무엇인가 착각했다고 생각했다. 나는 이제 막 군대에 간 사람이었다. 아직 제대까지 2년이라는 세월이 남아 있었다. 제대한 뒤에 제대로 취직을 할 수 있을지 알 수 없는 일이었다.

게다가 내 얼굴은 요즘 말하는 꽃미남 스타일도 아니고, 또 당시에 인기가 있었던 신성일 스타일도 아니었다. 나는 누가 봐도 돌쇠나 마당쇠 같은 머슴 스타일의 얼굴과 체구를 지니고 있었다.

그 여성과 나는 사회 통념상 전혀 어울리지가 않았다. 그런데 그 여성은 나의 무엇이 마음에 들었는지 '사귀고 싶다'는 나의 말에 고개를 끄덕였다. 결국 우리는 연애 끝에 부부가 되었다.

아내를 처음 만났을 때 나는 "제대하면 주산부기학원을 해 보고 싶다는 꿈을 갖고 있지만, 아무것도 가진 것이 없는 빈털터리라 꿈을 이루는 데는 시간이 걸릴 것이다"라고 말했던 기억이 난다.

결혼한 지 30년이 넘었지만, 아내는 여전히 내게 미스터리이자 내 인생 최고의 행운이다. 그래서 나는 아내만 생각하면 이유를 알 수 없는 행복감을 느끼곤 한다. 아내는 내 인생이라는 유리병에 가장 먼저 넣은 큰 돌이며, 나는 그 덕에 아내와 사랑하며 살아갈 수 있는 가장 값진 삶을 얻었다.

〈아내가 보았던 나의 비전을 이루다〉

나를 만났을 때 아내가 내게서 보았다던 비전은 실제로 이루어졌다. 1989년 나는 학원 건물을 세웠다. 내 나이 30대 후반의 일이다. 건물이 완공되어 입주하게 된 날은 감격에 겨워 눈물을 주체하기 어려웠다. 아내 앞에 떳떳한 남편으로 설 수 있게 되었다는 것이 가장 큰 이유였다.

돌아보면 26살에 군대를 마친 뒤 아내와 결혼하고 학원을 시작했다. 빈털터리인 나를 위해 아내는 그간 교사를 하며 모아 놓은 적금을 모두 깼고, 아내가 살던 전셋집을 월세로 돌렸다. 나는 무직이므로 대출을 받을 수 없었지만 아내는 교사신분이라 대출이 가능했다. 아내는 자신의 이름으로 대출 받은 돈을 내게 건네주었다. 아내는 자신의 모든 것을 걸고 내 꿈을 지원해 주었다.

그에 보답하기 위해 나도 뼈가 부서질 정도로 열심히 일했다. 학원이 어느 정도 정상 궤도에 오르던 시절, 29살의 나이에 나는 광주민주화 항쟁에 참여했고, 그 때문에 학원경영이 위기를 맞았다. 그래도 이를 악물고 남보다 열심히 뛰면서 일에 몰두했다. 36살 때부터 경제적으로는 어느 정도 안정을 찾을 수 있었다. 그리고 몇 년 뒤 드디어 학원 건물을 세우는 데 성공했다.

〈전업주부가 아니라 전업 남편이 되다〉

그 뒤로 학원경영은 탄탄대로였다. 하지만 서울에서 살다가 산본 신도시로 이사 와 산본 쓰레기소각장 문제로 시민운동에 뛰어들게 되면서 시간적으로 육체적으로 매우 힘든 시기를 보내야 했다. 그때 7개월의 현상 수배기간에 더하여 6개월간의 옥고를 치러야 했다.

그런 일들을 겪고 난 뒤 내 생활의 중심은 집으로 옮겨졌다. 자연스럽게 집이 생활의 중심이 되었다.

주로 집에서 생활하게 되면서 나를 돌아보게 되는 일이 잦아졌다.

그때 문득문득 내 직업은 무엇일까를 생각해 보게 되었다. 시민운동 가일까? 직업이라기보다는 나눔 활동에 가깝다. 그렇다면 내 직업은 무엇일까. 아무리 생각해도 내 직접은 남편이었다. 내 직업이 남편이라고 생각하니 새삼 느끼게 된 것이 많았다.

나쁜 결혼생활은 나쁜 직장생활과 비슷하다는 것이 그것이다. 단지 해고당하지 않기 위해 재미도 없고 희망도 없는 일에 하루 종일 매달리며 시간을 보내는 것은 무척 나쁜 직장생활이다. 결혼생활도 마찬가지이다. 단지 이혼을 피하기 위해 서로를 참아가며 결혼 생활을 유지하는 것은 그런 나쁜 직장생활과 크게 다를 것이 없다.

그리하여 나는 내 직업인 '남편'으로서 성공하려면 '좋은 남편'이 되어야 한다는 것을 깨닫게 되었다. 그렇다면 좋은 남편이 되기 위해선 어떻게 해야 하는 것일까.

가장 먼저 해야 할 일은 남자로서의 권위를 버리는 일이었다. 아내는 교사였기 때문에 자기 일로 무척 바빴다. 먼 거리를 출근해야 했기에 아침이면 출근 준비로 분주하기 이를 데 없었다. 학원수업은 오전 10시부터 시작되기 때문에 내가 아침을 차려 주고 집안일을 했다. 그것이 좋은 남편이 되기 위한 첫걸음이었지만, 그것으로 실은 신혼 초로 돌아간 것이었다.

사실 아내는 결혼 전에 음식 한번 안 해 보고 곱게 자란 사람이었다. 아내가 온실 속의 화초로 큰 사람이라면 나는 모든 면에서 들풀처럼 살아온 사람이었다. 결혼 초에도 밥과 음식은 모두 내 몫이었다. 학원 일이 바빠지면서 집안일에서 손을 놓을 수밖에 없었지만,

이제 다시 그 일을 하게 되면서 우리는 다시 신혼 초의 생활로 돌아가게 되었다. 바쁜 생활에 쫓겨 한동안 잊고 살았던 신혼 초의 달콤했던 기억들이 우리의 생활 속으로 다시 찾아왔다. 딸들이 집안일을 하는 아빠를 좋아한 것은 이 일로 얻은 뜻하지 않은 소득이었다. 딸들은 '대한민국에 이런 아빠는 없을 것'이라며 나를 자랑스러워했다.

그렇게 알콩달콩 새로운 신혼 10년을 살았다. 그러다 아버지가 돌아가시면서 어머니를 모시고 살게 되었다. 아내로서는 생각지도 못했던 부담을 안게 된 셈이었다. 내가 막내이고 위로 형님이 세 분이나 있기 때문에 아내는 자신이 시어머니를 모시게 될 일이 있으리라곤 꿈에도 생각 못 했을 것이다. 게다가 나는 주위에서 효자 소리를 듣는 사람이었다. 효자 아들은 아내에게 소홀하기 마련이다. 그것은 겪어 보지 않은 사람들은 알 수 없는 괴로운 일이 될 수도 있다.

〈아내는 내 모든 사랑의 시작과 끝〉

그런데도 아내는 시어머니를 모시고 사는 일에 선선히 동의해 주었으며, 모시고 사는 동안에는 자잘하게 겪게 된 고충을 입에 담지도 내색하지도 않았다. 이 모두가 나에 대한 배려였다. 내가 그 배려를 통해 확인한 것은 나에 대한 아내의 사랑이었다. 사랑은 사랑할 때 행복하기도 하지만, 사랑받을 때도 한없이 행복하다. 그런 점에서 나는 행복한 사람이다.

어머니에 대한 나의 사랑을 나눔 활동을 통해 원 없이 펼칠 수 있었던 것도 사실은 아내의 덕이다. 사랑은 내게서 완성되었다기보다 아내를 통해 완성되었다. 아내는 내게 행복을 가져다주었던 모든 사랑, 어머니에 대한 사랑, 딸들에 대한 사랑, 그리고 아내에 대한 사랑의 처음과 끝이었다. 내게 있어 모든 사랑은 아내에게서 비롯되어 아내에게서 완성되었다.

첫사랑 여인, 어머니

나에게 있어 어머니는 첫사랑의 여인이다. 그 첫사랑의 여인은 100년을 피고도 1년을 더 피어 101년을 피었다. 내 눈에 비친 어머니는 아무리 나이를 드셔도 그 아름다움은 젊은 시절의 꽃다운 나이에서 하나도 변함이 없다. 내게 어머니는 언제나 세상에서 가장 아름다운 꽃이다.

첫사랑만 있는 것이 아니다. 행복하게도 나에겐 두 번째 사랑이 또 있다. 두 번째 사랑은 영등포에 있으며, 그 사랑은 바로 85년을 피고도 1년을 더 핀 장모님이다. 장모님은 아내의 어머니일 뿐만 아니라 나의 어머니이기도 하다.

그러나 내가 남자로서 사랑이란 말을 입에 올릴 때면 그 말의 주인공은 오직 한 여인밖에 없다. 그 여인은 바로 나의 아내 박연수이다. 나는 사랑의 여인을 셋이나 둔 행운아이다.

하지만 내게 있어 첫사랑의 여인은 언제나 나의 어머니이다. 그 첫

사랑의 여인은 배려와 나눔을 아주 즐거워했다. 국수, 김밥, 호떡 나눔 활동을 가기 하루 전날에는 이미 들뜬 마음이 어머니의 얼굴에서 분명하게 읽혔다. 내일 나눔 하러 간다는 것을 알고는 그날 밤은 잠을 잘 못 이룰 정도였다. 마치 어린 시절 소풍을 하루 앞둔 어린아이의 모습이 연상될 정도였다.

캄보디아에 가서 그곳의 사람들에게 마련해간 작은 선물을 나누어 줄 때도 마찬가지였다. 연세로 보면 힘들어서 귀찮아할 만도 한데, 어머니는 오히려 가진 것을 나눌 때 더 힘이 나셨다. 보통은 많은 것을 가지고도 더 많은 것을 움켜쥐려고 하는 것이 인간의 욕망인데, 어머니는 그와 반대로 배려와 나눔 봉사를 하려 했으며 그 순간을 가장 즐거워하셨다.

배려와 나눔에 대한 어머니의 즐거움은 어디에서 오는 것일까.

사실 내가 클 때를 생각해 보면 남들과 무엇을 나눈다는 것이 매우 어려운 일이었다. 다들 경제적으로 궁핍했기 때문이었다. 제 한 입 꾸려가기 힘든 시기에 남을 생각한다는 것은 어려운 일이다.

그러나 생각해 보면 어머니는 그 어려운 시기에도 이미 나눔의 마음을 가지고 살았던 분이다. 그건 아마 우리 어머니뿐만이 아니라 이 땅의 모든 어머니들이 그럴 것이다. 생각이 이에 미친 것은 내 기억 속에 남들을 생각하며 자신의 것을 내놓았던 어머니의 모습이 몇 가지 남아 있기 때문이다. 옛 시절을 생각해 보니 끼니때 마을 사람들이 집으로 찾아오는 경우가 있었다. 점심이나 저녁 때 예고 없이 이웃이 찾아오는 경우였다.

당시 시골에선 보통 자신들 가족에 맞추어 밥을 해놓는다. 사정이 어려울 때라 여유 있게 해 놓지는 못했다. 그렇지만 느닷없는 손님이 오면 어머니는 자신이 드실 것을 그 손님의 식사로 내놓곤 했다. 겨울철인 경우, 그분이 가신 다음에 동치미 국물로 빈 배를 채우던 어머니 모습을 몇 번 보았다. 그렇게 자신의 배는 채우지 못해도 손님의 배는 비워서 보내지 않는 어머니를 보면서 자랐다. 그렇게 어머니는 평생 갑이 아니라 을로 사셨다.

좀도리쌀도 어머니에게서 빼놓을 수 없는 나눔의 하나였다. 좀도리쌀은 우리가 먹을 양에서 한 주먹씩 덜어내서 부엌의 항아리에 모아 놓는 쌀과 보리쌀을 말한다. 그것은 일종의 저축이긴 했지만, 우리를 위한 저축은 아니었다. 좀도리쌀의 주인은 살기가 어려워 동냥 온 사람들의 몫이었다. 우리가 클 때는 그렇게 시골의 집집을 돌아다니며 동냥하는 사람들이 있었다. 어머니는 좀도리쌀을 마련해 두었다가 그런 분들이 찾아오면 주저 없이 내주곤 했다.

좀도리쌀을 내주면 우리의 끼니는 그만큼 부족해졌다. 그러면 그 부족한 끼니만큼 다른 것을 채워 넣어야 했다. 그때 해 먹는 것이 무우밥이었다. 무우를 채 썰어 넣고 하는 밥이 무우밥이다. 어렸을 때 우리는 그 무우밥을 아주 싫어했다. 맛이 없었기 때문이다. 그렇지만 우리가 싫어해도 무우밥은 종종 우리의 밥상에 등장하곤 했다. 생각해 보면 그것이 오히려 우리 몸에는 좋지 않았을까 싶다. 작은 나눔의 실천으로 우리는 간혹 우리들이 싫어한 무우밥을 먹어야 했지만, 그 무우밥은 우리에게 나눔의 댓가로 건강을 선물했다. 아마도 그때 이미 어머니는 나눔의 즐거움을 작은 실천으로 체득하고 있었고, 나도 그것을 보면서 막연하게나마 나눔의 행복에 대해 생각하게 되지 않았을까 싶어진다.

그렇게 오래전 이미 어머니의 생활 속에 뿌리내리고 잠재되어 있던 나눔의 미덕이 국수 나눔과 김밥 나눔으로 나타나며 어머니에게 큰 즐거움이 되었고, 결국 캄보디아까지 가게 된 것은 아닐까 싶다. 우리는 누군가를 돕는 것이 나눔이라고 생각하기 쉽지만, 어머니를 옆에서 지켜보면 나눔 자체가 어머니의 즐거움이 되는 것 또한 못지않게 컸다.

어찌 보면 어렸을 적 끼니때 오신 손님에게 당신이 드실 것을 내 주고 동치미 국물로 배를 채우며 남을 배려했던 어머니, 또 좀도리쌀을 한 줌 두 줌 모아 배고픈 사람에게 내주었던 어머니에겐 이미 나눔에 대한 행복이 있었고, 또 즐거움이 있었을 것이다. 어머니의 배려와 나눔은 느닷없는 것이 아니며 캐고 들어가 보면 그 뿌리는 이처럼 아주 오래고 깊다. 이제 세상 사람들과 배려하고 나누면서 할 수 있는 기회를 얻자 어머니에게 잠재되어 있던 그 나눔의 행복이 즐거움으로 활짝 피어나 멀리 이국에까지 가기에 이르렀다.

또 나는 어머니의 건강이나 웃는 얼굴 또한 사회에 대한 배려와 나눔이었다고 생각한다. 어머니의 생활 자체가 배려이자 나눔이었다.

배려와 나눔으로, 그것에서 얻는 즐거움과 행복으로, 삶을 건강하게 마무리했던 어머니가 한 없이 존경스럽고 자랑스럽다. 이 땅의 더 많은 어머니, 그리고 더 많은 아버지가 우리 어머니처럼 건강하고 행복한 삶으로 노년의 즐거운 인생을 펼칠 수 있기를 기원합니다.

어머니와 캄보디아 아이들과 함께한 시간

어머니와 함께 캄보디아로 우물 시공하러 갔을 때 참여연대 운영위원장 손혁재 교수도 동행해 주었다.

2010년 2월 종로

어머니의 나눔을 함께한 사람들 모습

정판심 할머니의 정겨운 미소가
앞으로도 계속되길 바랍니다

어머니와 함께 한 나눔의 시간은 행복했다.